HaffmansTaschenBuch 61

WOLF v. NIEBELSCHÜTZ

DER BLAUE KAMMERHERR

Galanter Roman in vier Bänden

ERSTER BAND

Der Botschafter der Republik

HAFFMANS VERLAG

DIE ERSTAUSGABE ERSCHIEN 1949
IM SUHRKAMP VERLAG VORM. S. FISCHER,
BERLIN UND FRANKFURT AM MAIN

VERÖFFENTLICHT ALS
HAFFMANS TASCHENBUCH 61, FRÜHLING 1990
LIZENZAUSGABE MIT FREUNDLICHER
GENEHMIGUNG DES SUHRKAMP VERLAGS
KONZEPTION UND GESTALTUNG VON
URS JAKOB
UMSCHLAGBILD VON
NIKOLAUS HEIDELBACH

SATZ: ALLPRINT AG, ZÜRICH
DRUCK: EBNER ULM
ISBN 3 251 01061 1

1 2 3 4 5 6 – 95 94 93 92 91 90

DER BOTSCHAFTER DER REPUBLIK

INHALT

ERSTES oder OUVERTUREN-CAPITEL
Malt den Schauplatz der Handlung,
von See her betrachtet.
Es wird das General-Thema einer
viersätzigen Sinfonia concertante angeschlagen
11

ZWEITES CAPITEL
In welchem Herr v. Legua bei der souveränen
Majestät des Königs von Myrrha Audienz erhält
15

DRITTES CAPITEL
Dem Hofnarren Pasquale gewidmet,
sehr weitschweifig.
Eine schöne Dame schwebt vorüber
27

VIERTES CAPITEL
Die schöne Dame schießt auf den Botschafter der
Republik, wird geküßt und lüftet ihr Incognito
39

FÜNFTES CAPITEL
Voll dunkler Conspirationen; feierlicher Auftritt
eines Haupt-Acteurs in pompöser Allonge
51

SECHSTES CAPITEL
In welchem der Diplomatie das Feld überlassen wird
und peinliche Hintergründe
die glänzende Folie Myrrha durchscheinen.
Der Goldene Regen meldet sich
60

SIEBENTES CAPITEL

Ein Morgen-Colloquium à deux. Die Finanz erobert den Staat, Herr v. Legua freie Hand

72

ACHTES oder DAS VERFÜHRUNGS-CAPITEL

79

NEUNTES CAPITEL

Worin der König publiquement zu sprechen geruht und erstmals noble Degen in Erscheinung treten

100

ZEHNTES CAPITEL

Das Nacht-Colloquium, adagio sostenuto und sehr bedenklich, gegen den Schluß accelerando mit subterrestren Sensationen

111

ELFTES CAPITEL

oder Des Feuerwerks erster Teil. Gewaltige disharmonische Durchgänge enthaltend

122

ZWÖLFTES CAPITEL

Des Feuerwerks zweite Abteilung, von mehr heiterem Character, das Finale in Moll

131

DREIZEHNTES oder DAS ERSTE MARIANA-CAPITEL

Bringt dem geneigten Leser nach so viel Feudalität die Bekanntschaft mit einfacherem Volke. Herr Lamprenos erwirbt eine Magd

142

VIERZEHNTES oder ZWEITES MARIANA-CAPITEL

Die Wasserhose.
Lamprenos veräußert die Magd mit Gewinn
153

FÜNFZEHNTES oder DRITTES MARIANA-CAPITEL

Der Wolkenbruch. Mariana bedeckt ihre Büste,
capituliert aber gleichwohl und rollt
zu dem sterbenden Liebhaber
163

SECHZEHNTES CAPITEL

Auf dem Ballfeste des Herrn v. Legua,
auch Erstes Eau-de-Cologne-Capitel heißend.
Die Damen Parzen, von Liebe gerührt,
schauen herunter; ein Kaiserlicher Feldmarschall
versucht pianissimo zu sprechen
178

SIEBZEHNTES CAPITEL

Man tanzt, Herr v. Legua regelt seine Nachfolge,
die Prinzessin erscheint in einem feurigen Diadem
188

ACHTZEHNTES CAPITEL

Der Admiral bewundert sie durch Böhmisches Glas,
sie hat eine Unterredung mit dem Botschafter,
wobei leider an wichtigen Stellen
Italienisch parliert wird
196

NEUNZEHNTES CAPITEL

Nichts enthaltend als eine impertinente Verbal-Note
an den ehemaligen Göttervater
206

ZWANZIGSTES CAPITEL
oder Die Equipage mit den taubengrauen Polstern.
Des Gottes Antwort entbehrt jeglicher Courtoisie,
der Stallmeister verliert die Nerven
213

EINUNDZWANZIGSTES CAPITEL
Worin der Prinzessin ein Gleiches geschieht.
Sie läßt ihren Liebhaber kurzerhand sterben
221

ZWEIUNDZWANZIGSTES CAPITEL
Die Flagge auf dem Gäste-Pavillon sinkt halbstocks,
der Kronrat bringt keine Klärung,
ein Marionetten-Magazin klappert
mit Gelenken und Kinnladen
226

DREIUNDZWANZIGSTES CAPITEL oder DIE DEMONTAGE
Es zeigt ein Paradebett mit Don Johann an Bord.
Die Hoffnungen des Lesers auf abermaliges Erwachen
erfüllen sich nicht
234

VIERUNDZWANZIGSTES CAPITEL oder
DIE FINSTERE VERLOBUNG
Durch hochherzige Rückkehr des Lichtes
schließt aber der erste Satz doch noch
in strahlendem Dur
245

I. CAPITEL

Die alten Götter waren tot, jene heiteren, deutlichen und liebenswerten Götter, die man so gern verehrt hatte, weil man wußte, auch in ihren Seelen wohnten der Regungen einige, die den Menschen zu einem Gott und den Gott zum Menschen machen. Sie waren tot, die Popen sagten es .. Aber es war keine Freude bei ihrem Wissen, denn sie sahen, zu ihrem Kummer, daß ein Geist der Weltlichkeit die Inseln der Ägäis durchzog, und mit düsterer Hingabe wühlten die Prediger in den Herzen der Gläubigen, ihnen ein Sünden-Babel zu malen. Hatte nicht Delphis Pythia, welche noch immer, allen christlichen Bannflüchen zum Trotz, ihre unerwünschten Weissagungen in leider allzu sehr nach Zukunft gierige Ohren raunte, dem Modisten Poaretes prophezeit, es werde ein Schneider kommen, vor dem die Könige des Erdballes sich erniedrigen würden? Und Herr Poaretes, uneingedenk der Taufe, die er empfangen, hatte die Luft angehalten, hatte ein leises Schauern in seiner so diesseitigen Brust verspürt und beschlossen, fortan die Kleider seiner Vorführdamen mit einem großen, silbernen, gekrönten P zu zieren. So weltlich ging es zu unter dem ewig blauen Firmament des Südens, das die Menschen verleitete, sich des Lebens zu erfreuen, anstatt es in Zerknirschung als ein Tal der Buße und der Tränen zu nehmen, welches uns läutern soll, bis wir gen Himmel fahren.

Dieser Himmel war von so vollkommener Bläue, so sündig schön und obendrein so durchaus windstill, daß die Barke, auf der Venedigs Gesandter nach Myrrha segelte, tatenlos auf der leicht atmenden See schaukelte. Der Morgen begann schon zu glühen, aber dem Diplomaten eilte es nicht. Sein Frühstück war beendigt, sein Geist heiter und frei; und beflügelt von dem kostbaren Arom eines Moccas, den sein türkischer Koch ihm, nach den starken Sitten dieses östlichen Landes, täglich zu schaumgeschlagenen Möwen-Eiern bereitete, begann er, spazierender Weise, einige der Sätze zu formen, die er hernach, in einem seiner berühmten, weil unvergleichlich anschaulichen Berichte, der Serenissima zu vermelden gedachte.

Man lag vor Myrrha, jener seltsamen, länglichen und ziemlich ausgedehnten Insel, die eben jetzt zum Mittelpunct der Ägäis aufrückte, vermöge keines anderen oder absonderlicheren Umstandes, als daß eine heiratsfähige Prinzessin – Erbprinzessin! – die Blicke der Nachbarn auf sich zog. Was waren das für begehrliche, eifersüchtige, neiderfüllte Blicke! Handelte es sich doch, menschlicher Voraussicht nach, um das endgültig einzige Kind des regierenden Paares. Ein Monarch, der sichtlich alterte, eine Königin, welcher die Schmerzen der Niederkunft, die schamlose Intimität der Ärzte, die eigenen Schreie, vor Allem die vorangehende, so wenig kleidsame Leibesfülle allzu unköniglich erschienen, um sie aus freien Stücken zu wiederholen – nein, es stand kaum zu erwarten, daß etwa ein Kronprinz, ein kleiner Nachzügler .. Und selbst *wenn* Dame Olympia, in ihrer zweifelhaften Conduite, bereit gewesen wäre, sich der Marter ein zweites Mal zu unterziehen – hätte nicht König Alphanios Grund gehabt, voll tiefen Mißtrauens die Ehelichkeit des Kindes anzufechten? Legitimität .. Souveränität .. es waren schwerwiegende Worte, die der Herrscher liebte, und Don Giovanni wußte es, denn sein spähendes Diplomatenhirn arbeitete so unermüdlich wie der rastlos tätige Vulcan, der dort am nahen Horizonte von Zeit zu Zeit puffende Feuerwolken in den Azur des Morgens spie. Eine lavaschwarze Steilküste, ein elfenbeinern schimmernder Strand, mattgrüne Wälder von Cedern, Pinien, Lorbeer und Oliven, dazu eine Hauptstadt, die mit schneeweißen, fast fensterlosen Häuserwürfeln über der tiefblauen See lagerte, endlich die rosig behauchte Wolke, zu beiden Seiten des Götterberges wie ein Strich in der Luft stehend, rundeten das Bild dieses kleinen und doch so umworbenen Reiches zu einem Tableau von hoher Farbenpracht. Und Alles atmete vollendeten Frieden.

Hier laufen gegenwärtig die Fäden zusammen, gedachte

Don Giovanni dem Dogen in der fernen Lagunenstadt zu vermelden, die noch einmal kostspieligste Anstrengungen unternahm, im Concerte der Seemächte ihren Solo-Bravour-Part zu geigen; die Fäden der Politik von hundert Höfen en miniature und einigen großen Residenzen; einer nervösen Politik, die auf Entladung drängt. Venedig .. es mußte die Fäden heimlich, einen nach dem anderen, in die feinen, unauffälligen, leisen und gepflegten Hände seiner Diplomatie bekommen, es mußte die barbarischen Kräfte hintergründig zu lenken versuchen, mußte verwirren und ausgleichen, warnen und bestärken, treiben und verzögern, und hin und wieder auch mußte es drohen und vorgeben zu wagen, ohne doch etwas wagen zu können, denn es war schwach und strebte nach dem Gewinne..

Welch Ausblick! Schöne Natur und süßes Feld eines Spielers, der in überfeinertem Geschmack die pianissimi liebte und sie, wie kein Anderer, anzuschlagen verstand. Das Sonnensegel über dem kleinen Schreibtisch lockte mit durchsichtigen Schatten, das Deck der Barke schwankte leise, wundervolle Teppiche boten Zärtlichkeiten von fast schon entarteter Wollust. Don Giovanni liebte dies Alles, liebte es mit steigendem Genuß. Er liebte die Welt. Sein hellblauer, silberbestickter Frack machte ihn unwiderstehlich, und da er ein Herr war, so gefiel er sich darin, mit seiner stolzen Kunst die Minister und Könige unmerklich zu handhaben, die Damen aber – und vollends die jungen Fräulein – zu verwirren, betören, erobern, besitzen. Er freute sich im Voraus aller Siege: die Modistinnen mit dem bekrönten Initial .. die Königin Olympia, die das Schamlose der Niederkunft verabscheute .. die kleine erbberechtigte, andachtsvolle, süße Prinzessin Danae .. welche Perspectiven! Und er setzte sich auf die Kante des geschweiften Sessels, schön, männlich und etwas steif, denn sein Degen behinderte ihn. Ein Sclave umfächelte ihn mit einem Wedel von weißen Straußenfedern, schäumende Delphine sprangen aus der aquarellblauen See, ein zärtlicher Wind erhob sich, die Segel mit einer Probe von freundlicher Gesinnung zu erfüllen, und der sorgfältig zugeschnittene Kiel des Schreibwerkes eilte flüchtig über gewässertes Bütten. »Ew. Herrlichkeit«, sagte der Gesandte träumerisch vor sich hin, indem er die Eleganz seines Stiles nachkostete, »Ew. Herrlichkeit vermelde ich mit den folgenden, sehr überzeugenden, sehr erleuchtenden, sehr bedenkenswürdigen Gründen die Verlegung Unserer Ambassade, die ja seit jeher einen etwas ambulanten Character trug, in das Königreich Myrrha, woselbst es an einer geeigneten Residenz vor den Toren der Hauptstadt nicht mangeln wird. Ein zierliches Lustschloß, denke ich mir, aus weißem, parischem Marmor, discret aus immergrünem Laubwerk hinausblickend in eine Landschaft, die binnen Kurzem der Schauplatz eines prickelnden, tausendfach gespielten und doch ewig jungen, leidenschaftlichen Theaters zu werden verspricht ..«

II. CAPITEL

Und Don Giovanni di Legua, den die Myrrhonesen, des Italienischen nicht mächtig, abscheulicher Weise Don Johann nannten – ach, sie betonten es gar auf der ersten Silbe, sodaß es sich anhörte wie der Name eines Lohndieners – Don Giovanni di Legua hielt Wort. Er erwarb ein Lustschloß vor den Toren der Hauptstadt, ganz im Grünen versteckt, und hin und wieder griff er auch ein wenig in die Fäden der Marionetten, die sich mit Leidenschaft auf Dame Danae zu bewegten. Da war nun dieser Polycrates angekommen, ein unerträglich reicher Winkelkönig aus Samos, dessen gichtische, fettgepolsterte Finger eine wahre Versammlung von Ringen zierte .. Das heißt, um genau zu sein, so hatte ihn niemand gesehen, weder ihn noch seine Preziosen, aber sein Gerücht war da und leider auch sein Botschafter, der den Vortritt verlangte vor der Lagunenstadt. »Ältere Rechte – lächerlich«, bemerkte Don Giovanni, indem er beharrlich und kühlen Herzens an der gekräuselten Spitzen-Manchette zupfte, was seine Wirkung auch auf einen Kgl. Myrrh. Staatssecretär des Äußeren unmöglich verfehlen konnte, »rein lächerlich .. Excellenz werden die Güte haben, diesem Samischen Envoyé zu bestätigen, daß ich, der ich mir schmeichle, seit mehr denn drei Jahren bei allen Höfen der Ägäis, also auch bei der hiesigen Krone, als Bevollmächtigter Minister accreditiert zu sein, ganz unzweifelhaft im Besitze der Anciennität bin ..«

Anciennität .. eines der geheiligten Worte aus dem Sprachschatz des Monarchen. Der Staatssecretär war ein Mann von bürgerlichem Stande, höher konnte er nicht steigen, nur fallen, und er vertrat einen außergewöhnlich gewandten, außergewöhnlich höflichen, außergewöhnlich mächtigen Minister, jenen Grafen Godoitis, um dessentwillen der König voll tiefen Mißtrauens .. Er dachte den Gedanken nicht zu Ende, denn sein angefeuchteter Finger führte ihm nun, beim Umblättern der Acten, deutlich vor Augen, daß der hohe Gast die Wahrheit gesprochen. Anciennität .. legitime Vorrechte .. ja, es waren schwerwiegende Worte, man mußte gehorchen. »Wenn Excellenz belieben«, sagte er mit Betonung, und sein niederer Stand bedrückte ihn trotz fleißig erklommener Rangstufe, »so führe ich Ew. Excellenz nun zu Seiner Majestät.«

Er hatte etwas Knarrendes in der Stimme, das verlieh seinen Worten, ganz gegen die Absicht, eine Art von Grobheit, die seine Stellung nicht selten wanken machte, und auf der Nase schaukelte ihm ein gewaltiges, goldgerändertes Pincenez. Don Giovannis hochgespannte, in Dingen der Ehre so wenig spaßhafte Seele erheiterte sich bei diesem Anblick, und heiter durchschritt er die Fülle von Treppenhäusern, Wendeln und Stiegen, die zu den Privat-Gemächern des Monarchen hinaufführten. Ein Labyrinth! ein wahrer Gottesdienst von Treppen, auf deren Wandungen muskelstrotzende Atlanten sich dem Vergnügen hingaben, in gemeißelter Starre, gleichwohl flutend von übertriebenem Leben, Pilaster und Säulen, Bögen und Gesimse zu tragen, und darüber wieder breiteten sich in wilden und zärtlichen Farben die bewegtesten Plafonds, durch welche in Cuppel-Prospecten ein Himmel schien, so täuschend gemalt, daß der andächtige Besucher die graue, rosig behauchte Wolke aus dem Vulcan zu sehen vermeinte, ein Strich in der Luft. Don Johann war weniger andächtig. Die Epoche, dachte er, liebt sich kostspielig darzustellen, und die Finanzen werden die besten nicht sein ..

Hier oben wechselten in Nischen alabasterne Götterbilder mit Königlichen Garden, Wachen, die beim Herannahen des Zweimasters, den der Venezianer als gewissenhafter à-la-mode-Diplomat trug, mit kriegsgewohnten Händen kunstvoll die Hellebarde praesentierten, indem ihre Wade sich straffte. Welch ein Aufwand von Kraft und Eifer. Don Giovanni nickte wohlgefällig und führte die weißbehandschuhten Fingerspitzen flüchtig an die Silberfransen des Hutes, während schon die Türen zu des Königs Ermitage vor ihm aufflogen. Man betrat als Erstes die rückwärtige avant-salle, denn um zum Herrscher zu gelangen, gab es für hohe Personen und solche, die von hohen Personen geleitet wurden – correspondierend der allgemeinen Antichambre, in der die Höflinge antichambrierten –, einen zweiten, intimeren Zugang, wo weder Kammerherren noch Lakaien aufwarteten. Alle Türen standen offen, die Luft flutete durch eine Flucht von kleinen Zimmern, die fast alle auf einen hübschen Dachgarten mündeten, und in dem angrenzenden, nun doppelt weiträumig wirkenden Saal, bei warmem Parquett, Sonne, gelbseidenen Möbeln, sah der Botschafter, undeutlich gespiegelt in den verglasten Bücherwänden, die sich schwellend um Fensternischen kröpften, den König .. Da entblößte er sein Haupt, und siehe, die gepuderten Haare waren auf das Löblichste frisiert. Der Zweimaster sauste in der Rechten, die Linke legte sich beteuernd vor die gestickte Brust des Staatsgewandes – himmelblau, Don Johanns Lieblingsfarbe –, das Staatsgewand ging in tiefe Verneigung, die Füße beschrieben artigste Ornamente.

Dies also nannte sich Ermitage: niedrige, zierliche, ja, wenn man genau war, winzige Appartements, just unter dem Dache; sie galten als Spielerei des alternden Monarchen und waren angefüllt von allerlei Porcellan, zwitschernden Vögeln – in Käfigen, die fortwährend mit chinesischen Glöckchen ganz leise klingelten –, von kostbaren Gläsern und Vasen und vielen, vielen Uhren. Hinter durchsichtigen Scheiben sah man die Rädchen sich drehen, dann und wann schnurrte gedämpft ein Federwerk, und die kleinen Geräusche machten die Stille nur durchdringender, in welcher der einsame König lebte.

Unterdessen verlor sich das Spiegelbild – der König selbst, am Ende des Saales, nur vom Rücken zu sehen in langem Pelz und Barett, trat in das Blickfeld, an den Caminsims, und richtete mit schräg geneigtem Kopf, wie horchend, die Zeiger einer Spieluhr. Ja, er trug einen Zobel, dies war bekannt, der König fror, obwohl es hier oben hell war und heiß, und die Ärzte wußten nicht, warum ein Herr in den angehenden Fünfzig, der sich so maßvoll aufführte, frieren konnte. Auf seiner schönen, viel zu zarten Hand glänzte das Oval eines in Gold gefaßten Saphirs, ein betörendes Blau. Don Giovanni verneigte sich erneut, der Paradehut rauschte, die Linke legte sich beteuernd vor die Brust. »Seine Excellenz, der Bevollmächtigte Minister der Republik Venedig, Herr v. Legua und Torreleoni«, sagte der Staatssecretär verhalten, aber in seiner Stimme schwang gleichwohl etwas Knarrendes, das dem Herrscher, er ahnte es, nicht angenehm war.

Der König schloß mit kaum merklichem Nicken den runden Glasdeckel der Spieluhr und streckte die Rechte dem Abgesandten der Lagunenstadt entgegen, der auf sie zu eilte, den Ring zu küssen – und in der Tat, diese Finger waren kalt. »Es ist gut«, sagte die schon etwas müde Stimme, »ich bedarf Ihrer nicht mehr, Herr Staatssecretär.« Welche Höflichkeit gegenüber einem einfachen Bürgersmann .. Und Don Giovanni, die Füße malerisch gruppiert, nahm Platz auf der Kante des ihm angebotenen gelbseidenen, geschweiften Sessels – schön, männlich und etwas steif, denn sein Degen behinderte ihn.

Die Herren plauderten von alten Tagen, aber von Zeit zu Zeit hob der Monarch die Hände leicht über die Schreibplatte von eingelegten Hölzern und lauschte .. Die Viertelstunde .. Und in allen den kleinen Cabinetten schlugen die Uhren an, silbern und lieblich, die Vögel sangen in ihren Käfigen und schaukelten sich darin, und die chinesischen Glöckchen mischten ihr zerbrechliches Klingeln darunter. »Ja«, sagte der König, »es ist nun leider an dem .. Ich werde keine Erben mehr haben, und meine Tochter wurde heiratsfähig. Meine lieben Vettern in der Ägäis haben ihr Auge auf Myrrha geworfen, wir sind, um diesen wenig schicklichen Ausdruck zu gebrauchen, der strategische Schlüsselpunct. Ein brutaler und ehrlicher Ausdruck .. Der Großtürke selbst erwägt in seinem muselmanischen Herzen die Aufnahme meiner Danae in seinen Serail. Aber soll ich sie in die gewiß unsauberen Hände von Haremswächtern fallen lassen?«

– »Da sei Gott vor!« rief Don Giovanni.

»Welcher Gott?« fragte unter melancholischem Lächeln der

Monarch, und man erinnerte sich schnell der unklaren religiösen Verhältnisse hierselbst.

– »N'importe, Majestät, welcher auch immer – gleichviel ..«

»Hélas, Sie sind ein sprachgewandter Mann und haben die Welt gesehen. Sie sind ein Römer Ihrem Glauben nach, mein lieber Herr Botschafter, ich dagegen, catholisch wie mein Adel, sehe mich durch mein Amt gehalten, der griechischen Religion meines Volkes zu praesidieren. Aber ich habe Grund gehabt, an der Weisheit meiner Geistlichkeit zu zweifeln, an ihrem Lebenswandel, an ihrer Gottgefälligkeit zumeist. Ich fürchte sogar, daß sie einen ernstlichen Stoß .. Nun, lassen wir dies. Das Zeitalter ist heidnisch, aus tiefstem Herzen heidnisch und weltfroh, und sehr gesund. Sie müssen wissen, meine eigene Königin glaubt an Zeus und die alten Heroen .. Sie und ihre Schwestern nannten ihre Töchter Danae und Leda, Io, Europa .. Es gibt Damen von starkem Gefühl darunter, denen der Schwan erschien und der Stier ..«

– »Wie abscheulich«, bemerkte der Botschafter.

»Ja«, sagte der König. »Große Zeiten sind frei in ihren Sitten, und ich beklage es. Aber ändern kann ich es nicht. Ich bin ein alter Mann.«

– »Majestät sind Fünfzig ..«

»Gleichviel, mein lieber Botschafter. Sie haben keinen Staat zu regieren, der in den Händen der Banquiers ist. Graf Godoitis .. ein wertvoller Minister, gewiß, und er unterschreibt .. Auch ich unterschreibe. Und nun haben wir Freier auf Freier im Haus, schöne und häßliche, aber reich .. Und ein jeder empfiehlt sich wieder, jeder auf seine eigene Weise. Es schwebt ein Unstern über diesen Partieen, die so mühevoll eingefädelt wurden. Prachtvolle Mariagen – aber man empfiehlt sich. Neuerdings ist dieser Polycrates gekommen und hat uns seinen Ambassadeur geschickt. Man sagt, er trage zwanzig Ringe an seinen schon etwas gichtischen Fingern, dieser König von Samos. Aber lassen wir das. Halten Sie es für möglich, daß die alten Götter auf diesen Inseln, auf denen sie freilich geboren wurden, noch – wie soll ich das sagen – ich meine: gleichsam

noch anwesend sind? Ich denke mir manchmal, sie können doch nicht so mirnichts-dirnichts einfach verschwunden sein?«
– »Ich glaube nicht daran, Majestät. Götter sind Ideen. Wir bevölkern uns den Himmel damit, wie die maniera nuova die hiesigen Treppenhäuser mit Göttern und Giganten bevölkert hat, damit sie oben nicht ganz leer sind. Es wäre ja unerträglich, wenn es oben leer wäre, der Mensch will etwas haben, zu dem er aufblickt, einen Monarchen zum Beispiel, etwas Sichtbares, dem er seine Wünsche vortragen kann ..«

»Zum Beispiel«, wiederholte der Monarch und sah zum Fenster hinaus. Dann räusperte er sich. »Es sind da gewisse Dinge, die mich zweifeln machen. Mein Volk glaubt mit heidnischer Kraft an die Natur-Gewalten. Poseidon in seinen Wogen scheint den guten Leuten nicht so tot wie uns, die wir vom Gifte der Skepsis genossen haben, Artemis oder die Nymphen sind ihnen anbetungswürdige Wesen. Und dann: ich werde den Gedanken an diesen Goldenen Regen nicht los, diesen fatalen Goldenen Regen ..«
– »Der Goldene Regen?« fragte Don Giovanni artig.

»Zeus, wenn wir den alten Sagen Glauben schenken dürfen«, sagte der König, »kam zu Danae in Gestalt eines Goldenen Regens, und der Knabe Perseus war die Frucht dieser absonderlichen Liaison.«
– »Hm!« bemerkte der Botschafter kurz und entließ etwas Luft durch seine feingeschnittenen Nasenflügel, während er die Füße unter dem Sessel malerisch versetzte.

»Jener Perseus«, fuhr der Monarch träumerisch fort, »der die Dame Andromeda vor einem Meer-Ungetüm errettete. Ich denke daran, weil meine Nichten, meine mir zärtlich ergebenen Nichten, Io, Leda, Europa – souveräne Königinnen immerhin .. nun, Sie verstehen: es sind schmutzige Phantasieen, die sich um das Kindbett dieser Fürstinnen ranken, und doch machen sie selbst gar kein Hehl daraus, sie sind«, und hier erhob der König seine Stimme, indem er auf die Tischplatte, die reichen Intarsien, schlug, »sie sind sogar stolz darauf! Still .. hören Sie .. die volle Stunde ..«

Und in allen den Cabinetten schlugen die Uhren an, silbern und lieblich, und die Vögel begannen zu quinquilieren bei dem zerbrechlichen Geklingel der kleinen chinesischen Glöckchen aus zartem Porcellan.

– »Es mag viel Phantasterei im Spiele sein«, bemerkte Don Johann und wählte bewußt die vorsichtigsten Ausdrücke, »viel Wünschbarkeit und Einbildungskraft von Seelen, die auf das Große gerichtet sind – aber noch kein Gottesbeweis, kein Gottesbeweis, Majestät.«

»Behauptet indessen nicht auch unsere Kirche, daß Gott sich im Menschen verkörpert habe? Nun, lassen wir dies, es möchte mir als Blasphemie ausgelegt werden – obzwar: es will mir scheinen, daß die Idee Gottes nicht wohl ohne uns sterbliche Erdenbewohner auszukommen vermag. Rätsel über Rätsel, geheimnisvolle, heilige und schöne Rätsel, und der Mensch soll nicht an die Geheimnisse rühren, sonst verschlingen sie ihn. Was übrigens meine Tochter angeht: auch sie, so modern sie ist, glaubt an die heidnischen Mythen.«

– »Die Prinzessin ist modern?« fragte Don Giovanni mit warmem Interesse.

»Ja«, sagte der König, »sie ist kühlen und aufgeklärten Wesens, klaren Geistes gleichsam, und etwas unbotmäßig. Sie unterwirft sich weder der Hofkleiderordnung noch sonstigen Satzungen, sie repraesentiert ungern, sie badet, wenn auch fern von Menschenaugen, so doch nackt – horribile dictu –, und wenn sie reitet, ich wünschte, es wäre dies nicht der Fall, so geschieht es im Herrensitz, so reitet sie, statt nach Vorschrift im Schleppkleid, in ledernen Reithosen ..«

Der Botschafter lachte herzlich, durchaus sans gêne und ganz gegen alle Etiquette sogar schallend. Der König aber zuckte nervös mit den Augenlidern, seine schöne, viel zu zarte Hand begann mit dem Federmesser zu spielen. »Sie ist mir lieb um dieses Characters willen«, sagte er leise, als das Lachen verstummt war, »weil sie stolz ist und ihren eigenen Kopf hat. Denn wie leicht verfallen junge Damen von einer solchen Schönheit dem erstbesten Verführer, der ihnen zu schmeicheln, auf ihre bisweilen träumerischen Stimmungen einzugehen weiß. Man kennt ja als alter Mann die Methoden der galanten Herren besser als die Jugend, vor der sich das Leben, voll von unerbittlichen Rätseln, traurig und verschlossen ausbreitet.« – »Man kennt sie«, sagte Don Giovanni leichthin, und der König fuhr fort in seinem höflichen Selbstgespräch:

»Aber sie verdirbt mir die Politik. Da ist nun dieser Polycrates gekommen, der mir seinen Botschafter schickt. Ein König immerhin, wenn auch der Rang – aber lassen wir das. Ein reicher Mann immerhin, mit einigen zwanzig Ringen an den gichtischen Fingern. Meine zärtliche Tochter weiß, daß ich aus den Händen der Banquiers .. nur freilich, der Preis ist hoch, und meine Souveränität ein sehr kostbares, in der Tat: sehr .. kostbares Unterpfand. Wir sind der Schlüsselpunct, mit dieser Tatsache muß man sich leider abfinden, und Samos liegt gleichsam als eine Bastion gegen den Großtürken, eine Fortification, die es mir erlauben würde, die Einreihung der Prinzessin in das Frauenhaus des Serails mit den gebührenden Worten von mir zu weisen, weit von mir zu weisen. Sie verstehen mich?«

– »Ich verstehe sehr gut, Majestät. Ich werde nicht verfehlen, der Republik zu berichten. Zwar: ich bin nicht ermächtigt, gewisse Dinge zu versprechen – aber es ließe sich denken, daß der Gouverneur des Dogen das Cypern-Geschwader in die Gewässer von Myrrha befehligen würde, ganz en passant.«

»Aha«, äußerte sehr leise der König. »Ein tapferer General, ich habe von seinem Ruhme gehört. Ein Mohr, wenn ich nicht irre ..«

– »Berber«, sagte der Botschafter, »ein Mann von stolzer Rasse.« Er blickte mit leichter Anspannung auf eine Arabesque des Parquettes, über dessen verschlungene Ornamente das Glitzern der See, von den offenen Flügeln der Fenster, von Spiegeln und gläsernen Bücherwänden gebrochen, verworren hinspielte.

Auch der Monarch schwieg eine kleine Weile, und sein Federmesser, in der Stille der tickenden Uhren, wippte ein wenig. »Kurz und gut«, sagte er dann, »wir würden für diesen

Herrn aus Samos unsere Selbständigkeit de facto, wenn auch noch nicht unsere Souveränität de jure aufgeben müssen, und meine Tochter, ohne Gründe zu nennen, mag ihn nicht.«

– »Eine kluge Prinzessin, ich beglückwünsche Ew. Majestät. Ein reifer staatsmännischer Blick. Ich bin begierig, diesem Wunderbild einer Schönheit, deren Ruhm die Ägäis durchhallt, zu gelegener Stunde –«

»Still«, sagte der König, und der Saphir schwebte mit betörendem Blau über der Tischplatte, »die Viertelstunde ..« Sein alterndes Gesicht unter dem Pelzbarett lauschte. Indessen hörte er mit deutlichem Mißfallen einen sehr energischen Schritt durch die uhrenschlagenden, kleinen Cabinette hereinkommen, einen Schritt voll Würde, Selbstbewußtsein und starkem Darstellungsdrang. Dem Botschafter aber verriet untrügliches Rauschen von schwerer Seide, daß die Persönlichkeit, die da in seinem Rücken den Saal betrat, trotz ausgeprägter Herrschertalente aphrodisischer Herkunft war, Besitzerin zweifellos der berühmten Coppel von fünfzehn aristocratischen Windhunden. Er erhob sich zugleich mit dem König, der fröstelnd, mit grauem Ausdruck, den Zobel über dem schwarzen Samtrock schloß.

»Darf ich Ihnen, Madame«, sagte der Souverän des Reiches von Myrrha, etwas müde, etwas traurig, »den Botschafter der Republik vorstellen, Herrn v. Legua ..«

Dame Olympia reichte die Hand zum Kuß. Es war eine schlaffe und dennoch unendlich gepflegte, eine kleine und schlanke, dennoch gebieterische Hand. Diese Frau, von der man viel Lästerliches sprach, bot in ihrer Art das vollendete Abbild des Königlichen, und Don Giovanni, ein Kenner, beobachtete sie heimlich, wog sie auf der feinen Waage seines Geschmackes und fand sie nicht zu leicht. Er stand, den Zweimaster unter dem linken Arm, vor seinem Sessel und schien zum Fenster hinauszublicken, auf die kaum bewegte, kräuselndglitzernde See, während die Königin mit ihrer knappen, befehlsgewohnten, etwas dunklen Stimme auf den hohen Gemahl einsprach, die Bau-Genehmigung für die Capelle nun endlich zu erteilen. *Die* Capelle hieß es, und alsbald stellte sich heraus, welchem der zahllosen Heiligen man sie zu stiften gedachte: ihrer keinem nämlich, sondern einem ausgemachten Heiden, sondern Jupiter persönlich! und sie sollte ein Äußerstes an Raumseligkeit werden. Nun, daran war kein Zweifel, sicherlich würde der neue Stil die Gelegenheit ergreifen, wahre Orgien an Exaltation zu feiern. Im Übrigen war es ein wenig lächerlich – eine Capelle! Was hatten griechische Götter mit Capellen zu schaffen! Aber konnte man sich einen Tempel vorstellen? Konnte man irgend etwas Anderes auch nur in Erwägung ziehen als gedrehte Säulen und pompöse Altar-Aufbauten, Ornamente und Stuccaturen, ein bewegtes, schwellendes Ensemble? Undenkbar. Nicht einmal Don Giovanni konnte das, ein aufgeklärter und freier Geist, der er doch immerhin war. Nein, man blieb ein Kind seiner Zeit, darüber ließ sich nicht hinwegkommen, einer bedenkenlosen Zeit, die Alles übertrieb, was sie anfaßte, prunkliebend und anspruchsvoll, auf großem Fuße lebend und von kindlicher Unbefangenheit; die das Geld zum Fenster hinauswarf, Alles, was vor ihr war, en bloc davonräumte und gar nichts dabei fand, christliche Begriffe irgendwohin zu verschleudern ..

Solchen Gedanken hing der Botschafter nach, indem er unbekümmert, doch ohne es zu zeigen, der Auseinandersetzung lauschte. Es schien nicht, daß die Dame, trotz bedeutender Eloquenz, den Gemahl, der ein wenig spöttisch blickte, überzeugen konnte, doch die Oberhand würde sie wohl behalten. Wenn das Gerücht auf Wahrheit beruhte, daß sie des Premier-Ministers Geliebte zu sein sich nicht scheute, der in den Händen der Banquiers war, so durfte, so mußte man diesen Godoitis als einen klugen, weitschauenden, in seinen persönlichen Bedürfnissen wählerischen Staatsmann betrachten, der die Wege kannte, auf denen man zur Macht gelangt, und die Methoden, durch deren Anwendung man hoffen darf, in ihrem Genusse zu bleiben. Es hieß, die Dame sei ihm so unmäßig verfallen, daß in dem Staate Myrrha, abgesehen vielleicht von dem gelegentlichen Eigensinn des oft melancholischen und in solchen Stunden unlenkbaren Königs, nichts dem hochgräflichen Willen entzogen blieb als die rauhe, unbotmäßige, schöne und heiratsfähige Prinzessin, die wie ein Mann zu reiten, wie eine Nymphe zu baden wagte.

Und wie verschieden waren nicht diese beiden Partner einer heillos verfahrenen Ehe, wie höflich gleichwohl gegeneinander, wie sehr bemüht, Mißtrauen und Verachtung zu verdecken, die sie zweifellos gegenseitig empfanden. Hier der leidende, überfeinerte, leise Herr, der von dem Gifte der Skepsis genossen hatte, unter der heißen Sonne der Dächer frierend, unter dem Prunk seiner Ermitage einsam, mit den schönen, allzu zarten Händen, mit den vornehmen Zügen, durchfurcht von allen Scrupeln und Sehnsüchten eines Herrschers, der sein Volk zu sehr liebte, um es recht regieren zu können .. dort die stolze und, ob auch von Verfall schon leicht gezeichnete, so doch wahrhaft majestätisch aufgerichtete Dame, in deren etwas schrägen, scheinbar so kühlen, rätselhaft abschätzenden Augen ein durchaus noch ungebrochenes Feuer lag .. Formen, die aus der Schlankheit verlorener Jugend langsam ins Üppige spielten, von kunstvollen und bewußten Roben noch straff zusammengehalten .. ein Rücken von ungewöhnlich reiner Linie, Schultern, die dem Reichtum der Stoffe und des Schmuckes noch mit Anmut zu antworten wußten, ein Hals, dessen schwindende Weichheit von einem duftigen Halsband aus Seide und Spitzen geschickt retouchiert wurde. Und siehe, nun legte sie dem Gemahl die gepflegte Hand auf den zobelbewehrten Arm und sagte mit ihrer knappen, etwas dunklen Stimme das Zauberwort, das alle Bedenken hinwegschmelzen ließ: »Auch Danae wünscht diesen Bau ..« Und der König, indem er fröstelnd an die Stutzuhr trat, die auf dem Caminsims seiner Pflege harrte, nickte ein ganz klein wenig, preßte die Lippen aufeinander – ein ganz klein wenig Bitterkeit war darin – und hatte genehmigt. Wie mußte dieser Mann seine Tochter lieben .. der Botschafter notierte sich im Gedächtnis einen Marionetten-Faden.

Dame Olympia aber, von deren Kindesliebe nicht eben Rühmenswertes verlautbarte – draußen sah man in der Tat die Meute wogen –, rauschte mit lässigem Neigen des wohlfrisierten Hauptes an Don Johann vorüber, dessen Anwesenheit ihr nicht die mindeste Spur eines Gefühles von Unschicklichkeit eingegeben hatte, daß so intime Dinge vor so fremden Ohren verhandelt wurden.

»Um auf unser Gespräch zurückzukommen«, sagte der König, halb zum Garten hinaus, »das so plötzlich unterbrochen wurde – was würde die Republik als Gegengabe einer Croisade des Mohren für wünschenswert erachten?«

– »Es würde«, erwiderte Don Giovanni, »der Serenissima, die freilich bestimmtere oder auch vagere Gedanken darüber haben könnte, und ich will mich also nicht unbedingt darauf festlegen, es würde ihr zweifellos convenieren, die Handelsbeziehungen zu Ew. Majestät Königreiche fester zu knüpfen, in eine Art von Vertrag etwa einzutreten.«

»Aber nehmen Sie doch Platz, mein lieber Botschafter.«

Und Don Giovanni di Legua e Torreleoni nahm Platz auf der Kante des geschweiften Sessels, schön, männlich und etwas steif, sein Degen behinderte ihn.

Da sprach der Einsame im Zobel ein schwerwiegendes Wort, ein Wort, das alle Abgründe seiner so vornehm verdeckten Ehe aufriß. »Die Majestät der Königin«, sagte er ganz selbstvergessen, »haßt und fürchtet ihre eigene Tochter. Es ist wohl Eifersucht.«

– »Ah ..« sagte der Botschafter, und tiefe Stille trat ein. Draußen aber in den zierlichen, zärtlich möblierten Cabinetten, der Spielerei eines Menschen, der sich verlassen fühlte, und auch hier drinnen in dem freundlichen, hellen, sonnenglitzernden Saal, begannen die Uhren alle zu schlagen, silbern und lieblich, ja, es lag etwas Liebevolles und Tröstendes in ihrer Gemeinsamkeit, in dem süßen Spiel ihrer Stimmen, in dem Gesang der angeregten, neidlos und voll höchster Lebensdankbarkeit antwortenden Vogelkehlen, und in dem der kleinen, chinesischen Glöckchen aus zerbrechlichem Porcellan.

III. CAPITEL

Welch erhebendes Schauspiel, eine Antichambre! Es sind dies zumeist helle und luftige Räumlichkeiten, von Hellebardieren ganz überflüssiger Weise bewacht, da sie niemandem den Eintritt verwehren; Salons gleichsam, in denen zwar kein Tee gereicht, wohl aber auf das Angenehmste geplaudert wird; leise Salons, sparsam, doch schön decoriert, um den Sinn auf die bevorstehende Pracht des Audienz-Saales vorzubereiten, ohne schon zu viel zu verraten. Ein oder zwei Kammerherren vom vornehmsten Adel des Landes, die vorübergehend ihren Ehrendienst am Monarchen versehen, wandeln mit der ihnen angeborenen Würde hin und her, treten zu dieser oder jener der Gruppen von Wartenden – und man wartet geduldig –, widmen sich dem Empfang der neu Hinzutretenden, dämpfen hier das Auflachen, das einer spaßhaften Pointe der Unterhaltung folgt, zerstreuen dort ein Gerücht, eine Mutmaßung, Sorgen, und auch der Narr ist anwesend, klein, bucklig, von Schellen behangen, die bei jedem Schritt der aufgebogenen Schnabelschuhe – cinnoberroter Schnabelschuhe von beträchtlicher Länge – zu klingeln beginnen, und hin und wieder verstummt ein angeregtes, spöttisches Gespräch so jäh, daß hundert erstaunte und doch zugleich wissende Augen sich auf jene Stelle des Parquettes richten, auf der ein Horcher des Ministers mit ungerührter Miene zu verbergen trachtet, daß er gehorcht hat ..

Und niemand weiß, was drinnen beim König vorgeht, warum niemand mehr hineingerufen wurde, obwohl doch die vielen kleinen Uhren schon vier Mal in melodischem Chore geschlagen haben. Die Herren vom Stande, kenntlich an ihren Degen, die quer durch die zartfarbenen Schöße des Justaucorps gesteckt sind, nehmen ihre Unterhaltung wieder auf, reich an Bildung und trefflich ausgearbeiteten Bonmots, es summt und schwillt, summt und ebbt, und die Bürger sitzen mit ihren Bittschriften, ein wenig steif, auf den seidenen, zierlich geschweiften Bänken, die keine Lehnen haben, warten, daß der König, nach stattgehabten Audienzen, heraustritt, und fühlen sich unfrei in dieser Umgebung.

Endlich öffnet sich der Doppelflügel der Tür, das Licht spielt über die Intarsien, der höchste Kammerherr, mit jovialem Lächeln, entläßt den Besucher, dem die Sonne der königlichen Huld so ausgiebig geschienen hat, entläßt ihn mit einem Compliment, welches dermaßen leise gesprochen wird, daß man es nur an der Bewegung der Hand ablesen kann, einer mühelosen, eleganten, in langer Übung erworbenen Bewegung, welche bei denen, die es so weit noch nicht gebracht haben, eine Art von bewunderndem Neid erweckt. Die Züge des Botschafters, der soeben seinen Zweimaster aufsetzt – es ist ein Botschafter, man ersieht es an der Rankenfülle der Rockstickerei –, drücken gelassene Befriedigung aus, Abwesenheit, leutselige Ruhe, ja, ein Nachglanz erhabener Gedanken schwebt über ihm, während er, die Versammlung leichthin grüßend, den Zweimaster wieder vom Kopfe nimmt, um ihn, wie eine Fanfare, seitwärts in die Luft zu stoßen. Und so, erhobenen Hauptes, durchschreitet er die Antichambre, in der die Höflinge antichambrieren – schön, männlich und etwas steif, denn hundert erbarmungslose Augen, voll Neugier, Spott und Mißgunst auf ihn gerichtet, verzehren ihn. »Venedig ..« flüstert Einer – so sehnsüchtig, als könne von daher die Rettung kommen, und die Horcher des allmächtigen Ministers, indem sie schaudernd die hoffnungsfrohe Bewegung erspähen, die dieser Name auslöst, beschließen, sie hernach mit spitzer Feder in ihrem papierenen Gedächtnis zu vermerken. Der Narr aber, von Schellen behangen, deren Klingeln niemand hört, weil eben jetzt die Uhren zu spielen beginnen, schleicht heimlich hinaus, ein seltsamer Mann, traurig und cinnoberrot.

In der Tat, es war Don Johann, und Pulcinello, der Spaßmacher, kannte ihn. »Anch'io son Veneziano«, flüsterte er still in sich hinein, auch ich bin Venezianer, und ungeheures Heimweh stieg in seiner Seele auf. Dort, weit am Ende der spiegelnden Galerie, ging ihm das Inbild der Vaterstadt, der Mann des Glückes, mit dem er glücklich gewesen, mit dem er, auf der Höhe des an Tiefen so reichen Lebens, sorglos gescherzt. Ihn einholen, ihn aufhalten .. Und Pulcinello, mit seinen langen, albernen, aufgebogenen Schnabelschuhen, die er haßte wie nichts auf der Welt, rannte um sein Leben, rannte durch Seitenflure, Lakaiengänge, stürzte über Wendeltreppen hinab, um schneller als der Schöne und Männliche auf der Prunkstiege zu sein. Dort verbarg er sich in einer Nische bei der marmornen Apollon-Gruppe, verschnaufte ein wenig, hielt sich das klopfende Herz, und siehe, hinter den Balustern der Galerie, die dem oberen Podest entgegenführte, schritt ihm das Inbild der Vaterstadt heran, die Fransen von Silber wehten, die Lippen pfiffen eine kecke Melodie, ganz leichthin, und dem Degen, jetzt waagrecht, jetzt schief in der Luft, teilten sich im Schreiten die Bewegungen der Hand mit, die auf ihm ruhte.

Ja, der Botschafter pfiff, denn er war fröhlich, er pfiff etwas Keckes vor sich hin, etwas, das nur die Spieluhr des Königs, jene auf dem Caminsims, alle volle Stunde einmal spielen durfte. Er dachte an die anmutige Taille der Dame Olympia, an Danaes, der Tochter, höchst sagenhafte Schönheit, die ihm noch bevorstand, an so manche Eroberung von eh und einst, und eigentlich dachte er an gar nichts. Es war ein Schwebezustand, in dem er sich befand, er schwebte auf Träumen von Erfolgen. Da trat aus einer Nische mit allegorischen Figuren die bunte, bucklige, schleichende Gestalt des Hofnarren und wandelte mit einem Schritt von eigentümlicher Ziererei, die schellenbewehrten Schnabelschuhe weit auswärts setzend, langsam vor ihm her. Nun, dergleichen gab es an jedem Hofe, es waren bedauernswerte Menschen und oftmals unangenehme, sie schlugen Capital aus ihrer Narrenfreiheit, die ihnen Alles zu sagen erlaubte, das Unschickliche sowohl wie das Naseweise, das Heiterste wie das Traurigste, Trivialität und Indiscretion. Die Gesetze des Anstandes waren aufgehoben, die Höflichkeit galt nichts mehr, wo die Lust am Blamablen mit fataler Schrankenlosigkeit herrschte, und diese machtlosen Geschöpfe wußten gut, welche

Macht sie besaßen: die Macht, wen sie wollten, dem Gelächter preiszugeben.

»Heda, Freund!« rief der Botschafter, er hoffte, sich durch Bekundung von Teilnahme in ein angenehmes Licht zu setzen, »wer bist du, wie heißt du?«

Der Narr, im Weitergehen, wandte sich halb um. »Ich bin das Gewissen«, erwiderte er düster und ging langsamer, sodaß auch Don Giovanni den Schritt zügeln mußte. Eine Antwort, die weder witzig noch witzlos war, liebten es die Könige doch, wenn ihre Narren, denen sie nicht zu folgen brauchten, ihnen den Spiegel von tausend Fehlern, Schwächen und Versäumnissen vorhielten.

»Wie du heißt«, sagte Giovanni, »wollte ich wissen.«
– »Ich heiße der Spaßmacher des Königs, aber der König hat von dem Gifte der Skepsis genossen, meine Späße machen mich weinen und ihn nicht lachen. Ma: anch'io ..« – und er drehte sich vollends um, während unten schon die Sänfte des Diplomaten an den Treppenfuß getragen ward, setzte sich auf die Stufen und blickte wie ein Hund, gläubig und zottig, zu ihm auf – »anch'io sono Veneziano ..« Sein Gesicht wurde gierig von Hoffnung und lauschte.

»Maraviglia«, bemerkte der Botschafter, obwohl zu wetten stand, daß ihn dies Wunder nicht gar so wunderlich dünkte, stieß ironisch den Zweimaster in die Luft, wie eine Fanfare, und blieb stehen. Er beugte sich sogar ein wenig hinunter – was hatte der Mensch für schwimmende Augen. »Verrate mir, mein Freund«, sagte er, »gesetzt du seiest, wie du vorgibst, das Gewissen dieses Hofes, verrate mir, wo in dieser höchst künstlichen Welt ein Herz schlägt, ein unverstelltes, kräftiges Menschenherz.« Der Narr zeigte auf die eigene Brust und nickte mit gleichsam verwundetem Ernst, aber Don Giovanni meinte das nicht. »Ich meine: ein Herz, das Liebe fühlen könnte nach seinem eigenen Credo, nicht nach einer Kramladen-Rechnung von Gewinn und Verlust.«

Da erhob sich Pulcinell, mit jenen atemlos-übertriebenen Bewegungen, die seinem Stande angemessen sind, ergriff den

Abgesandten der Republik am Ärmel und zog das leicht überpuderte Ohr an seinen Mund: »Die Prinzessin«, verkündete er flüsternd. Aber ehe Herr v. Legua antworten konnte – nur sein Gesicht drückte durch hohe Befriedigung aus, daß er eben dies gemeint und bestätigt gewünscht habe –, sprudelte folgende wirre Rede aus dem unglaublich großen und behenden Munde des Narren, eine Redeflut, die an und ab schwoll, bald geifernd und verzweifelt, bald geheimnisvoll gedämpft, bald wieder gelassen, beinahe weltmännisch: »Anch' io .. Sie wissen nicht, was das heißt, mein Herr, anch'io, auch ich, auch ich bin Venezianer .. Eine schöne Stadt, eine stolze Stadt, reich und mächtig unter den Metropolen des Erdballs. Sie wissen nicht, was das heißt, nein, ich sehe es an Ihrem adligen Habitus. Sie saßen mit mir auf den selben Sesseln, und Sie wissen nicht, was das heißt, verbannt sein, denn ich bin verbannt, wie das zehrt und zerrt, Sie wissen es nicht, in der Fremde sein, ausgestoßen sein, verhaftet werden, wenn man wiederkäme, verhaftet von den Sbirren der eigenen Vaterstadt, Herr Gott: Sie leben und sehen es nicht – ja: diese Welt ist künstlich, in hohem Grade künstlich, und Sie gehören so dazu wie ich und alle die anderen Figuren von Getretenen und Mißbrauchten und zutiefst Unnützen! Still .. ich höre kommen. Still .. ganz still .. nicht schreien, Gheotta, immer höflich sein, immer kleine Späße bereit halten. Soll ich Ihnen einen glänzenden Spaß erzählen? In der Tat: ich heiße Gheotta, Pulcinello Gheotta, das heißt: eigentlich heiße ich Don Pasquale di Alberoni-Gheotta, ich saß mit Ihnen an der gleichen Tafel, teuerster Giovanni, es war im Palazzo Vendramin und bei der Fürstin Bentivoglio, Gott, was für eine schöne Frau, und manchmal auch in der Signoria, wenn Seine Herrlichkeit die großen Empfänge gab, aber Sie wissen nicht, was Heimweh ist, das trennt uns, wissen Sie? und manchmal ergeht es den Spaßmachern der Könige so, daß sie zu schluchzen anfangen, wenn ihnen ein Scherz besonders gut gelang. Verstehen Sie: ich wollte Ihnen einen Spaß erzählen, einen in seiner Art ungewöhnlichen Spaß – ich war früher einmal, oh, es ist lange her, früher einmal, als ich bei Ihnen saß und Ihrem

Knabenherzen den Weg beschrieb, auf dem man zum Glücke gelangt, war ich ein kirchlicher Würdenträger, ein kleiner nur, aber immerhin: ich habe die Weihen, ich war Abate und kann, wenn ich wollte, und wenn es nicht Blasphemie wäre, ich kann das Sacrament reichen, und Ihnen, wenn Sie einmal eines schrecklichen Todes sterben, und das werden Sie, weil Sie ein Mann des Glückes sind, und jedes Glück wird einmal bestraft, Ihnen werde ich es dann reichen, das Sacrament, weil Sie mein Freund sind und sich teilnehmend erwiesen. Ich habe Einfluß, viel Einfluß, ich stehe zu Ihren Diensten, nein, ich will kein Geld, nein, stecken Sie die Börse wieder ein, ich beschwöre Sie – ich will etwas ganz Anderes, ich mache mich verdient um Venedig, verstehen Sie: Venedig .. ich will heim! Und natürlich, Sie sagen mir nichts Neues, die Welt hier ist in so hohem Grade künstlerisch, ich habe oft darüber nachgedacht, betrachten Sie nur dieses pompöse Treppenhaus, in so ausschweifendem Maße künstlerisch, so künstlich, so heidnisch, so hochmütig und brutal – nicht der König, ich nehme ihn aus, ausdrücklich –, daß eines nahen Tages die Catastrophe da sein wird, über Nacht .. Nicht die Revolution, behüte, wir sind nicht reif, aber eine Catastrophe, eine göttliche Manifestation .. ja, das ist es, haarscharf: Gott wird sich manifestieren, und vielleicht .. auf eine sehr heidnische Weise .. gleichviel, gleichviel, das ist es nicht, was ich sagen wollte .. Gott ist mir gleichgültig – aber, aber: die Menschen werden zittern ..«

Don Giovanni lüftete freundlich den Hut. »Gott mit Ihnen«, sagte er und entfernte sich.

Nun: er hatte nicht mit der Verzweiflung gerechnet, die eine wahnwitzige Hoffnung in solchen Seelen entfacht, denn Gheotta, nachdem er einen Augenblick, versteinert darüber, daß der Botschafter ihn nicht wiedererkennen wollte, auf der Stufe gestanden, stürzte sich dem Entschreitenden nach, gewann noch vor ihm den Treppenfuß und verwehrte ihm mit ausgebreiteten Armen, während die Schellen seines cinnoberroten Gewandes klingelten, den Eintritt in die Sänfte. »Manete, Signore, manete un momento«, rief er, zu Allem entschlossen, atemlos, »bleiben Sie, gehen Sie jetzt nicht fort, hören Sie mich an auf zwei Secunden, wenn Sie nicht einer Viper gleichgeachtet sein wollen, ich hätte Ihnen, hören Sie, ich hätte Dinge zu erzählen, von denen Sie, bei den Vierzehn Heiligen Nothelfern, nicht träumen ..«

»Sie sind ein Narr«, sagte Giovanni verächtlich und schob ihn zur Seite, um sein Coupé zu betreten, woselbst er es sich in den Polstern bequem machte. Er legte den Degen ab, herrisch gab er das Zeichen zum Aufbruch, die Träger hoben an, aber der Schellenkönig, in einer höchst unwahrscheinlichen Verrenkung, krallte sich an der geschweiften, spiegelnd lackierten Decke der Sänfte fest, steckte den Kopf in das Innere hinein – es war mit resedagrüner, gesteppter Atlas-Seide ausgeschlagen – und starrte den Botschafter an. »Ich bin ein Narr«, wiederholte er drohend, während die Träger absetzten. Dann normalisierte er sich. Er nahm die Schellenmütze vom Haar, das in vier sparsamen, sorgfältig geordneten Fäden auf einem sonst kahlen Schädel gruppiert war, sein Gesicht wurde mit erstaunlicher Plötzlichkeit ganz heiter, und, die Kappe in der Hand, hockte er sich gelassen auf den Tritt der Chaise, um in venedischem Dialect ein Selbstgespräch zu beginnen – so leise, daß Don Giovanni, leicht belustigt, sich aus dem Fenster hinausbeugte. Man war in der großen marmornen Treppenhalle, in der jederzeit ein Wagen vorfahren konnte, durch die offenen Portale schien der blaue Vormittag herein, Atlanten stemmten unbewegt die Gewölbe, auf denen der weiße Stuck sich im Widerglanz der Wellen vom Hafen verklärte, die Sänftenträger spitzten neugierig die Ohren, draußen erging sich das Volk, und Alles mutete ihn, den Herrn von Welt, mit einem Male unwirklich an, unwirklich und ein wenig verrückt.

– »Ich bin ein Narr«, sagte Alberoni-Gheotta, und die Kappe schaukelte mit Geläute zwischen seinen Knieen, »veramente, ich bin ein Narr. Der Herr hat es gesagt, Pulcinello, der Herr weiß es, der Herr saß mit dir an den gleichen Tischen. Ein Narr, das ist viel, er sieht mehr an diesem armseligen Dasein, als Andere sehen können in ihrer Eitelkeit, er sieht das Verborgene, das, was sie mit so viel Kunst und List und Lüge zu verbergen trachten, ja, ja: mit Lüge, sie belügen sich selbst und bemerken es nicht, daß sie, indem sie Andere belügen, sich selbst belügen. Aber das Schicksal .. bemerkt es.« Er lachte und streckte die Schnabelschuhe so jählings von sich, daß die Sänfte, auf ihren Stelzen, ein wenig schwankte und die Glöckchen an seinem Gewande heftig klingelten. Dann stützte er die Ellbogen wieder auf die Kniee, das Gesicht in die Hände, und während seine Augen die Kehlung der untersten Stufen scharf beobachteten, Don Giovanni lauschte selbstvergessen, fuhr er fort: »Ein Narr, ein Arlecchino, nein, es ist das Schlechteste nicht, durchaus, durchaus, es ist nicht das Schlechteste, nicht vom Übel, è bene, giustamente. Es ist gerecht, daß Einer ein Narr sei und für einen Narren gelte, da die Narren nicht Narren sein wollen, die es in Wirklichkeit sind. Ich bin ein wenig wunderlich, das ist wahr, aber soll ich es bedauern? Man wird wunderlich, wenn man mit überwachen Augen sieht, tausend Laster und Sünden erspäht, sich wundert, sich empört, und jeden Tag und jede Stunde und Tag um Tag und Jahr um Jahr sich verstellen muß, Jahrzehnte, Pulcinell! bald zwei Jahrzehnte, weil hundert Ohren in allen Winkeln lauschen .. Sie lauschen .. hörst du sie wachen, Giovanni, in ihren tausend Winkeln? Fühlst du, wie es dir schaurig den Rücken hinabrieselt, Giovanni? O freilich, du bist Diplomat, das ist wahr, ich vergaß es beinahe .. du hast einen Diplomatenpaß in deinem portafogli, alle Türen tun sich dir auf, und auch dein Herz hat einen Freipaß, alle Damen lieben solch silbergestickte Brust, alle Türen tun sich auf .. O wer doch auch solch silbergestickte Brust besäße. Nur ich, ein wenig bin ich dir gleich .. Alle Tapetentüren tun sich auf, jeder Alcoven hat sein Geheimnis, und wenn ich wollte, aber ich will nicht, ich könnte dir Affairen erzählen, Affairen ..« Er hob seine Stirn, inzwischen ganz erheitert, hob seine Augen, in denen der Schalk saß, hob seine zerfurchten Züge schwärmerisch nach oben: »Das Leben ist eine große commedia dell'arte, man spielt um des Spieles willen und nennt es: die Macht, als wäre sie ein Ding, das uns ewige Seligkeit gibt, oder: die Liebe, als könne sie uns retten vor dem da drinnen« – und er pochte gegen sein Herz – »oder vor dem da droben« – und sein über die Maßen langer Zeigefinger wies gegen den reichen Plafond, der mit unendlicher Kunst ein Stück Himmelsblau vortäuschte.

»Davvero, man muß ein Narr sein, um es recht zu erkennen und zu durchschauen .. Ich war einmal ein kirchlicher Würdenträger, wenngleich nur ein kleiner, und ich hatte einen Buckel, wenngleich einen zierlichen, und ich hatte Geist, wenn er auch ein wenig zu fürwitzig, ein wenig zu hurtig und gottlos war und zu burlesquen Streichen aufgelegt, aber das hinderte die Frauen nicht, mich gleichwohl zu lieben, weißt du, sie fanden es entzückend, sagten sie, und ich hatte succès bei ihnen, hatte ein gewisses Maß von Kunst und System – und ich lehrte dich diese Kunst –, aber bei der einen überraschte mich der ihr durch Gottes Güte angetraute Gemahl, und wir duellierten uns .. Ja, so geht es manchmal, und die Sbirren suchen uns dann. Ich will dir, später, wenn es dir so ergangen sein wird, wie es dir ergehen muß, ich will dir später die Augen zudrücken, die schönen, blauen Augen voll Ironie und zärtlicher Untreue .. und ich will dir auch das Sacrament reichen ..«

»Zu gütig«, sagte Don Johann, und der Narr plauderte fort: – »Il sacramento .. denken Sie nur, all diese Herren und Damen, diese Mächtigen der Welt, die so gern die Aufgeklärten und Überlegenen spielen .. mit der Zeit wirds ihnen unheimlich, das Alter kommt heran, näher und immer näher, um die Augen erscheinen die ungeliebten Krähenfüße, und sie fürchten sich .. Die Furcht, Ew. Liebden, die sitzt in jedem Spiegel, in jeder Arabesque aus vergoldetem Schnitzwerk. Und aus jeder Nische, voll von heidnischen Götterfiguren, tritt die Furcht vor dem Ende .. Was wird Gott sagen, wenn wir dort oben ankommen, Gott, den niemand kennt, was wird er sagen? Alphanios, mein Sohn, wird er sagen, war es recht, von dem Gifte der Skepsis zu genießen und leise und traurig und vornehm zuzuschauen, wie die Banquiers dein Weib in die Arme ihrer gräflichen Puppe trieben, dein Reich stahlen und deine Tochter umbuhlten, um sie gefügig zu machen, daß sie Einen heirate, der ihnen die Macht beließ? Olympia, mein Kind, wird er sagen, war es so süß, die Lust deines Leibes, eines schönen Leibes, ich gebe es zu, die Lust deines Leibes zu erkaufen gegen die Chèques der Banquiers und die Augen fest, immer fester zu verschließen vor dem Ruin des Staates, den sie dir mit kunstvollen Bauten als wie mit Coulissen verstellten? Und, teurer Graf, wird er sagen, wäre es nicht besser gewesen, sich vor mir, dem Gotte, zu fürchten, statt vor dem Dolche eines Rächers, den Intriguen der Höflinge, dem Ehrgeiz eines Nachfolgers und vor dem Haß des Volkes, das du regiertest? Denn dieser Mann, mein schöner Giovanni, dieser Mann fürchtet sich. Er lächelt, und er scherzt .. und fürchtet sich. Er liegt in den Armen der Königin, die ihm treu ist, und ist ihr untreu – und fürchtet sich. Er ist ein leiser, ein angenehmer Herr, aber nachts, o Gott, wenn er allein ist .. ja, man muß wohl ein Narr sein, um ruhig schlafen zu können, statt schreien zu müssen vor Entsetzen, weil einmal die Strafe kommen wird. Nur diese kleine Danae« – und er schnippte geradezu freudig mit den Fingern, daß die Schellen klingelten – »sie geht so adrett durch die Welt, so stolz, so kühl, so hoffärtig in all ihrer Leutseligkeit, sie hat die Zukunft vor sich – und einen Admiral neben sich – und sie macht sich nichts aus diesem höchst künstlichen, *höchst* künstlichen Hof, sie badet, wie Gott sie geschaffen hat, und er hat sie geschaffen, daß selbst einem Narren schwach werden könnte, aber, beim Himmel, sie weiß es nicht – und noch .. noch fürchtet sie sich nicht. Denken Sie, mein guter Herr, ich bin freilich ein wenig wunderlich, ich verstelle mich von Zeit zu Zeit, wie gesagt, ich war Abate, ein Gelehrter, ich schrieb gelehrte Bücher, und ein Schiffbruch warf mich an diese Gestade, wo der König meinen Buckel ergötzlich fand, dies war sein Ausdruck, und ich verstand, trotz meiner Lage, und obwohl mich die Sbirren suchten, ich verstand es, amön zu scherzen, sodaß selbst der König in seiner vornehmen Trauer dann und wann zu lachen genötigt war, aber .. die Melancholie. Sie verspeist mich bei lebendigem Leibe.«

Damit verstummte er. »Venedig«, sagte er, ganz leise, eine

Träne trat in sein viel zu großes Auge. Don Giovanni horchte noch eine Weile, dann lehnte er sich in die Polster zurück und schloß die Lider, deren Schnitt und deren leichter, flüchtiger Glanz die Frauen so sehr verwirrte ..

Er öffnete sie wieder, und wieder waren es *seine* Augen, die schönen, blauen Augen, die voll von Ironie und zärtlicher Untreue in die Welt blickten, und indem er die Sänfte aufzuheben befahl, gedachte er vage der Möglichkeiten, die für Venedig in diesem Narren lagen. Gheotta aber, unter albernen Bewegungen aufspringend, rief mit Beschwörung halb und halb mit Comik: »Excellenz, verlassen Sie mich nicht!«

»Siamo amici«, erwiderte der Botschafter. »Ma la tavola è preparata« – was nicht mehr zu bedeuten hatte, als daß die Freundschaft, die er aus weiser Berechnung anbot, ihn nicht vermögen sollte, die Tafel zu versäumen – und so erhob sich das Coupé in die etwas dämmerige Luft der Torhalle.

In diesem bedeutenden Momente, von Lauffern angekündigt, die durch das Portal hereineilten, nahte sich mit Schnelligkeit eine Art Schwanenkorb, reich geschnitzt mit Ornamenten, in deren Vertiefungen ein wenig Gold ausgelegt war; darüber thronte, unter einem Baldachin von Straußenfedern, den zwei winzige Heiducken, rückwärts aufgesessen, hin und her bewegten, in Wogen von Atlas eine Dame, die wenig Zeit zu haben schien, da sie so scharfe Gangart halten ließ; und kaum hatten die Träger die offene Sänfte vor der geschlossenen des Botschafters niedergesetzt, der sie nicht wohl sehen konnte, da seine Fenster seitwärts gingen, als die Schönheit – sie war eine solche, das erwies sich alsbald – auch schon mit ungemeiner Leichtfüßigkeit herabsprang und in ihrem Reifrock, hochaufgerichtet, die Stiege betrat, um auf ihr dem Podest, dem Apoll entgegenzustreben. Über das Gesicht Pulcinellos verbreitete sich zügellose Anbetung, eine Verbeugung bis tief zum marmornen Estrich folgte, wobei die Schellenkappe in der Rechten sausend nach hinten geschleift wurde, Don Giovanni aber, der vorerst nur den ungewöhnlichen Bückling des ungewöhnlichen Narren sah und anzunehmen geneigt war, daß dort eine Persönlichkeit kam, die gegrüßt sein wollte, streckte den Zweimaster zum Fenster des seidenen Cabinettes hinaus.

Dies getan, erschrak er. Denn in der nämlichen Secunde traf ihn, wie eine Offenbarung des Himmels, der Anblick eines jugendlichen, sehr schlanken und straffen, kostbar gekleideten, kostbar gewachsenen Rückens, traf ihn ein blitzender Strahl aus Augen, die sich mit einem gewissen Erstaunen zu ihm umwandten, und – Götter! – welch ein Antlitz! Ein Antlitz ohne Rouge und Puder, Lippen, die sich kühn und selbstbewußt spannten, Wangen von zarter Röte und Bräune, in denen Sonne und Seeluft waren, ein heimliches Widerspiel von Wärme und Kühle, die Stirn von klarem und hohem Bau, und Locken, eine ganze Flut von golddurchsponnenen, weichen, dennoch ein wenig widerspenstig sich scheitelnden Locken, mit einer carmesinroten Samtnelke seitlich zusammengehalten. Er zog den Zweimaster beteuernd an die Brust und verneigte sich in seinem Coupé, verneigte sich dreimal und hielt lächelnd dem Blick der fremden Augen stand, in denen er Jugend las, nur Jugend, prachtvolle, ungebrochene, reiche Jugend .. Sie wandte sich ab, rauschte von dannen, das Stiegenpodest entführte sie ihm.

»Wer war das?« fragte er.

– »Die Zukunft«, erwiderte düster der Narr. »Ein Fräulein v. Sinigallia«, fügte er lebhafter hinzu und lachte böse. »Sie ist grausam von Gemüt und hat einen kleinen Fehler unter dem linken Ohr, eine kleine, niedliche Unebenheit der Haut, goldener Flaum liegt darüber. Excellenz: ich wünsche wohl zu speisen!«

Und Excellenz speiste excellent.

IV. CAPITEL

An diesem Nachmittage, der Maihimmel stand hoch und sommerlich über der Insel, ritt Herr v. Legua, der Arbeit müde, die er mit den Gesandtschafts-Secretären in den Gärten seines Landhauses geleistet hatte – es war auch Auftrag gegeben nach Venedig, Person und Vergangenheit eines gewissen Gheotta dortselbst zu erkunden, von wo jener vor Jahrzehnten, um eines Ehrenhandels willen, verschollen sei – an diesem Nachmittage ritt Herr v. Legua auf nervigem Napolitaner, einem Hengst von der Weiße des Schwanes, hochgemut durch die Korkeichen-Wälder und Oelbaum-Haine, die sich nach Gasarrhania hinüberzogen, während ihm zu Häupten, ab und an, der Vulcan seine puffende Feuerwolke in den Aether schleuderte. Der Botschafter war mit Sorgfalt gekleidet. Er trug gelblederne Stiefel, die mit Stulpen über die Kniee der weißen Reithose reichten, während sie an den Fersen in goldene Radsporen ausliefen, was sich in der Sonne sehr prächtig ausnahm. Er trug ein waldmeistergrünes Justaucorps, eine mattgelbe Weste, ein blütenweißes, gekräuseltes Jabot, aus dem sein schlanker Hals wohlgebildet und verführerisch aufragte, um in einem noch verführerischer gebildeten Kopf voll Geist und Witz zu enden, und auf dem Kopf saß schräg, frech und elegant ein gelblederner Dreispitz, der zu den Stulpenhandschuhen harmonierte und zu den Stulpenstiefeln, ein spanischer Tricorne ohne Besatz. Den Degen hatte der Herr zu Hause gelassen, statt seiner steckte ihm in jeder Satteltasche ein geladenes Pistol mit elfenbeinernem, reich von Emailplättchen verziertem und sehr langem Griff.

Er ritt soeben durch ein Weinfeld, denn auf Myrrha wurde Wein gebaut, recht guter Wein, der wie Oel in die Kehle rann, wie Quellwasser erfrischte und wie Nectar erheiterte; und, da ein Weinfeld nicht eben gedacht ist, derlei Strapazen auf sich zu nehmen – auch wenn es immerhin Platz läßt –, so zertrat der

Huf des Rosses hie und da einen Rebstock, was den Botschafter wenig bekümmerte, aber der Bauer, der es von ferne hatte kommen sehen, eilte erregt und demütig herbei, um seinem inneren Zorn durch äußere Devotion einigen Ausdruck zu verleihen.

Don Giovanni bewegte sich souverän durch das Leben – wie alle großen Herren, für die eine Welt nur Sinn hat in Bezug auf sie. »Guter Mann«, sagte er, und ein Goldstück glitt in die bereitgehaltene Hand, »ich bin der Botschafter der Republik Venedig. Erfreu Er mich demnächst durch ein Faß vom Besten, was Sein Keller beherbergt.« Damit nickte er leutselig und wollte sich entfernen, der Bauer indessen gab zu erwägen, ob Seine Gnaden nicht eine Probe des in Aussicht genommenen Getränkes zu genehmigen die Huld haben würde, und man hatte die Huld.

»Wir Armen dieser Insel«, erklärte der Winzer beim dritten Glase, obwohl er der Ärmste nicht war, und strich sich genießerisch den grauen, etwas klebrigen Schnauzbart, »wir Armen dieser Insel dürfen das Alles bezahlen. Steuern, Fron, Fuhrdienst, Zoll und Zehnt bis zum Verrecken – und wofür? Damit der Hof seinen Prunk hat. Kirchen und Paläste, Ehrenpforten, Bälle, Empfänge, Ballett und Lustbarkeit – ja, da gehen unsere Gelder hin, und der Herr Vampyrios, der aus Armenien mit nichts als einem Bettelsack eingewandert ist, regiert den Staat. Man sagt, er soll demnächst Minister werden und sogar Baron, ich bitte Sie, werter Herr Botschafter, wohin führt das .. wohin führt das? Der König! sagt man, und der König, das ist ein großes Wort. Aber kann er es ändern? Er sitzt da so gefangen in seinem Stadtpalais, daran liegt es, selten genug kommt er herausgefahren zu uns und trinkt sein Gläschen Milch und sagt, er fühlt sich wohl bei uns, und erleichtert auch ab und an ein wenig unsere Lage. Ja, wir lieben unseren König, und bedauern tun wir ihn auch, weil ihn die Camarilla in den Fingern hat, wie behauptet wird. Nun, ich weiß nicht, wer dieses Fräulein sein mag und wie sie ausschaut, die Camarilla, aber sie sagen, sie hat ihn in den Fingern, und der Vampyrios steckt hinter ihr. Na, das mag wohl sein, und ein König muß halt auch etwas haben, wenn er immerzu die Krone getragen hat und die hohe Gemahlin ihm verloren gegangen ist bei einem Andern, so denke ich mir das .. Ich will nichts gegen die Frau Königin gesagt haben, sie ist nicht gerade uneben, aber vom Bauwurm besessen, das ist sie, und da baut sie nun tagaus tagein, baut auch recht fromme Kirchen darunter für unsere alten Heiligen, die noch gar nicht so tot sind, wie die Popen uns weismachen wollen, und der Herr Obrist Neander, ein Künstler, sag ich Ihnen, werter Herr, ein Künstler seines Fachs, entwirft ihr die kostpieligsten Pläne. Aber er kann wohl eben so wenig dafür wie die Königin mit ihrem Bauwurm, denn die Kunst, das denke ich mir, ohne etwas davon zu verstehen, die Kunst muß wohl in den Menschen drinnen sitzen wie eine Art Krankheit, an der sie einfach sterben, wenn sie keine Kunst machen können, und die Baumeister kommen aus aller Welt herbeigereist und studieren, was hier gebaut wird, und sagen, es sei das Beste vom Besten, was in der Welt gebaut wird. Nun, davon verstehe ich nichts, aber das gibt einen gewissen Ruhm für Myrrha, und der Ruhm gibt eine gewisse Befriedigung, auch wenn sie ziemlich viel gekostet hat, die Befriedigung, aber ich sage mir: Kriege, die sonst allein noch Ruhm bringen, sind sogar noch teurer, und man kann dabei umkommen. Aber uns kleine Leute ruinieren sie damit, und die Schuldigen sitzen in ihren Comptoren und rechnen und calculieren und sagen: jawohl, Excellenz, Sie sollen den Credit haben, hier haben Sie ihn, die Zinsen eilen gar nicht – aber plötzlich, mein Herr, sind die Zinsen und die Summen, die der Staat ihnen schuldet, riesenhoch, so riesenhoch, daß sie fordern können, was sie wollen. Und dann sagen sie: bitte schön, die Frist ist verstrichen, nein, wir prolongulieren nicht, es sei denn – beispielshalber – Sie geben uns das Salzmonopol, oder die Mehlsteuer, oder den Straßen- und Hafenzoll .. Und dann geht der feine Herr Graf zum König und sagt: lieber Herr König, sagt er, so und so stehen die Dinge, wir müssen den Herrn Vampyrios zum Minister machen und gar zum Baron, ob wir nun wollen oder nicht, denn er will es nun einmal so, er räumt uns sonst das Silberzeug von der Tafel. Und dann wird der Herr aus Armenien eben kurzerhand das, was er werden will ..«

Solcherart waren die Reden, die der arme Winzer führte, und er war der Ärmste nicht einmal, aber der Wein, ein sehr guter Wein, ein feuriger und süßer Tropfen, beflügelte ihn, bis er zu lallen begann und das Wort Vampyrios vor lauter Trunkenheit gar nicht mehr recht aussprechen konnte. Vielleicht hatte er schon früh am Morgen und dann später nach einem fetten und reichen Mittagsmahl, bei dem es vielleicht Hammel gab, der auch seinerseits den Körper schlaff macht, vielleicht hatte er da schon in gewissen Abständen den Becher geleert – genug: als er aus dem Hause trat, um den Botschafter, der sich so leutselig erwiesen wie sonst große Herren nicht, unterwürfig über die Schwelle zu geleiten, und als er da am Horizonte eine Erscheinung hoch zu Roß in den Rebfeldern halten sah, vom Sattel aus, nichts als ein Pantherfell auf der Brust, mit Pfeilen nach Wildhühnern schießend, so fiel er verzückt aufs Knie und faltete schrägen Kopfes die zerarbeiteten Weinbauernhände.

»Wer ist das?« fragte Don Johann, indem er gelassen seinen Napolitaner bestieg, in dessen Packtaschen die geladenen Pistolen steckten, und nahm eines davon gleichsam wägend in die Rechte.

– »Artemis«, erwiderte, von unten herauf mit scheuem Blick, der Winzer. – »Artemis?« fragte, von oben herab und mit strengem Ausdruck, der Herr. »Auch eine von Euren Heiligen?« – »Die Göttin der Jagd, Ew. Gnaden«, erläuterte der Winzer, und es war ihm nicht wohl bei seinem ländlichen Glauben.

– »Aha«, rief Don Johann mit Schärfe. »Danke!« rief er, hob das Pistol, senkte es, zielte auf ein aufgehendes Huhn, das die Göttin sich soeben zum Opfer gewählt hatte, drückte ab und sprengte von dannen, der Erscheinung am Horizont entgegen.

Die Göttin auf ihrem rabenschwarzen Roß, das sich hufschlagend emporbäumte – sie regierte es allein mit den nackten Knieen, ohne die Hände zu gebrauchen, die sie zu Anderem benötigte – die Göttin, als das Feldhuhn herabtaumelte, verschoß einen weißblauen Strahl aus Augen, die sich mit einem gewissen Erstaunen, zornig und doch auch anerkennend, nach dem unerbetenen Jäger umwandten, riß den Bogen an die Wange, in welcher Sonne und Seeluft ein Widerspiel trieben, und ließ den Pfeil, während Giovanni seinen Hengst parierte, um in schöner Geste das mattgelbe Pourpoint zur Durchbohrung anzubieten, sie ließ, in der Tat, den Pfeil vom Bogen sirren, wobei ein Ausdruck von Lust und Kühnheit auf ihre Lippen trat. Blitz und Wetter! Ein Meisterschuß sauste am linken Ohrläppchen des Wildfrevlers vorüber, der nun doch, zu spät freilich, als daß es, im Falle des Ernstes, hätte nützen können, den Kopf zur Seite nahm. Die rauchende Waffe noch in der Hand, gezwungen lächelnd, starrte er ungläubig auf das Fräulein im Pantherfell, auf dessen Zügen nun auch ein Lächeln erschien, ein wildes und stolzes, herrischer als das seine, das ein wenig unsicher geworden. Und schon setzten Roß und Reiterin über die nächste Rebmauer prasselnd in die Weinpflanzungen, was den verängstigten Bauer veranlaßte, sich unter Jammern in seine Hütte zurückzuziehen, woselbst er, in stummer Zwiesprache mit der tröstlich unergründlichen Tiefe des Fasses, den Kummer über die neue Verwüstung seiner Habe ersäufte.

Don Giovanni erwartete die Göttin, bereit, den Strauß mit ihr zu wagen, wenn es sich um Leben oder Tod handeln sollte, bereit, auf das Anmutigste mit ihr zu plaudern, wenn Mann und Weib zur Debatte standen. Sie brauste herbei – ein Bild schäumender Jugend. Sie zog die Zügel an – das Pferd stieg mit schweißglänzender Brust. Sie preßte ihm die Ferse in die Weichen – es drehte sich auf den Hufen; es stand; es zitterte. Sie atmete tief und heftig – er betrachtete sie, lässig und abschätzend. Sie besah ihn, stolz und wild – er besah sie, stolz und hart. Man maß sich mit den Augen – und sie errötete. Sie hatte einen kleinen Fehler unter dem linken Ohr, eine Unebenheit der Haut, goldener Flaum lag darüber, und das ebenfalls golddurchsponnene Haar lockte sich weich, wenn auch widerspenstig am Scheitel: es war das Fräulein v. Sinigallia.

Sie streckte ihm die Hand hin, eine gepflegte, schlanke und straffe Hand. »Wir haben uns nichts vorzuwerfen«, sagte sie mit militärischer Knappheit, was ihr reizend stand, »zwei Meisterschüsse«.

– »Wer sind Sie, meine Allergnädigste und Schönste?«

»Artemis.«

– »Artemis!« rief der Botschafter und zog die Brauen hoch. »Ahah!«, und das war ein starker Ausdruck. »Also Diana. Eine Göttin. Fulminant.«

»Sie sind ein Römer«, verfügte die Reiterin.

– »Sie sind ein Fräulein v. Sinigallia ..«

»Ahah«, und auch bei ihr war es ein starker Ausdruck. »Und wer sind Sie, mein Herr?«

– »Ein Herr v. Guastalla.«

»Was gibt Ihnen ein Recht, Herr v. Guastalla, auf meine Becassinen mit Canonen zu schießen?«

– »Es war ein Rebhuhn.«

»Kommen Sie mit. Plaudern wir. Sie waren so liebenswürdig, mich heute Morgen sehr unliebenswürdig zu grüßen. So grüßt man nicht. Wir sind in Myrrha, einem Lande von feiner Höflichkeit.«

– »Einer so feinen Höflichkeit«, sagte der Herr v. Guastalla, »daß man Gefahr läuft, mit Pfeilen aufgespießt zu werden wie weiland der Heilige Sebastian.«

»Keine christlichen Vergleiche bitte. Aber im Ernst: schätzen Sie mich so gering ein, wie Sie geringschätzig grüßten?«

– »Ihre Schönheit, mein Fräulein, verzeihen Sie, war so verwirrend, so betäubend, ja, in der Tat, sie hat etwas Betäubendes, daß sie mich, corpo di bacco, enflammierte ..«

»Papperlapapp – was suchen Sie in Myrrha?«

– »Ich hatte eine Empfehlung an den Grafen Godoitis.«

»Ich hasse ihn«, entschied das Fräulein im Pantherfell, und der Botschafter nahm es zur Kenntnis. »Sie lieben die einfachen und starken Ausdrücke«, bemerkte er schlicht.

Man fiel in Trab, es ging über Stock und Stein, über Distelfelder und Lava, über Geröllhalden und schmale Bäche, die vom Gebirge herabschäumten, und hin und wieder auch ging es über Marmorflächen von weißlichem, ganz zartem Rosa, die so glatt waren, so von Wind und Regen poliert, daß die Pferde vorsichtig wie auf Messern ihre Hufe darüberhin setzten. Aber es kam dem Fräulein nicht in den Sinn, solche Hindernisse zu umreiten. Diese höchst wohlgeformten Kniee, diese umbänderten Fußgelenke mit all der freimütig atmenden Haut, dieser göttliche Lendenschurz, ein Faltenrock aus schneeweißem Leinen – und mehr als kurz! – diese nur halb verhüllten Hüften, die in der schnellen Gangart sich biegsam, betörend biegsam bewegten, ein Busen endlich, jugendlich, blühend und üppig, in den man, ungeachtet des Pardel-Felles, einen kaum zu vermeidenden Einblick nahm – ja, beim Zeus und allen seinen Heiligen: waren das etwa keine einfachen und starken Ausdrücke, keine neuartigen Elemente im Sprachschatz höfischer Conversation? Elementar – sie waren es. Und welch kindlicher Trotz in dem, was sie sagte! welche Verstellung der von den schwellenden Formen ihrer Erscheinung tausendfach bezeugten Weichheit ins Rauhe, Ungnädige, Knabenhafte! überhaupt, dieser ganze Habitus des Ungewöhnlichen, das Ungewöhnliche Suchenden, nach Abenteuern geradezu Verlangenden, dabei völlig unschuldig, Siebzehn, wenn es hoch kam – Don Giovanni wußte, was da zu tun war.

– »Sie streifen oft so über Land?« fragte er.

»Oft.« Mehr sagte sie nicht, aber sie saß ab – mit einem federnden Panthersprung, an dem Don Johann sich weidete, bevor auch er aus dem Sattel stieg. Die See breitete sich glitzernd im Licht, auf blauer Wasserbahn zog fern ein weißes Segel dahin, und weit am Horizont war ein schwarzer Strich aufgemalt, eine Lava-Insel vielleicht, auf der, wenn man, wie Giovanni, ein scharfes Auge besaß, einige helle, langgestreckte Gebäude zu erkennen waren. »Theodosia«, erläuterte das Fräulein, »es gehört zu uns. Die See-Cadetten ..«

– »Zu uns, Gnädigste? Sie sind Teilhaberin dieses Banquier-Staates?«

»Sie wissen sehr viel von uns. Auch diese Herren werden einmal zu büßen haben. Ich bin Hoffräulein bei der Prinzessin.«

– »Charmant.« Er ergriff ihre Hand und küßte sie.

»Sie glauben mir nicht.«

– »Ich glaube Ihnen Alles. Diana, und Sinigallia, und diese süße Verkleidung, und das Hoffräulein, und sogar den kleinen Fleck unterm linken Ohr.«

»Den sollten Sie aber gar nicht bemerken ..«

– »Sind Sie eitel?«

»Nicht sehr. Kommen Sie.«

Welch übergangslose Person, befehlshaberisch, selbstbewußt, klaren Willens und voll von überraschenden Entschlüssen. Nun hatte sie schon wieder einen neuen Plan. Die Hände hinter dem Rücken verschränkt, ging sie vor ihm her, furchtlos, unwissend und spielerisch. Eine Grotte war es, eine marmorne Höhle über dem Meer, die es ihr angetan hatte. Moos und Farren und eine Decke von Erdreich hingen über den Eingang herein, der mystisch ins Dunkel führte, tiefe Schründen an den Portalseiten zeigten die unablässige Tätigkeit von Jahrtausenden, am Boden sah man Brandspuren, Asche, fetten Ruß auf dem Stein, verkohlte Holzreste. »Hier machen mir meine Diener, wenn ich einsam bin, ein Feuer, und dann starre ich in die Nacht und in die Leere meines Daseins.« Welch tragischer Ton plötzlich in ihrer Stimme, welch eine Enthüllung.

– »Die Leere Ihres Daseins«, wiederholte der Herr v. Guastalla verwundert.

»Ja«, sagte das Fräulein, ein ganz kurzes, abgerissenes, helles Ja, gegen das es keine Widerrede, keinen Einwand, keine weitere Frage gab.

Die Höhle war außerordentlich weitläufig, der Stein von ganz besonders feinem Weiß und leicht mit Rosa geädert. Wahrscheinlich trat dieser Marmor noch anderswo in großen Brüchen zutage, leichter zugänglich und bequem zu sägen, denn offenbar hatte man ihn genutzt, da die Neanderschen Säle der Residenz die gleiche Maserung zeigten. An den Wänden tropfte es und vereinigte sich sickernd zu dünnen Rinnsalen; weite Säulenstellungen, von der unerschöpflichen Baulust des Erd-Inneren geschaffen, nahmen die schönsten Gewölbe, Oval- und Flach-Cuppeln auf, dahinter öffneten sich neue

Räumlichkeiten, neue Rotunden, neue Dämmerungen. Ein wahrer Festsaal schien hier, den Menschen und dem Génie-Obristen zum Spotte, aus sich selbst gewachsen, eine Grotte, in der die Nymphen zu Hause waren: wenig plastisches Rankenwerk nur, etwas Fackellicht und Seidenpomp – und ein Lieblings-Traum der Epoche wäre verwirklicht gewesen, von solchem Raffinement der Construction, von solcher Grazie der Erfindung, daß Neander tausend schlaflose Nächte über Zahlen-Colonnen und complicierten Projectionen hätte verbringen müssen, um auch nur annähernd das zu schaffen, was ein kunstsinniger Gott gleichsam mit der linken Hand in die Welt gestreut hatte. »Ich träume«, sagte Diana. »Die Tristesse geht mit mir durch.« Sie wandte sich um, denn Beide waren sie stehen geblieben, um die Schönheit der Bergwelt zu betrachten, und dann entrang sich ihr ein ganz absonderliches, ganz erstaunliches »Ach!«, in welchem Überdruß und tiefe Lebens-Enttäuschung vernehmlich sprachen.

Don Giovanni legte die Hand um ihre Schulter, eine kühle und feste Schulter, und die kleine Ehrendame, die so stolz war, daß sie Papperlapapp sagen konnte, als ob es gar nichts wäre, ließ es geschehen, ohne ein Zeichen von Verwunderung oder Rührung – als ob auch das nichts wäre. Sie verband, wie es schien, keine Vorstellung mit dergleichen Formen von alterprobter Annäherung. »Ja, hier werde ich traurig«, sagte sie und ging davon, sodaß der Heilige Sebastian Mühe hatte, die Hand noch einmal zu placieren, während sie beieinander dem Ausgang entgegenschritten. »Hier werde ich so grundlos traurig. Sie verstehen das nicht – dieses ewige Ceremoniel, diese Hohlheit, dieses Hinwegtanzen über Catastrophen .. nein, ich möchte lieber ein Fischermädchen sein oder wirklich eine Göttin und es wagen dürfen, sogar das Pantherfell noch abzuschaffen, um diesen bigotten Leuten am Hofe, auch meiner Mutter! einen Affront anzutun.«

– »Ahah?« bemerkte der Botschafter, er war im Bilde. Man gewann wieder das kleine Vorgebirge am Meer, das Meer rauschte seine alte, unsterbliche Melodie herauf, die von keinem

Hofmarschall-Amt gemaßregelt wurde, und dort, auf den heißen Klippen im kühlen Seewinde sitzend, mit den Händen die Kniee umschließend, genossen die Beiden das Schauspiel unendlicher Weite, die Lust verschwiegener Gedanken. »Aber so tun Sie es doch«, sagte zärtlich der Botschafter, »tun Sie das Pantherfell ab ..«

Die Göttin sah ihn erstaunt an. Dann legte sie sich zurück, die Hände unter dem Nacken verschränkt, und ließ ihre langen, tiefschattenden Wimpern sinken. »Ich bin eine Gefangene hier«, sagte sie leise, »eine Gefangene des Protocolls, eine Gefangene meiner Stellung, und ich sehne mich nach Freiheit – mag sie sein, wie sie will.«

Das Pantherfell atmete, bedenklich näherte sich ihm das Jabot .. Aber sie war noch nicht am Ende. »Das Außerordentliche ..« sagte sie. »Etwas, das kommen müßte wie eine Offenbarung. Liebe .. man sagt, die Liebe sei es, sie werde da sein eines Tages und Alles ausgleichen. Ich glaube nicht daran. Liebe – was ist das?«

Don Giovanni beugte sich vollends herab und küßte sie. Und sie, die so stolz war, ließ es sich gefallen, doch ohne ein Zeichen, daß sie mit dieser Form von alterprobter Annäherung die mindeste Vorstellung verband, ohne Rührung oder Verwunderung; und erkältet vermöge so vollkommener Reglosigkeit, trennte sich Herr v. Guastalla von ihrem Munde. Welch seltsames Wesen in diesem südlichen Lande.

Sie schlug die Augen auf .. sah ihn an .. mit dem gleichen erstaunten Blick: weißliches Blau voll unergründbarer Tiefe. »Ich meinte nicht diese Liebe«, sagte sie träumerisch. Dann gewann sie ihre Festigkeit wieder, erhob sich, überging den ganzen, neuartigen Vorfall, als mache er nicht den geringsten Eindruck. »Zeus ist mir ein Leben schuldig!« rief sie in knabenhaftem Unmut. »Kommen Sie, wir werden jetzt noch etwas reiten.«

– »Sie glauben an Zeus, gnädigste Diana?«

Diesmal antwortete sie auf Französisch: »Oui, un peu«, was ebenfalls keine weitere Frage duldete.

– »Maraviglia«, sagte der Botschafter, der sehr weiße Zähne hatte, und zeigte sie.

Das Fräulein im Pantherfell kehrte sich nicht an des Heiligen Sebastian Ironie. Ein heftiger Druck ihrer Ferse gegen die Weichen des kohlschwarzen Hengstes ließ ihren Leib in die Lüfte steigen, die schon abendlich wurden, und auch Giovanni veranlaßte seinen Schimmel zu einer stilvollen Levade, indem er ihm die goldenen Radsporen leicht in die Flanken setzte.

Sie galoppierten.

Sie galoppierten geraden Weges am Meere dahin, das mit langen Wogenfolgen gegen die Steilküste brandete, und verhielten die atemlose Gangart erst, als sie schon dicht vor einem von Cedern und Korkeichen umgebenen Werkplatz waren, auf dem es von geschäftigen Steinmetzen wimmelte, von Maurern, Zimmerleuten, Lastträgern, Handlangern. Man legte die Fundamente der Jupiter-Capelle, worüber sich der Botschafter gar nicht beruhigen konnte, einer Capelle, die, ein Äußerstes an Raumseligkeit, weit über die glitzernde Ägäis blicken sollte, und alle diese emsigen Menschen zogen tief ihre Kappen vor der Reiterin im Pantherfell, welche, mit kühnem Ausdruck in ihren sonnen- und seewindgebräunten Zügen, das Pferd parierte. »Den Gouverneur!« rief sie.

Ein ernster Mann, etwas massig schon in den Formen, den die Schärpe als hohen Officier kenntlich machte, ward von einem Gestelle, auf dem die Pläne sich breiteten, herbeigeholt. Dies also war der Oberst Neander, General-Landbaumeister und Gouverneur der Festungen im Königreiche Myrrha, ein knapper, sachlicher, unerschöpflich gedankenreicher Herr – bürgerlichen Standes, aber ein Herr, eine europäische Autorität –, der aus den Tiefen seiner verschlossenen Natur Träume von höchster Geistigkeit gebar.

Die Reiterin reichte ihm die Hand. »Darf ich die Pläne sehen, mein lieber Oberst?« Sie glühte vor Lebenslust.

– »Zu Diensten, Königliche Hoheit«, erwiderte der große Mann.

– »Ahaah!« sagte der Herr v. Guastalla zwischen den sehr

weißen Zähnen, sagte es unerschüttert und voll Genugtuung, und freute sich seines praecisen Hirnes.

»Ja.« Ein Ja wie ein Trompeten-Staccato. »Wünschen Sie bekannt gemacht zu werden, mein Herr, oder ziehen Sie es vor, Ihr Incognito zu wahren?« So sprach die Prinzessin, und ihre Augen blitzten, es war ein kleiner, schadenfroher Triumph darin. Hatte sie hinter seine Maske geschaut? Oder war es nur Spieltrieb, was ihr den Gedanken eingab, auch er könne in Wirklichkeit Anderes sein als ein Heiliger Sebastian?

– »Merci«, sagte er, mit melodischer Handbewegung, worauf er sich gegen den Obersten hin, ganz leicht, im Sattel verneigte. »Giovanni Legua, Botschafter der Republik.« Daß nur Venedig die Republik sein konnte, verstand sich ebenso, wie daß er selber vom Adel war.

Der Oberst sah einen Augenblick prüfend und flüchtig hinauf, dann ging er voran, während die Reiter absaßen. Don Giovanni gestand es einem so großen Künstler ohne Weiteres zu, daß er einen noch größeren Stolz bewies als die Noblesse und sich überhaupt nicht vorstellte.

Ehe Danae vor die Pläne trat, sagte sie leise, ohne eine Spur von Scheu oder Zögern: »Ich erachte Ew. Liebden für einen Cavalier. Die kleine Comödie liegt hinter uns, endgültig.«

– »Endgültig«, bestätigte Don Giovanni. Aber er meinte es nicht so.

V. CAPITEL

Der Gouverneur fuhr heim. Zurückgelehnt in den Fond seines Wagens, an dem die Windlichter brannten, überdachte er noch einmal die kühne Planung der Gewölbe: fünf einander durchdringende Flach-Cuppeln, die sich, auf nirgends bisher erprobte Weise, nicht mehr aus den Grundpfeilern erheben, sondern, um ein halbes Joch verschoben, über freitragenden Gurten entwickeln sollten, syncopenhaft. Das ergab, wenn die Phantasie ihn nicht täuschte, einen bestrickenden Zug von Unwirklichkeit – so, als öffneten sich die Wolken; und auf diesen Wolken, selbstverständlich, waren die Götter Homers zu placieren, decorative Herrschaften immerhin .. Sie entlockten ihm keine Anbetungs-Schauer, ihm, dem aufgeklärten Rationalisten, der sich in allen Culturen zu Hause fühlte, ohne Unterschied bauend, was jeweils verlangt wurde. Ob er die Paläste weltlicher Machthaber entwarf, die Klöster der Orthodoxen, römische Stifts-Convente oder neuheidnische Kirchen: er fragte nach Dogmen nicht, da sein Gott ein gestaltloses Allwesen war, gnädig, fordernd, unergründlich, die Kunst in eigener Person. Nun, das waren Intimitäten – was ging es die Leute an.

Schweigend, wo Andere von sich und ihren Leiden plauderten, wortkarg bis zum Exceß, von unvorstellbarer Arbeitskraft, galt der Obrist, zumal er mit dem Génie-Corps ein bedeutendes Stück Macht commandierte, als gefährlich, ja, als verdächtig, in höchstem Grade verdächtig .. Ausgeschlossen, daß er nicht Ehrgeiz besaß! So argumentierten die Horcher des Ministers, soupçonnöse Creaturen, indem sie ihn täglich mit einer Unzahl von Menschen, oft an die Tausend, sich unterhalten sahen, es war ja ein Mann von unsympathischer Rastlosigkeit, dem sie da nachschlichen, aber konnte er auch nur Einem sich näher widmen? Und überdies lehrte der Augenschein, wovon, außer ihnen, jedermann überzeugt war: daß dieser kühle und sachliche Herr, der viele Bewunderer, doch keinen Freund hatte, der Freundschaft mit Beflissenheit aus dem Wege ging, vielleicht weil er ohne sie glücklicher war .. ein Fremdling in Königs Diensten.

Hin und wieder grüßte er abwesend zur Seite, wo im Schein der Laternen ein Officier salutierte, ein Maurer-Parlier die Kappe zog – worauf er, mit der gefürchteten Plötzlichkeit seiner Entschlüsse, den Plan einer Contrescarpe entrollte. Der Heiduck, das Knittern des Pergamentes bemerkend, hielt ihm vom rückwärtigen Bedientensitz her, eilig, ehe nervöse Eruptionen erfolgten, ein drittes Windlicht über die Schulter. Diese Aufrisse und Ziffern, Kostenrechnungen und Formeln, ein wahres Hieroglyphen-Dickicht, veränderten jäh das Ziel Neanders – obwohl er sich ärgerte, daß schon wieder Militärisches den Vorrang vor den Musen verlangte –, und nicht mehr zur Wohnung ging die Fahrt. »Zur Admiralität!« Auch sie war von ihm erbaut; eine Colossal-Ordnung, noch heute sein Wohlgefallen erregend, schmückte die Front.

– »Ich störe Herrn Admiral«, sagte der Oberst, »ich komme ungelegen«, denn er sah den Minister tief über die Seekarten gebeugt, die mit zahllosen bunten Fähnchen besteckt waren. Erhabene Stille lastete in der Weite des Saales.

»Nicht im Mindesten, mein Lieber«, erwiderte der Admiral. Er blickte nicht einmal auf, die nie ganz im Voraus zu lösende Problematik des Flotten-Aufmarsches im Falle eines Conflictes nahm ihn ungewöhnlich in Anspruch. »Tritt nur näher«, fügte er, in Gedanken versunken, hinzu – was die Horcher, wären sie überhaupt bis hierher gedrungen, nicht hätten vernehmen dürfen.

Oberst Neander trat an die Karten. »Wird es Krieg geben?« fragte er kurz. Der Admiral zuckte die Achseln. »Ich weiß es nicht. Godoitis beurteilt die Lage falsch. Er spielt – wie gewöhnlich. Hast du Danae gesehen heute, war sie draußen bei dir?«

– »Ja. Sie war draußen, sehr leicht bekleidet. Der Hof wird

wieder einmal schäumen und sagen, es wäre an dir, diese Alluren zu unterbinden, da du nun einmal ihr Gouverneur bist.«

»Gouverneur .. Du spottest. Ich gouverniere niemanden. Man hat mich da hingestellt, damit sie nicht ganz ohne Suite ist – mehr als heikles Arrangement.« – »Aber du hast Einfluß auf sie ..«

»Zu wenig. Ich behandle sie mit einer gewissen Ironie, und sie bringt mir ein gewisses Vertrauen entgegen. Wie alle jungen Damen hat sie einen faible für alte Herren.« Sein Auge ruhte auf den Untiefen von Keraunos. »Zu wenig Vertrauen bringt sie mir entgegen.«

Er steckte zwei Fähnchen um, dann richtete er sich auf. »Polycrates«, sagte er, »wird nicht nachgeben. Er will diese Heirat, er will Myrrha. Als Rückendeckung. Er muß Deckung haben, das leuchtet ein. Constantinopel erdrückt ihn, und findet er kein Gegengewicht, keine Flotte, so ist er verloren. Höchst einfache Rechnung. Godoitis sieht das nicht, glaubt, daß es die Heirat als solche ist, die Samos lockt, und zieht Alles in die Länge. Godoitis sieht überhaupt die Gefahren nicht. Er lebt von der Hand in den Mund, ein sehr versierter Diplomat – aber kein Staatsmann. Er glaubt, es genüge für einen Staat wie den unsrigen, nicht zu handeln. Wer nicht handelt, geht unter. Natürlich sind wir schwach. Müssen wir das zeigen? Hier: wir brauchen einen Block von Mittelmächten. Myrrha, Phantar. Chimaira, Rho. Das ist eine geschlossene Position, hundert und zwanzig Schiffe, ein Gewicht für sich. Die Königinnen dieser Inseln sind Nichten Ihrer Majestät. Ein Bündnis liegt nahe. Warum kommt es nicht zustande? Weil unsere Diplomatie das Fernliegende sucht, das Naheliegende vernachlässigt. Weil gewisse Eifersüchte und Mißverständnisse gepflegt werden, statt daß man sie friedlich beseitigt. Man spricht von imperialen Absichten unsererseits, von Hegemonie-Gelüsten, Generals-Clique und dergleichen Unsinn mehr. Dabei gibt es einen gemeinsamen Feind, und der sitzt nicht in Samos, sondern am Goldenen Horn. Wir müssen diese Inseln befestigen und bestücken. Bitte die Pläne dafür schon jetzt auszuarbeiten, wenigstens im Umriß. Denn brauchen wir ein Gewicht gegen Polycrates? Wir brauchen es gegen den Türken, der Samos über kurz oder lang verschlucken wird. Eine acute Crisis also, und für Polycrates nur heilbar durch Radical-Mittel. Daher der Druck auf unsere Politik. Er ist reich, das eröffnet den Herren Banquiers die Aussicht auf Sicherheiten, dem Volke die Aussicht auf Wohlstand. Nun, die Kronprinzeß will ihn nicht, darin liegt das einzig Tröstliche. Will sie nicht, so will auch Seine Majestät nicht .. Was mir vorschwebt, wenn diese Regierung handeln wollte, wäre ein Block der vier erwähnten Inselsysteme als in sich geschlossene Festung mit starker Flottenmacht, dazu eine continentale Anlehnung, vielleicht sogar an Phrygien, denn Midas, soviel ich höre, ist unverheiratet .. dadurch Lahmlegung von Cypern, dadurch für Venedig der Zwang, mit uns ins Gespräch zu kommen, uns als gleichberechtigtem Partner Anerbietungen zu machen, dadurch für uns die Möglichkeit, Venedig vielleicht ganz auf unsere Seite zu ziehen, ohne eigene Opfer, und dadurch wieder: Neutralisierung sowohl des Khediven in Cairo wie der cretischen Fürsten. Unsere Regierung ist blind, daß sie das nicht sieht, und die Banquiers verderben Alles, sobald sie spüren, daß eine Macht aufsteigen könnte, eine Macht des Staates, wie sie nötig ist, um den Staat zu retten.«

– »Ein kühnes Gebäude«, sagte der Oberst. »Aber wer legt die Fundamente, und wer zieht die Gewölbe ein?«

»Ich«, erwiderte der Admiral, indem er sich über die Karten beugte. »Leider können wir nichts tun als warten. Darüber verfault das Ganze. Noch heißt es schweigen, denn wenn man entdeckt, daß ich politischen Ehrgeiz habe – bei Gott, nicht für mich! –, so laufen wir Gefahr, daß diese Idioten, nervös geworden, vollends falsch handeln, und Myrrha, ohne seine Chancen auch nur zu versuchen, capituliert.«

– »Willst du nicht mit dem König sprechen?«

»Der König mißtraut mir. Er ist in den Händen der Creaturen und kann nichts wagen: weil er nicht weiß, daß Einer da ist, der wagen würde ..«

– »Aber Danae? Wenn du über die Prinzessin zum König gelangtest?«

Der Admiral lachte bitter. »Die Prinzessin ist ein Kind. Man läßt sie über Alles im Unklaren, und obwohl ich ihr Vieles einträufle, hat sie keinen Begriff von der ungeheuren Rolle, die sie spielen könnte, wenn der richtige Mann aufträte, der in mein Concept paßt. Es kostet mich Mühe genug, alle diese Mariagen von mir her, durch meine Agenten, zu vereiteln. Mir wäre lieber, sie täte das selbst. Aber sie ist noch nicht erwacht, nicht einmal in dem bewußten Puncte .. glaube ich.«

– »Dafür sorgt vielleicht der neue Botschafter Venedigs, ich sah ihn vorhin. Sie ritten mir fast die Capelle ein.«

»So. Welchen Eindruck macht er?«

– »Ein Mann von einigem Glanz.«

»Wie alt?«

– »Höchstens Vierzig. Ich habe das Gefühl, er verbirgt seine Qualitäten unter der Maske des Flatteurs und seine Absichten hinter der Rolle des Liebhabers.«

»Das hilft uns leider nichts.«

– »Da bin ich nicht ganz deiner Anschauung, Borromeo. Daß die Prinzessin in Herren-Begleitung reitet, ist immerhin ein neues Dessein. Sie wird sich verlieben, das heißt: der Egoismus wird ausbrechen, und den müssen wir nutzen. Du scheinst mir skeptisch. Es dauert dir zu lange? Ja, ohne Geduld wird nichts – es sei denn, du entschließt dich endlich. Ich bin zu deiner Verfügung.«

»Was meinst du damit?«

– »Den Staatsstreich natürlich.«

Der Admiral richtete sich mit einem Ruck empor. »Oberst, Sie belieben zu scherzen!«

– »Herr Admiral: der Scherz wäre blutig – halten Sie mich für leichtfertig? Wenn Sie andere Auswege nicht sehen, ist es Ihre *Pflicht,* die Flotte gegen die jetzige Regierung feuern zu lassen.«

»Sie sind nicht auf Myrrha geboren, mein lieber Oberst, Sie wissen nicht, was in der Brust eines Patrioten vorgeht.«

– »Warum die Dinge romantisch nehmen, Admiral. Es sind

Realitäten, und denen hat man sich zu stellen. Was hindert Sie?« – »Mein Eid.«

Da stützte Europens Baumeister die Hände imperial auf das Inselmeer, den unermeßlichen Archipelagos, der sich knisternd verschob. »Ihr Militärs seid seltsame Menschen«, erklärte er barsch, den Blick fest auf die Wand gerichtet. »Wenn ich in meiner Disciplin so handeln wollte, gäbe es keine Kunst. Eid! Gehorsam! Schließlich hast du auch ein Gehirn, und wenn der Monarch in seiner Schwäche das Land ruiniert –«

»Nicht weiter«, unterbrach der Admiral, er lächelte gezwungen. »Ich kann gegen jeden Menschen auf Myrrha handeln, gegen den König nicht, ich *kann* nicht, das *mußt* du verstehen.« – »Gut«, sagte der Oberst, der es nicht verstand, und schwieg. Der Minister sah ihn prüfend an, dann hellten sich seine Züge wieder auf. »Du bist ein alter Besserwisser, aber nett. Wenn du nur endlich einsehen wolltest, daß es außer der Weltanschauung der Kunst noch andere Dinge gibt, und daß nicht Jeder den gleichen Instanzen gehorchen kann. Darüber unterhalten wir uns noch einmal. Vorläufig wollen wir Sorge tragen, zu verbergen, was wir vorhaben.«

Zu dieser gleichen Stunde, die Nacht war schwarz und dicht, noch fehlte der Mond, verließ, begleitet von acht Hellebardieren, eine tief verhängte Sänfte das Südwest-Tor des Schloßparkes und verschwand in den Gassen, deren Fenster kein Licht mehr zeigten. Auch der huschende Conduct, geheimnisvoll wie alles Nächtliche, nahm seinen Weg, ganz gegen adlige Gewohnheiten, ohne ein einziges Windlicht, ohne die mindeste Fackel. Bisweilen stolperten die Träger auf dem buckligen Pflaster, oder sie stießen in der undurchdringlichen Schwärze gegen die Stufen jener kleinen, abgenutzten Treppen, die aus den Häusern führten, gegen die Geländer der steil hinauf sich windenden, eng bebauten Straßen, und dann fluchte dort drinnen im Coupé eine harte, gleichsam geborstene Stimme, die nur einem Herrn vom Stande gehören konnte .. der Tatsache nicht einmal gedacht, daß dem Adel allein, wie so viele Privilegien, die Sänfte zustand.

Zu dieser selben Stunde, das Meer rauschte gleichmütig herauf, saß Danae, die Prinzessin, an den Klippen und wartete auf das Wunder, das Zeus ihr schuldete, aus der Grotte tönten fern die Tropfen, die von der Wölbung herabfielen auf den weißen, von zartem Rosa geäderten Marmor, der Wind toste über die kahlen Felsen des Vorgebirges, groß und gespensterhaft lagerte die Wolke über dem Vulcan, wie ein Strich, von Zeit zu Zeit feurig behaucht, und es schauerte die Natur.

Zu dieser selben Stunde betrat die Königin Olympia durch eine Tapetentür, die als Bücherschrank feinsinnig gebildet war, in ihrer blauen, von Silber reich ornamentierten robe de chambre, mit der Hand wie frierend über der bloßen Brust zusammengehalten, das Zimmer des Erstministers, ihr so vertraut wie ihr eigenes, rätselvolles Herz, und das Zimmer war leer.

Zu dieser selben Stunde eilte ein wohlgeschnittener Federkiel, in eben so wohlgeschnittenen, schlanken und feinen Fingern, die Kuppen sorglich poliert, mit Rascheln über ein Blatt gewässertes Bütten, das die Linke, beinahe zärtlich, auf dem grünen, von eingepreßter Goldborte gezierten Leder des Schreibtisches festhielt; eine abgeschirmte Kerze, hinter sepiabraunen Scenen aus dem Leben der Gondolieri, warf gelbes, sattes Licht darauf, und der späte Herr, im langen, weißseidenen Hausrock, las wohlgefällig die letzten Sätze eines jener Berichte, die dem Dogen, weil sie so anschaulich zu schildern wußten, stets ausnehmendes Vergnügen bereiteten.

Zu dieser selben Stunde durchschritt im dichten Zobelpelz die Majestät des Königs den Vorsaal seiner Dame und wandte sich, als das Ehrenfräulein errötend berichtete, die Majestät der Königin sei unpäßlich, mit traurigem, vornehmem Lächeln davon, um zurückzukehren in seine einsamen Gemächer, wo die Uhren schlugen, silbern und lieblich, während die Glöckchen aus zerbrechlichem Porcellan schwiegen, denn die kleinen Vögel, von denen sie gewiegt wurden, schliefen in ihren Käfigen.

Zu dieser selben Stunde ergriff ein Hellebardier den

schweren, kunstreich geschmiedeten Türklopfer am Portal eines Landhauses, das weit vor den Toren der Stadt im Buschwerk versteckt lag, und aus dessen hohen, schmalen Fenstern hie und da noch Licht auf den Kies fiel, hob ihn auf, ließ ihn gewichtig gegen die Bohlen schlagen, eichene, schön geschnitzte Bohlen, was einen lange nachhallenden Klang abgab: bumm .. bumm .. bumm .. dreimal, und dazwischen Stille, tiefe Stille der Nacht, mit Wind in den Bäumen und einer stummen, feurig behauchten Wolke hoch über den Cedernwäldern. Ein Galonierter – unordentlich (weil hastig) zugeknöpft, was man freilich von draußen nicht sehen konnte – steckte den Kopf in das düstere Weltall hinaus, nahm zögernd einen Brief entgegen, wohl die Karte des späten Besuchers, warf einen leicht indignierten Blick auf die Sänfte, verschwand .. Nach einer Weile öffneten sich die Portalflügel, viele Windlichter gleich Glühwürmchen eilten heraus, der Haus- und Hofmeister trat an den Schlag und rief, mit einer auf schwerhörige Conventsdamen berechneten, aber doch sehr artigen Stimme: »Seine Excellenz lassen bitten ..« – worauf er den Trägern zunickte, gebieterisch zunickte, das Coupé aufzuheben, was denn auch geschah. Es schwankte zur Torhalle hinein, hielt vor dem Stiegenfuß an, ward mit der zuvorkommendsten Behutsamkeit niedergesetzt, man öffnete die höchst wohlgestaltete, in flachen Curven sich bauchende Ledertür; ein rotseidener Schuh, von silberner Schnalle mit ausschweifend großen Brillanten besetzt, wurde sichtbar; eine schon welkende, vornehme Hand in weißer Spitzen-Manchette tastete, mit Hilfe eines goldgeknauften Stabes, wie gichtische Cavaliere ihn lieben, den Estrich der Einfahrt ab; eine zweite, von schönen Ringen beladene, faßte, ein wenig zitternd, nach dem geflochtenen Hängegriff; man hörte ein kleines Ächzen; die Sänfte schwankte; das Leder knirschte leicht; alle Lakaien verbeugten sich – und heraus schritt, von Alter an die fünf und fünfzig Jahre, auf dem Haupt eine pompöse Allonge, die allmächtige Gestalt des Ministers Grafen Godoitis.

– »Wenn ich bitten darf«, sagte der Hofmeister mit seinem

noch eben schmetternden, jetzt ganz und gar gedämpften Organ, »dort: Seine Excellenz erwartet Ew. Excellenz ..« Und geschmeidig umflatterte er den späten Gast, um ihn durch Entrée und Salons in das Privat-Cabinett des Hausherrn zu geleiten, ohne doch den Eindruck zu erwecken, als verletze er die sehr heikle, sehr empfindliche Harmonie, die in den Fragen von Rang und Vortritt sich manifestiert.

VI. CAPITEL

– »Wir werden alt, mein Lieber«, sagte mit dünner, gleichsam geborstener Stimme der Minister zu dem Botschafter, der, aus ungewöhnlichen Umständen schließend, man wolle etwas von ihm, es nicht für der Mühe wert befunden hatte, seinen Hausrock gegen den bestickten Frack des Ceremoniels zu wechseln, »wir werden alt, und dagegen ist nun nichts zu tun. Wollen Sie mirs glauben oder nicht: es fiel mir soeben, und ich bedaure es doch recht, es fiel mir schwer, ja, es bereitete mir Schmerzen, aus meinem Coupé zu kommen, wissen Sie: es stach so im linken Knie, wie soll ich das sagen? es stach so gewissermaßen infam bis hinauf in die Gegend der Nieren und sogar, hols der Kuckuck, im Magen, so daß ich beinah die Impression habe, es geht mit meinem Corpus abwärts, den ich doch zu vielen Dingen noch recht benötige, wir Staatsmänner brauchen die Gesundheit nun einmal wie das tägliche Brot. Aber lassen wir das, um mit Seiner Majestät zu sprechen. Wobei noch nicht geklärt ist, ob nun die Majestät mit mir – oder ob ich mit der Majestät – denn wir haben uns aneinander gewöhnt und aufeinander abgefärbt, kurzum: die Wissenschaft. Sie findet da ein reiches Feld, wenn das Alles einmal der Historie angehört, der guten. Ja .. es ist nun an dem, daß ich Ihnen, liebe Excellenz, den Gegenbesuch mache. Ein Gegenbesuch .. nichts weiter, eine Höflichkeit, die mir am Herzen lag, zwar eine Höflichkeit zu abnormer Stunde, aber doch eine Höflichkeit. Da lächeln Sie nun, ich seh es Ihnen an, daß Sie glauben, ich führe etwas im Schilde, weil ich so spät komme und so mysterios von lauter Dunkelheit umgeben – o tausend Dank, ja, das wird meinem angegriffenen état de santé wohltun, welch eine Kostbarkeit, erlauben Sie, Cognac fine Charente, ein altes Destillat, wie mir scheint, in eichenen Fässern alt und reif geworden – auf Ihr schönes Wohl, mein Teuerster – also, aufrichtig: ich übe da eine

Art von praeventiver Vorsicht gegen meine Polizei, die mir zwar recht brauchbare Unterlagen gegen unliebsame und suspecte Personen liefert, die aber doch, wie alle derartigen Institute, das lächerlich ernsthafte Bestreben zeigt, auch mich, ihren eigentlichen Initiator, ganz unbefangen und weit über ihre Zuständigkeit hinausgreifend, insgeheim zu beobachten. Ridicule, sage ich – aber was hilfts? Ich hätte das nicht erfinden dürfen, und doch mußte ich es erfinden, um den Staat vor Staatsstreichen zu bewahren – relative Dinge das Alles: die Macht, die Regierung, Herrschaft, die Krone, das Volk ..«

»Sie rechnen mit dem Volk, Excellenz?«

– »Ich muß es, mein Lieber. Ich rechne mit vielen Größen, großen und kleinen Größen sozusagen. Das Königliche Siegel, das ich die Ehre habe, nun schon an die zwölf Jahre zu verwalten, ist, beispielshalber, durchaus beispielshalber, ein sehr niedlicher Gegenstand, und doch: eine ganze Macht. Und ein kleiner, scharf geschliffener Dolch in der Hand eines entschlossenen Subjectes, nicht wahr, und von dieser selben Hand kühnlich in den Rücken des Ministers gebohrt, der mit Fackeln vornehm daherfährt – welch niedlicher Gegenstand, und doch: eine ganze Macht, meine teure Excellenz. Wenn man nicht Philosoph wäre, man könnte, denke ich mir, dahin gelangen, daß man des Nachts, beispielshalber, zu schreien anfängt ..«

»Excellenz sehen mir nicht so aus, als ob Sie Angst hätten.«

– »Nein, da haben Sie wohl Recht .. Aber die praeventive Vorsicht, die ist es. So ein kleiner, unüberlegter Dolchstoß zur Unzeit – überlegen Sie: welche Folgen. Ein Minister, der allein noch die Verhältnisse überschaut, wird über Nacht zu seinen Vätern berufen. Ein Mann, der es gewohnt ist, mit einer gewissen Miene von Gleichgültigkeit den gefährlichsten Spannungen Contrebalance zu geben, ist nicht mehr .. Die Gläubiger des Staates greifen nach dem herrenlosen Steuer desselben .. Der König, in gerechter Abneigung, aigriert sich .. Das Volk, bei den Leichen-Feierlichkeiten seines Irrtums gewahr werdend, ahnt Übles .. Hochstrebende Nachbarfürsten, unter ganz dummen Vorwänden, fallen über das Reich her, dem der Lenker fehlt, und rauben sich mit der begehrten Princesse Royale die noch begehrtere Erbfolge – dies etwa wären die Perspectiven. Ich will nicht sagen, daß sich ein remplaçant nicht finden ließe, obwohl man lügt, wenn man behauptet, Jeder sei ersetzbar, aber: das Vacuum ist es, ein kurzes Vacuum auch nur, da dem neuen Minister notwendiger Weise der Überblick fehlen würde, die leichte Hand fehlen würde, mit der ich tausend delicate Fragen in der Schwebe zu halten gelernt habe .. Ich sehe Sie erstaunt, daß ich so offen rede, und in der Tat, es ist meine Gepflogenheit nicht, aber ich rede offen, weil eine ungemein prickelnde Laune mich treibt, weil Ihr Gesicht, Excellenz, mir einigen Anhalt gibt, daß Sie Vertrauenswürdigkeit besitzen .. und vielleicht verfolge ich gar eine Absicht damit .. Ja, wissen Sie: diese Banquiers. Man sagt, ich ließe mich von ihnen aushalten, ließe mich bezahlen von diesen Figuranten, die aus der Coulisse gekrochen sind, um nobilitiert werden zu können. Nun: ich bin ein eingefleischter Aristocrat, ein Royalist und feudal bis in die Knochen, ein Herr gewissermaßen, und diese Leute sind es nicht. Ich will Ihnen sagen, es widerstrebt mir, mich als Grandseigneur über derartige Anwürfe auszuweisen, kurz: ich lehne es ab, darüber zu debattieren. Gut: ich *werde* diesen Vampyrios Hermes baronisieren, denn was ist schon ein Brief-Baron? eine Verlegenheitslösung, man wird geboren als homme de qualité, oder man wird es nicht .. mag er also. Leider werde ich ihn auch in das Cabinett aufnehmen, ihm die Finanzen anvertrauen, die er ohnehin in seinen schmutzigen Fingern hat, und ich sage: desto besser, desto besser, wenn er sichtbar wird, der Herr Baron, und die Verantwortung tragen muß. Aber daß ich aus Lust mit diesen Dunkelmännern mich gemein machte, erscheint als kurzbeinichte Lüge, und schlecht berechnet. Es geschieht nicht aus Lust, sondern aus Necessität, um mit dem Könige von Preußen zu reden. Mir wäre nicht einmal unlieb, wenn diese Figuranten, trotz des Baronates, einen Wink erhielten, gleichgültig von welcher Seite, eine Warnung des Inhaltes, daß auch sie überwacht werden, ob vor, ob hinter den Coulissen ihrer vernebelnden Tactik .. Ja. Denn, nicht wahr?

man unternimmt bedeutende Anstrengungen, sich aus dieser Schlinge, aus diesen Fingern zu ziehen. Man muß sie neutralisieren, darauf kommt es an. Man muß das Übergewicht ihrer Manipulationen fortverlagern von solchen privaten Crediten auf, par exemple, Staatsverträge. Und ich spiele mit dem Gedanken, liebe Excellenz, das von Ihnen angeregte Project eines Handels-Abkommens zwischen Myrrha und Venedig nicht unwesentlich zu erweitern ..«

Die psalmodierende Stimme des Ministers sank in sich zusammen, das mächtige, scharf rasierte Antlitz mit dem schon etwas greisenhaft spitzen Kinn unter dem Haarpomp der Perücke nahm einen sinnenden Ausdruck an, und nur in den Augen, die wasserhell im kerzenerleuchteten Cabinett umherwanderten, lag flüchtig etwas Lauerndes, das Einiges von der bredouille aussprach, in welcher sich der Leiter der königlichen Politik befand.

»Ich verstehe«, sagte Herr v. Legua nach gedankenvoller, wohlberechneter Pause und begann am Camine auf und nieder zu gehen, wobei seine Hand hier und dort eine Miniatur-Figur aufnahm und wieder zurückstellte, ganz zwecklos, aber zärtlich und wirkungsvoll, weil es gewissermaßen sein Désintéressement bekundete; »ich verstehe Ihre Situation, wie ich glaube, vollkommen.« Und er ließ sich des Weiteren darüber aus, wie sehr doch das kleine Myrrha zwischen den Mächten, zwischen ihren Absichten und Wünschen, zwischen Eifersucht und Gier eingepreßt liege. Seine schön accentuierte Sprache, die Elasticität seines Ganges, die Klarheit seiner Darlegungen, denen der Graf, ohne Betroffenheit zu verraten, höflich zuhörte, bildeten einen überzeugenden Gegensatz zu der betonten Morbidezza des Gastes, in dessen Zügen staatsmännische Größe und die Spuren geheimer Laster sich die Waage hielten. »Ich verstehe, daß Ew. Excellenz den lebhaften Wunsch empfinden, die Lähmung, in die das Königreich vermöge angehäufter Zinsenlasten, Verpfändung der Bergwerke, Minen, Zölle, Monopole, geraten ist, durch eine activere Handels-Politik auszugleichen. Die Contrebalance, Ihr eigener Ausdruck .. Sie wünschen – ich

glaube, ich irre mich nicht – eine einseitige Regelung dergestalt, daß wir den Überfluß der Ernten in barem Gelde übernehmen an Stelle der Gepflogenheit, unsere heimische Industrie zu Gegenlieferungen heranzuziehen. Sie wünschen demnach, sich nicht allein wirtschaftlich an die Republik zu wenden, sondern, darauf muß es hinauslaufen, sich auch politisch an sie anzulehnen. Sie wünschen die Pression, die eine nördliche Macht in logischer Nutzung des bekannten Heirats-Projectes übt, transversal abzufangen durch einen Flankenschutz von Cypern her, der sich über Kythera und Illyrien bis nach Venedig fortsetzt und allerdings eine starke Position darstellen würde. Dies wären, Excellenz, in etwa Ihre Ziele ..«
– »In etwa«, sagte hochmütig der Graf. »Ich will nicht so weit gehen, zu behaupten, daß eine *Anlehnung* – Sie verstehen – mich reizen könnte, denn auch die bewußte nördliche Macht benutzt dieses fatale Wort mit einer Hartnäckigkeit, die mich nervös macht .. Seine Majestät, Sie wissen es, bedarf durchaus der souveraineté, die Ihr, wie soll ich das sagen, heilig ist, in hohem Grade heilig. Es ist ja, gottlob, nicht an dem, daß wir geradezu zerrissen werden, wir haben Zeit in Hülle und Fülle, und die späte Stunde, ich wiederhole es, bedeutet nicht, daß ich forcieren wollte – behüte, mein Lieber, behüte .. Ja, dieser Polycrates. Ich ziehe die Dinge mit einiger Gelassenheit in die Länge, ich halte sie in der Schwebe, aber natürlich entsteht eine Art von zwangsläufiger Divergenz der Position, einen reichen Mann, einen abundant reichen Mann, zu einer hohen, abundant hohen Heirats-Summe bewegen zu wollen, um den Einfluß der Banken dämpfen zu können, indem man sie kurzerhand ausbezahlt, und gleichzeitig auf die geheiligte Souveränität der Rechte sehen zu müssen, obwohl diese – miraculum mundi – doch über kurz oder lang, beim Ableben unseres gnädigen Herrn nämlich, einem anderen seiner geheiligten Gesetze, der Legitimität der Nachfolge, verfallen wird. Nun, aber lassen wir dies .. Ich bin – gottlob auch hierfür – ich bin nicht notwendiger Weise gezwungen, die Dinge zu überstürzen, da die Prinzessin ihrerseits als verzögerndes Moment in die Erschei-

nung zu treten beliebt. Ich habe ganz den Eindruck, sie mag diesen samischen König von etwas inferiorer Abstammung nicht sonderlich, obwohl sie ihn nicht von Angesichte kennt, und ich mutmaße, sie ist gesonnen, ihn schlichterdings zu refusieren. Das gibt uns einige Trümpfe in die Hand, und wenn Venedig nicht auf pari zu verhandeln bereit ist, so ließe sichs denken, daß ich dem Herrn Polycrates noch eine Million mehr abhandle, womit die Souveränitätsfrage für uns weitgehend versüßt würde, oder eine Million weniger ihm concediere, womit er auf die fatalale *Anlehnung* vorderhand zu verzichten hätte ..«

»Sie sind eigensinnig, Graf. Warum reiten Sie ständig auf dieser *Anlehnung* herum? Aber es ließe sich auch denken, unsererseits, daß die Republik, wenn Myrrha Schwierigkeiten macht, eine Anlehnung der Krone Samos acceptieren und den Heirats-Plan, selbst *gegen* die Prinzessin, stützen würde ..«

– »Superbe«, sagte der Minister, und seine wasserhellen Augen, während die brillantenbesetzte Hand langsam über das schon spitz werdende Kinn strich, betrachteten nahezu mit Wohlwollen den Partner. »Sie zeigen mir in wünschenswerter Offenheit den Urheber all jener unterirdischen Einflüsse, die als ein ewig gleichbleibender Unstern über den vielen von mir entrierten Mariagen geschwebt hat. Venedig also .. superbe.«

»Ein Unstern, Excellenz? Geheime Einflüsse? Da mißkennen Sie absolut unser bisheriges Désintéressement. Ich beschwöre Sie: *ich* hätte ..?«

– »Eben dies wollte ich wissen, mein Wertester. Sie sind es also nicht, das erleichtert mich ganz ungewöhnlich. Ja. Schöne Mariagen, geradezu classische Mariagen – aber wer ist es .. Ich habe meine bestimmten Verdächte, und sie liegen außerhalb des Landes.«

»Ich fürchte, Excellenz vergessen das auch im Inland Begehrenswürdige Ihrer Stellung.«

– »Aber Sie erheitern mich. Nein nein, wer sollte denn das sein? Ein Gegner meiner Politik .. nun, deren gibt es freilich eine ganze Reihe, daran ist freilich kein Mangel. Und Venedig speculiert also auf meinen Sturz. Interessant ..«

»Nicht eben dies. Aber da Sie die Frage anschneiden, Excellenz: in der Tat, wie sollte Venedig einen Pact von der Schärfe des durch Sie gewünschten eingehen, wenn es Gefahr laufen müßte, daß morgen nicht mehr Ihre verehrungswürdige Gestalt die Geschicke des Königreiches lenkt, sondern ein Novus, der sich aus allen Verpflichtungen zurückziehen würde, nachdem das Ziel, die Banquiers auszuschalten, erreicht ist?«

– »Meine Haltung der praeventiven Vorsicht«, entschied mit Verachtung der Gast, »gibt Ihnen Sicherheiten genug gegen Dolch und Gift; und wenn Sie handgreifliche Sicherheit brauchen, so ließe sich eine Silber-Mine wohl auch für Venedig noch finden. Was dahingegen den Ehrgeiz gewisser inferiorer Gestalten angeht, die es nach meinen Ämtern gelüstet: zeigen Sie, ich bitte Sie, zeigen Sie mir einen von ihnen, den ich nicht seit Langem, mein Lieber, in der feingesponnenen Aufsicht meiner Polizei hielte, und der, zu allem Überfluß, das Format besäße, ich sage: das Format, diese Ämter zu übernehmen. Man muß etwas Lenkendes in seinem naturel haben, um nicht selbst gegängelt zu werden. Mich angehend, denn ich lese diese Frage auf Ihren Zügen, Excellenz, so habe ich gelernt, verstehen Sie, mir die falsche Demut abzugewöhnen, die heuchlerische, gleisnerische. Ich stelle mein Licht nicht unter die Bank, ich ziere mich nicht, ich bin, was ich bin: ein Minister von gewissen Qualitäten und Meriten. Aber wir leben in einer seltsamen Zeit voller Übergänge. Sie sehen mich in einer merveillosen Allonge, und ich bin der Einzige, der sie noch trägt, wenngleich überzeugt, daß der demnächstige Baron Vampyrios Hermes, um etwas bedeutender zu erscheinen, mir diese kleidsame Tracht copieren wird, denn, der Wahrheit die Ehre zu geben, so ist sein Aussehen nicht eben ein bedeutendes. Wissen Sie: nackt und rosig, das ist sein Air, und die Nase erscheint mit geradezu schamloser Betonung fleischern, auch sie nackt und rosig, was ungemein dazu beiträgt, meinen so sehr empfindlichen Geschmack zu verletzen. Ja .. was ich sagen wollte: Sie, mein Herr Botschafter, bevorzugen nun wiederum die gepuderte

Cavaliers-Perücke, die galante und zierliche, das Aile de pigeon, während Seine Majestät das natürliche Haupthaar mit der Ihr eigenen, etwas müden Grandezza ganz schlicht in einen Zopf gebunden zu tragen beliebt, nur eben ein ganz klein wenig gebrannt, was confortabler sein mag, ich gebe es zu, und unser Flotten-Admiral, ein kluger, aber nicht über mittelmäßiger, streng denkender Militär, ein Geist ohne Ambitionen, wenn ich mich so ausdrücken darf, eifert dem Vorbild des Landesvaters nach. Schon dieses kleine Beispiel der Coiffuren erzählt Ihnen, was Sie allerorten sehen: ein Zug der Unordnung und der Auflösung geht durch die Welt, deren höfische Cultur sich nicht mehr mit althergebrachter Größe und Ausschließlichkeit darzustellen weiß, was bereits daraus erhellt, daß die Princesse Royale in höchsteigener Person gegen das Ceremoniel opponiert. Aber wem sage ich das? und wen nimmt es Wunder? Und solcher Beispiele gibt es viele, aber ich wüßte niemanden, der capabel genug wäre, ja, der auch nur den Versuch unternähme, die Krankheit der Zeit zu heilen. Es bleibt, wohin man blicken mag, bei Worten, die nicht das Mindeste, das ist offenkundig, ausrichten. Man bevorzugt bereits das Nü, den schamlosen Acte. Man zeigt sich dem choquierten Hof abwechselnd in den kostspieligsten Roben von Brocat und Atlas, und in den weitestgehenden, gewissermaßen gar nichts mehr verhüllenden Phantasie-Costumes, die den weiblichen Formen eine geradezu anatomische Deutlichkeit verleihen. Und das, wiewohl die Majestät der Königin, sittsam und tugendreich, wie es in der Heiligen Schrift und in den Märchen geschrieben steht, ein leuchtendes Beispiel von Tact und Feinheit der Lebensführung darzustellen nicht müde wird. Ja .. die Zeit ist aus dem Geleise geraten. Die sehr charmante, sehr jugendliche, sehr unbesonnen auf ihrem fragwürdigen Geschmack beharrende Regentin der Inseln von Chimaira, die Königin Leda, an der Seite ihres in Umnachtung friedlich dahindämmernden hohen Gemahls .. nicht genug, daß sie sich, phantasievoll bis zum Exceß, zu imaginieren beliebt, Zeus habe sich ihr, in Anlehnung an jenes Abenteuer mit ihrer berühmten Namensbase, als Schwan in unzüchtiger Absicht genaht und sie denn auch glücklich débauchiert, nicht genug, so bestellt sie sich einen Malersmann aus Italien, der über nicht geringen künstlerischen Ruf verfügt, und – corpo di bacco – läßt sich in dieser perversen Situation, was sagen Sie! auf der geduldigen Leinewand verewigen, wobei sie, als regierende Fürstin aus sehr bedeutendem Hause, nicht das Mindeste empfindet, im Kranze ihrer Hofdamen völlig unbekleidet Modell zu sitzen. Das Bild, begreiflicher Weise, erregt Furore, man reißt sich darum, jeder will es sehen, bewundern, anhimmeln, und die vornehme Welt, soweit sie nicht vorgibt, dégoûtiert zu sein, ist entzückt. Auf den Künstler prasseln die Aufträge herab, er kann sich ihrer kaum erwehren, selbst die Königin von Phantar, die man bislang für eine Dame von Cultur und Geschmack halten durfte, trifft Anstalt, es der Cousine nachzutun, und ihr näherte sich der alte Galan als Wolke, ich bitte Sie. Aber leider, ich sage: leider, stammen alle diese Potentatinnen, Io, Europa, Alkmene, und wie sie heißen mögen, direct in zweiter Generation von der seligen Mutter unserer *eigenen* Königin ab, und der leicht ridicule Cult, der hierzulande mit den alten Göttern getrieben wird, geht nicht minder auf diese unbegreifliche vieille princesse zurück. Sofja hieß sie .. Sie wollte wohl eine Art Renaissance constituieren, aber aus der Constitution ward eine Prostitution. Nackt ist der letzte Schrei der Mode. Mir ahnen dunkle Dinge, daß auch Danae – aber lassen wir das ..«

»Excellenz befürchten den Goldenen Regen?«

– »In der Tat, mein Lieber, in der Tat befürchte ich ihn. Die Prinzessin, unlenkbar infolge einer nicht wieder gutzumachenden Erziehung zu Stolz und Selbständigkeit, hat gleichermaßen etwas gewiß Exaltiertes in ihrem nicht immer königlichen Wesen, aber gottlob! man hat ihr, in weiser Voraussicht abscheulicher Phantasmen, die sich ergeben könnten, sowohl den Umgang mit besagten Cousinen als auch die Geschichte von dem Goldenen Regen, in welcher Verkleidung der Göttervater die historische Danae beehrte, als auch generaliter den Einblick in die natürlichen Entstehungs-Zusammenhänge des

Lebens so complett vorenthalten, daß sie, von ihr her gesehen, im Stande absoluter Unschuld mit diesen entblößten Extremitäten herumläuft und die Öffentlichkeit contrecarriert. Sie denkt sich nichts dabei, bewahre, sie tut es jungfräulich rosigen Herzens und verbindet keine Vorstellung mit den Formen althergebrachter Annäherung zwischen dem Manne und dem Weibe ..«

»Ahah?« bemerkte der Botschafter.

– »Man müßte es«, fuhr der Minister mit seiner psalmodierenden, gewählten und hingeschleppten Sprechweise fort, wobei er weiterhin die Endsilben wie Wesen von Wert und Gewicht behandelte, »man müßte es über sich gewinnen, ihr diesen letzten Punct gewissermaßen mit diplomatischer Feinfühligkeit plausibel zu machen, sie mit leichter Hand aus dem Stande der Kindlichkeit zu erwecken, die etwas Rührendes und Süßes haben mag, nur, ich gebe es zu, heute nicht mehr ganz in unsere Absichten paßt. Sie müßte begreifen, daß sie, als Erbin des Thrones, nicht allein eine politische Function zu erfüllen hat, sondern, sans gêne gesprochen, auch eine handfest körperliche. Sie ahnt aber noch nichts von jenem Etwas, das im Weibe selig genannt zu werden verdient, von dem Phaenomen des Verlokkens und Gewährens .. und es hat wenig Sinn, ihr diese delicate Wissenschaft durch den Mund der Königin, mit der sie nicht zum Glücklichsten harmoniert, oder durch den von Ehrendamen, die ausnahmslos übertrieben bigott oder übertrieben liberal sind, vermitteln zu wollen .. Durch wen also? Sie muß ja nun bald einmal lernen, was sie anfangen kann mit den Herren der Schöpfung ..«

»Hm«, bemerkte Don Giovanni und erinnerte sich, Definitivamente gesagt zu haben.

– »Sie sehen, mein teuerster Botschafter: der Gedanken sind viele, die einen ohnehin reich beschäftigten Minister bewegen, und nicht jede dieser Aufgaben vermag er allein, ein vergleichsweise schwacher Mensch, zu bewerkstelligen. Und Sie sehen ferner: die Moral dieses Ministers, wie Alles, was mit dem Staate zusammenhängt, ist eine zweischneidige. Ich gehe noch weiter:

obwohl als Mensch und Grandseigneur für äußerste Löblichkeit der Sitten, habe ich, ein vertrauter Ratgeber der Krone, im Laufe der letztverflossenen Monate Anlaß gehabt, mir einzugestehen, sehr betrübender Weise, daß die erlauchte Person des Königs allzu freudlos dahinlebt, allzu jenseitig in seine Uhren vertieft, trop seul, möchte ich sagen, als daß nicht der Versuch angebracht schiene, die mangelnde Initiative des Monarchen in dieser .. etwas heiklen Frage gleichsam zu balancieren durch ein discretes Arrangement. Die Scrupulosität des Characters und die absurde Melancholie seiner Seele hindern ihn, sich auszusprechen, geschweige zu handeln, obendrein aber beherbergen Hof und Land keine weibliche Schönheit mehr, die exorbitant genug wäre, ihn zu reizen, und die nicht schon zu einigen Malen deutlich genug seinen königlichen Weg, selbst in den verschwiegensten Cabinetten, ganz ergebnislos gekreuzt hätte ..«

Der Minister leerte bedächtigen Zuges das Glas, dann erhob er sich, nachdem alle Minen, die zu legen er vorgehabt, zu seiner Zufriedenheit in das stille und tiefe Meer eines Diplomaten-Gewissens versenkt waren. Er erhob sich nicht ohne Mühe, indem er den goldgeknauften Stab benutzte, und ein infamer Schmerz, bis hinauf in die Gegend der Nieren stechend, ließ die Muskeln des glatt rasierten Gesichtes für einen Augenblick zucken.

– »Meine liebe Excellenz«, sagte er herablassend und freundlich, ehe er hinausging, um sich in verhängter Sänfte durch das nun nicht mehr so düstere Weltall tragen zu lassen, denn über den Cedernwäldern strahlte der indessen heraufgekommene Mond, »die Königliche Regierung, mit einem Worte, würde sich glücklich schätzen, wenn Ew. Excellenz unseren Vorschlägen und Anregungen mit einigem Wohlwollen zu begegnen sich dankenswerter Weise entschließen könnten ..«

Der Botschafter verneigte sich. »Ich werde nicht verfehlen«, erwiderte er, worauf er den Gast bis in die erleuchtete Torfahrt geleitete. Und noch in selbiger Nacht schrieb er an die schöne Bendidia im fernen Venedig, eine exorbitante Schönheit, um mit dem Minister zu reden, die ihn feurig geliebt und lächelnd gelassen hatte. Durch die hohen und schmalen Fenster aber fiel noch lange das Licht auf den Kies des Gartens, darinnen die Lorbeergebüsche träumten und dufteten.

VII. CAPITEL

Hiermit begann das Unheil über Myrrha heraufzuziehen, und Herr v. Legua, in einer Verkettung von beklagenwerten Launen des Schicksals, ward als erstes und vornehmstes Opfer auserkoren.

Doch gemach.

»Guten Morgen«, sagte die Königin und schloß die Tapetentür, die als ein Bücherschrank feinsinnig gebildet war, sagte es nicht ohne Ironie, denn sie fand, trotz später Stunde, den Grafen noch frühstückend im Bette, wennschon mit der Allonge bekleidet, von der ein bösartiges Gerüchte zu wissen vorgab, er schlafe sogar mit ihr, seiner eigentlichen Geliebten.

– »Guten Morgen«, antwortete der Minister mit dünner und etwas arroganter Stimme, indem er die Brillantenhand zweimal aus dem Gelenke leicht nach oben bewegte: »Guten Morgen.«

»Sie hatten eine erquickliche Nachtruhe, Graf?«

– »Vortrefflich, Madame, ganz exquisit.«

»Ich suchte Sie leider vergeblich.«

– »Ich weiß ..«

»Von wem?«

– »Der Narr tischte mir diese Kunde als hors d'œuvre auf, und ich sah keinen Anlaß, an der Lauterkeit seiner Worte zu zweifeln. Ja .. was ich sagen wollte: wir sind banqueroute.«

»O, das haben Sie mir schon dreißig Mal gesagt, ich glaube Ihnen kein Wort mehr.«

– »Aber so ironisieren Sie mich doch nicht in Einem fort. Ich habe dreißig Mal gelogen, das ist richtig, warum sollte es beim einunddreißigsten nicht an dem sein? Die Lüge gehört zum schönsten Geschäft der Regierenden, also lassen Sie mir diese Freude. Sie erhöht den Genuß, die Spannung, das graue Einerlei. Mit einem Wort: Vampyrios Hermes wird Minister.«

»Das ist mir allerdings neu.«

– »Mir auch. Sie alterieren sich, Madame?«

»Wie sollte ich mich nicht alterieren? Sie liegen da in Ihrem Staatsbett und frühstücken mit aller Seelenruhe; Sie nennen mir den verhaßtesten Namen, den ich auf Erden kenne, obendrein in einem Zusammenhang, Graf, einem Zusammenhang voll selbstmörderischer Consequenzen, und denken sich nichts dabei – und ich soll einer gerechten Wallung von Zorn, was sage ich: von Ekel und geradezu physischem Abscheu nicht nachgeben dürfen?«

– »Physischer Abscheu«, sagte der Minister, »sehen Sie, das ist es. Dieser Mann, der, gottlob! die gegenwärtige Form unseres Lebens, eine höchst confortable Form, ich bitte das nicht zu vergessen, ermöglicht, dieser Mann hegt ebenfalls einen geradezu physischen Abscheu, nämlich den vor der Verantwortung .. Kurz und gut: er wird seinen Abscheu hinunterschlucken, der Herr Baron, er wird halt Minister werden *müssen,* ob er will oder nicht.«

»Carlo, ich bitte Sie: Baron? Baron Vampyrios?«

– »In der Tat, wir werden ihn nobilitieren, das wird ihn, denke ich, zunächst versöhnen, und später .. wird es ihn erledigen.«

»Ich gehe zum König!«

– »Ja, tu Sie das, Chérie. Sie erwiese mir einen großen Gefallen. Und sag Sie dem hohen Herrn, Venedig sei nun leider nicht darauf eingegangen, den Handelsvertrag einseitig zu fassen, werde auch nicht darauf eingehen, aber in gewissen anderen Puncten –«

»Hör zu, Carlo, es darf nicht sein, er darf es nicht werden. Ich lasse sofort, gleich jetzt, alle meine Bauten einstellen, ich lasse meinen Schmuck einschmelzen, wir können die Apanage herabsetzen, wir werden –«

Der Minister hob skeptisch die Hand. »Wir werden gar nichts, ma biche. Dieser Vampyrios hat uns in der Hand, da hilft uns nun kein Edelmut mehr und auch kein liebenswürdiges Nachtgespräch in der Botschaft, da werden wir halt ganz leise und vornehm unseren Minister v. Goldenberg, bis zu späterer Verwendung, zurückziehen, werden dem Baron den leeren

Sessel zeigen und sagen: aber bitte, mein Lieber, bedienen Sie sich doch, bedienen Sie sich immerhin. Sie sind ja ein Mann des Glückes, ein Mann des Geldes und der Finanztheorie, da wird Ihnen die Praxis auch nicht schwer fallen, vielleicht gelingt es Ihnen, den Staats-Tresor wieder flott zu machen, wir sind sehr gespannt darauf, sehr gespannt ..«

»Mir ist so angst, Carlo. Werden wir jetzt für unsere Sünden bestraft? Du schweigst .. Ach, wohin wird das Alles führen?«
– »In den Untergang ..«

»Und das kannst du so ruhig sagen?«
– »Ja. Und warum nicht. In der Politik muß man ruhig sein. Die Nerven .. Ich habe es jetzt gelernt. Lächelnd um hohe Einsätze spielen .. Leidenschaften verdecken, sehr kunstvoll verdecken, nichts zeigen – das ist es. Das Jeu, meine Teuerste. Derjenige, der die Bank hält, muß nicht unbedingt wissen, wie uns zumute ist .. und das verwirrt ihn .. und das gibt uns gewissermaßen die Chance, die Bank, ganz plötzlich, zu sprengen. Ja. Wohin wird das führen. Es führt in die Catastrophe, da gibt es nun nichts mehr. Aber wen wird sie, wen wird das Pulverfaß, auf dem wir sitzen und scherzen, wen wird es zerreißen ..? C'est la question.«

Und Vampyrios Hermes, ein gleichsam nacktes und rosiges Gesicht, ward eilends ins Schloß berufen, um es, ein wenig blasser, doch voll eifriger Würde, als Baron und Minister wieder zu verlassen. Ungeheure Erregung bemächtigte sich der vielgeprüften Stadt, des Landes, ja, des Reiches, und Volk wie Adel schäumten.

Mit Recht – denn Eines kam hier zum Anderen, und niemand, außer dem engsten Kreis der regierenden Personen, durchschaute das Manœuvre des Premiers, der seine eigenen Gedanken hatte, ohne sie, verständlicher Weise, aussprechen zu dürfen. Und die Leidtragenden dieses, freilich, höchst zweischneidigen Versuches, eine Macht, die sich gegen den Willen des Staates gebildet hatte, im Dienste dieses selben Staates über kurz oder lang zu verbrauchen, zu absorbieren, zu erledigen, mit dem brutalen Worte des Grafen gesagt – die Leidtragenden waren ja nun einmal nicht diejenigen, die das Manœuvre führten, sondern Klein-Adel, Bürgertum und die mittleren, in gewissem Grade begüterten Schichten des Volkes, das neue Steuern, neue Zölle, neue Erpressungen heraufkommen sah. So wurden die Messer geschliffen für den Herrn Grafen – und in den folgenden Nächten, wofern er ihrer noch einige erlebte, würde der letzte Cavalier, der die Allonge mit Anmut und Ernst zu tragen verstand, in den Schreckbildern seines Schlafes wieder Grund haben, zu schreien, weil sein phantasievolles Ohr ihm das Geräusch, mit welchem man Dolche wetzt, in schauriger Deutlichkeit vor die Seele rief.

Doch gemach.

Denn nun nahte sich, schön, männlich und etwas steif in der Sänfte sitzend, Don Giovanni di Legua e Torreleoni dem Königlichen Palais, und die Menge, gefährlich wie ein leichtblütiges Pferd, das von der Hornisse gestochen wurde, wich kaum um ein Geringes zur Seite, gerade so viel, daß der Botschafter das Schweigen und das Brüten, den Ingrimm und den Kummer in all den unzähligen Gesichtern studieren konnte, was er mit jener Unbefangenheit besorgte, die ihm eignete. Aber man achtete das Löwenwappen, man achtete die Republik, und dies, dünkte ihn, war von größerem Werte als jede noch so heilige und heuchlerische Versicherung aus dem Munde eines noch so mächtigen Ministers: Venedig hatte sich auch hier Respect zu schaffen gewußt. Dann nahmen die Wachen ihn auf, die den weiten Vorplatz zwischen Palais und Schloßfreiheit abgesperrt hielten, das hohe Kunst-Gitter der Cour d'honneur umrahmte ihn, golden und schwarz, für einen höchst decorativen Augenblick.

»Venedig .. « sagten Einige, als könne von daher die Rettung kommen, von diesem amusierten und hochmütigen Aristocraten, der da im Dunkel der Torhalle entschwand, und die Horcher, zwanglos verstreut unter dem summenden, murmelnden, zu Haß und Gewalttat bereiten Volk, vermerkten es in papierenem Gedächtnis ..

Don Johann, obwohl unangemeldet, antichambrierte nicht.

Er setzte sich nicht den Blicken der Bittsteller, der Secretäre und Räte, der Zuträger, Hasardeure, Figuranten und Intriganten einer zweifelhaft gewordenen Politik aus. Er liebte »dergleichen Leute« nicht. Er wartete in der Hirschen-Galerie, wohin er sich hatte führen lassen, und wo die Jagd-Trophäen im bunten Wechsel mit Gemälden, vergilbten Kupfern und Stucco-Cartouchen hingen. Dort wartete er, bis man ihm melden würde, daß Seine Excellenz sich glücklich schätze, Seine Excellenz zu empfangen ..

»Seine Excellenz«, sagte der Chef des Protocolls in der Hirschen-Galerie der Königlichen Residenz zu dem Botschafter der Republik, »ist überglücklich, daß Ew. Excellenz gerade in diesem Momente .. darf ich bitten ..« und überreichte, während die schwere, palisandergeschnitzte Flügeltüre zum Cabinetts-Saale sich öffnete, einen gefalteten und gesiegelten Brief mit dem Wappen des Grafen Godoitis. Ein Handschreiben, sieh an, eine Art billet-doux .. Herr v. Legua las es im Gehen, während er die Spiegel-Galerie und den Uhrensaal durchschritt, las es mit halbem Triumph und halber Indignation, denn halb war er geprellt, halb auch belohnt, und Beides schien einander zu bedingen. »Excellenz«, las er, »Sie finden bei mir den Botschafter von Samos: Sie sind erstaunt – Sie sind entzückt – Sie antworten bestätigend auf eine gewisse wahrheitswidrige Behauptung meinerseits – und Sie erhalten nicht nur die notwendige Einführung bei der Princesse Royale, sondern auch, sans-mot-dire, freie Hand. Carlo Godoitis. Nota bene vernichten Sie bitte diese Zeilen.« Leichtsinnig .. Don Johann schob sie mit wohlgeschnittenen, schlanken und feinen Fingern in den Ärmel-Aufschlag seines hellblauen Justaucorps.

»Excellenz«, rief er emphatisch, »ich bin erstaunt, ja mehr noch: ich bin entzückt und bitte vielmals um Vergebung, daß ich hier so gewissermaßen hereingeschneit komme.«

– »Ja«, bemerkte statt des Samischen Gesandten der Minister, »nicht wahr, welch eine Fügung. Ein Zufall .. Aber nehmen Sie doch Platz.« Und während Venedig Platz nahm, ruhten die Augen von Samos frostig, ahnungsvoll, ein wenig angewidert, doch ohne jene Sicherheit, die den Gast in so hohem Maße auszeichnete, auf diesem; der Minister aber fuhr psalmodierend fort: »Ja .. es ist nun an dem, daß unser schöner Plan eine unliebsame Verzögerung, zumindest, erleidet. Daß sich Schwierigkeiten, die außerhalb des Landes, außerhalb meines Einflusses liegen, gegen die schon so gut wie perfecte Mariage, wie soll ich das sagen, aufgetürmt haben ..«

– »Die wären?«

– »Ja .. ich habe, zu meinem lebhaften Leidwesen, die Impression gewinnen müssen, daß die Republik Venedig« – und die Augen beider Königreiche richteten sich voll auf die elegante Erscheinung der Oligarchie, die ein wenig steif, denn der Degen behinderte sie, auf dem schön geschweiften Damaststuhle saß – »daß die Republik Venedig einer Verbindung Seiner Majestät des Königs von Samos mit Ihrer Königlichen Hoheit der Kronprinzessin unter momentanen Umständen zu widerstreben gesonnen ist..«

Don Giovanni schwieg und sah zum Fenster hinaus. Was wog nicht eine freie Hand gegen solche »momentane Verzögerung«, die zu gar nichts verpflichten mußte ..

– »Wollen Ew. Excellenz«, bemerkte Samos mit Schärfe, »mir diese .. Ansicht des Herrn Minister-Praesidenten gütigst bestätigen!?«

Venedig nickte leichthin.

– »Wollen Ew. Excellenz mir über die ›momentanen Umstände‹ eine detailliertere Auskunft gütigst erteilen!?«

»Die Machtverschiebungen«, sagte Don Giovanni und gruppierte seine in Blau und Silber gekleideten Füße noch malerischer, »die sich aus der in Erwägung gezogenen Verbindung der erwähnten königlichen Personen ergeben müßten, sind, Excellenz, so schwerwiegender Natur, daß sie von Seiten Seiner Herrlichkeit des Dogen einer Prüfung, einer vom Geiste ruhiger Überlegung getragenen Prüfung bedürfen, ehe die Signoria eine definitive Stellung dazu nehmen wird. Ich bedaure unendlich, gegenwärtig keine näheren Angaben darüber machen zu können, ich bedaure wirklich unendlich.«

– »Danke«, entschied der Botschafter der Krone von Samos. Und stehenden Fußes beschloß er, heim zu reisen, um seinem Monarchen Bericht zu erstatten, neue Weisungen zu empfangen, neue Vollmachten zu neuer Pression auf seinem Rückweg mit sich zu führen – und es war keinen Augenblick zu früh, denn das Unheil zog über Myrrha herauf.

»Die exorbitante Schönheit«, sagte Don Johann, nachdem man allein geblieben, »heißt Bendidia de'Lanzi, und eine Taube als Zeichen der Unschuld flog heute früh aus dem Fenster meines Schlaf-Cabinettes. Niemand, auch keine Actennotiz, hat sie flattern sehen, ich selbst will es unverzüglich vergessen .. Excellenz verstehen. Diese Dame wird bei Gelegenheit, Cousine des Cardinals Colonna, hier angereist kommen, sie wird in einem Hause höchster Provenienz, das vorher, Graf, von seiner Auszeichnung benachrichtigt wurde, privatim zu Gast sein, und auf dem üblichen Wege, mit letzter Discretion dotiert, wird sie bei Hofe eingeführt werden, um ihr Glück zu machen.«

– »Tiens tiens«, bemerkte der Minister.

VIII. CAPITEL

Die Keuschheit – was ist es mit ihr? Sie ist ein Zustand der Seele in ihrer Jugend, ein so merkwürdiger Zustand, daß nicht einmal Gott ihn beschreiben könnte, da, wer ein Ding beschreiben will, des Wortes bedarf, und eben dem Worte entzieht sich die Keuschheit. Ein unbeschreiblicher Zustand, den die Person, die ihn darstellt, nicht zu ahnen vermag, denn im Nicht-Ahnen, da liegt es. Ach, sie hat nichts zu schaffen mit jener Süße, die waghalsige Schreiber über sie ausgegossen haben, so daß sie einem gewählten Geschmack außergewöhnlich schlecht genießbar erscheint, sondern im Gegenteil: sie ist fähig, gleich dem Weine der Champagne, der sich in tiefen Kellern mit der Kraft der Hefe paart, um zu schäumendem Secte zu werden, sie ist fähig, eine höchst reizbare, höchst gefährliche und explosive Verbindung mit Elementen wie Trotz und Übermut, verlockender, unbewußter Sinnlichkeit und heute tragischen, morgen ironischen Stimmungen, mit heftigen und ungezogenen, dann wieder zärtlichen, ja, prickelnden Launen einzugehen, Elementen, die ihr das Übersüßte nehmen und in ihrer anorganischen, widerspruchsvollen Mischung dem Beobachter kund tun, daß Alles auf ein nahes Ereignis hindrängt, welches das angestaute Lebensgefühl auf das Wunderbarste zur Entladung bringen wird – und ein solcher Champagner war die Prinzessin Danae.

»Dieu merci!« sagte sie erleichtert, »ein Freier weniger« – womit sie den Botschafter von Samos meinte, dessen Corvette soeben den Hafen verließ. »Sie haben es fabelhaft heraus, Admiral, mir meine Verehrer madig zu machen.«

Admiral v. Borromeo, einen halben Schritt hinter ihr der Richtung ihrer Augen folgend, verneigte sich leicht.

Man befand sich in dem Salon der Prinzessin, einem ovalen, matt in Blau lackierten Salon, dessen Wände von silbernen Ornamenten übersponnen waren, von Rankenwerk und thronenden Pfauen, von Tannen, Pinien, großen Farrenwurzeln, aus denen Hirschgespanne hervorbrausten; possierliche Äffchen, alle aus Silber mit silbernen Schwänzen, tobten durch die verzweigten Äste; auf dem Decken-Gesims, in legerer Haltung, lagerten olympische Nuditäten; dazwischen Putten beim Fischfang; Reusen, Netze; kleine Barken, Delphine; das schäumte hinüber in den weißen, kaum eben gewölbten Stucco-Plafond; und die Fenster, welche offen standen, gingen auf See ..

Längst unterdessen hatte die Corvette das hohe Meer gewonnen – ein Vorgang, der die Blicke magnetisch mitzieht –, ehe die Prinzessin das Schweigen brach. »Immerhin«, sagte sie flüchtig, »fort rauscht die Jugend, und der Richtige kommt nie.«

– »Königliche Hoheit sind Fünfzehn«, erwiderte Borromeo mit spöttischem Vorwurf.

»Ich bin wesentlich älter, als Sie und das Taufregister glauben.«

– »Die Jugend, gnädigste Prinzessin, ist lang. Für Sie, ich bitte um Vergebung, hat die Jugend noch nicht einmal begonnen, Jugend zu sein.«

»Das verstehe ich nicht. Wie meinen Sie es?«

– »Das können Sie auch nicht verstehen. Man hält Ihnen ja Alles fern, was Sie ein Verstehen lehren würde.«

»Erklären Sie sich, Admiral. Sie halten mich für dumm.«

– »O, im Gegenteil, Ihr Scharfsinn zeigt die ungewöhnlichsten Anlagen. Aber das Leben .. haben Sie noch nicht gesehen. Zum Exempel besitzen Sie eine Antichambre. Fragten Sie sich jemals, warum keine Leute darin sind, die dort antichambrieren? Da nicken Sie, das ist Alles. Und warum haben Sie keinen Verkehr mit jungen Damen? Etwa nur, weil man Ihnen dergleichen Umgang nicht auf dem Tablett serviert? Sie haben Bücher – lesen Sie darin? So? Doch? Dann ziehe ich diesen Punct zurück, es bleiben ihrer genügend. Poaretes schneidert Ihnen die wundervollsten Roben – haben Sie schon einmal darüber nachgedacht, welchem Zweck solche Roben dienen? Und warum immer allein? Warum schaffen Sie sich keine Suite? Sie reiten allein, Sie lesen sogar, wie ich zu meinem Entzücken höre – aber auch das ist eine solitäre Beschäftigung –, Sie gehen auf Jagd, allein, baden allein, besuchen sechs Kirchen hintereinander, sämtliche Confessionen im bunten Wechsel, geben sich Ihrem Stolz, dem Stolz Ihres Ranges hin, Ihren Launen, Mißmut und Übermut, Neigung, Abneigung, auch Alles im bunten Wechsel, und es läßt Sie völlig gleichgültig, was man von Ihnen denkt. Es läßt Sie gleichgültig, welche Wirkung *Sie* auf die Menschen haben, Sie wissen wahrscheinlich noch nicht einmal, daß Wirkungen von Ihnen ausgehen, zwiespältige Wirkungen, einmal ein großer Zauber, und dann wieder etwas sehr Erkältendes, sehr Enttäuschendes. Sie leben recht in den Tag hinein – was aber morgen von Ihnen verlangt werden wird, darüber machen Sie sich keine Gedanken.« Das Schiff versank allmählich hinter der Kimm, da wo Luft und Wasser sich miteinander verwoben. »Woher wollen Sie meine Gedanken kennen«, sagte die Prinzessin nach kurzer Pause, sagte es wegwerfend und ungnädig, denn sie liebte es nicht, belehrt zu werden, und wandte sich auch ferner nicht um. »Was Andere von mir denken«, fuhr sie fort, »läßt mich allerdings gleichgültig. Ich nehme mir das Recht, so zu sein, wie ich nun einmal bin. Und ich mag es gar nicht, wenn man mir predigt, wie ich sein *soll.* Sie, mein Herr Admiral, möchten, daß ich mehr lese. Ich bitte Sie: wozu? Was in den Büchern steht, gibt mir keine Antwort, das ist Alles ad usum Delphini zurechtgestutzt, Gewesenes und hohe Staats-Theorie. Es sind ganz andere Dinge, über die ich Auskunft brauche, aber es scheint das niemand bemerken zu wollen. Ich bin fast Sechzehn, und man hält mich wie ein Kind. Ihr macht mich ja einsam mit Gewalt, sehen Sie das denn nicht? Meine Mutter lächelt in ihrer höhnischen Art, meine Ehrenfräulein, wenn ich mit ihnen spreche, sinken aufs Knie vor lauter Befangenheit, so genial sind sie ausgewählt, die Hofdame verweist mir jedes zweite Wort als unschicklich – *und es ist doch etwas da,* worüber ich Klarheit haben muß. Dinge, unter denen ich leide! Und Ihr schweigt. Das schafft man doch nicht aus der Welt, indem man es bagatellisiert! Aber kann ich meinem Vater mit solchen Fragen kommen? Nein, ich kann es nicht. Und könnte ich von Ihnen erwarten, daß Sie mir erklären würden, warum gewisse Veränderungen –? Nein, das kann ich nicht. Denn Sie sind ein Mann, und man hat mir gesagt, es sei unschicklich. Alles ist unschicklich, woran ich herumrätsele, und ich *will* es jetzt wissen. Ich bin nicht so albern, daß ich nicht merke, wie Sie mir Alle ausweichen, und warum in den Büchern weiße Stellen sind oder ganze Seiten fehlen. Wer, ich bitte Sie, weicht mir *nicht* aus? Warum verheimlicht man mir, was es mit der Liebe auf sich hat? Was ist ein Kuß? wozu dient er? was hat das für einen Zweck, Mund auf Mund zu placieren? was freut die Männer daran so? warum legen sie so großen Wert darauf? Mir jedenfalls hat es wenig Impression gemacht.«

– »Sie wurden geküßt?« fragte der Admiral, die Kunde überraschte und erstaunte ihn. Indem ertönte aus dem Hintergrunde des Salons, wo man schon mehrmals Räuspern vernommen hatte, die Stimme der Hofdame – zu jener Zeit war es eine Frau v. Lambda, gefürchtet für ihren Witz, doch schien sie ihm abgeschworen zu haben während der Dauer ihres Ehrendienstes, denn sie gefiel sich in ständiger Bigotterie, die das Fräulein im Pantherfell nervös machte (momentan, nebenbei, trug die Prinzessin eine pompöse Staatsrobe, mit Reifrock und tiefem Décolleté) –, und diese Stimme rief mit kühler Indignation herüber: »Königliche Hoheit, ich muß bitten: welche Gespräche!«

Danae, voll erzürnter Ungeduld, wandte den wohlfrisierten Kopf mit den golddurchsponnenen, weichen, ein wenig widerspenstig sich scheitelnden Locken. Sie wandte ihn mitsamt der carmesinroten Nelke, um leise, doch heftig zu antworten: »Ich spreche, wie es mir not tut, und nicht aus Vergnügen!«

– »Aber doch nicht über Küsse. Bedenken Sie: die Convention ..« – »Mir conveniert es, die Convention im Augenblick einmal zu unterbrechen. Wir sind ja gewissermaßen entre nous.«

– »Nie«, sagte die Hofdame, »sind wir entre nous. Prinzessinnen, Königliche Hoheit, haben sich stets und überall ihrem

Stande gemäß zu führen, sogar, wenn sie allein sind, sogar in ihren Gedanken.«

– »Madame«, warf der Admiral ein, »wir wollen doch nicht vergessen, daß auch wir einmal jung waren.«

– »Sie sind sehr liebenswürdig, Excellenz, doch soll mich ein so graziöses Compliment nicht davon abhalten, den Weisungen zu folgen, die man mir gab, und Sie als Minister können unmöglich die Absicht haben, auf derart offene Worte im Ernste einzugehen.«

– »Ich habe diese Absicht, Madame, und ich werde auf diese Worte eingehen, wo nicht als Minister, so als bestallter Ratgeber der Prinzessin, wofern die Bestallung überhaupt einen Sinn haben soll.«

Man hörte die Türen der Antichambre, und Frau v. Lambda, zu ihrem Leidwesen, sah sich gehalten, hinauszueilen, auch das gehörte zu ihren Pflichten. »Excellenz Graf Godoitis«, rief sie befriedigt und voller Salbung, als sie zurückkehrte, und schien einen Triumph dabei zu empfinden.

Hier riß sich die Prinzessin endgültig vom Anblick der See los, dermaßen plötzlich, daß sie fast selber verwundert war, nun statt der Wellen den reich decorierten Türrahmen zu erblicken. »Ich *will* ihn nicht empfangen!« rief sie erbittert.

– »Aber«, sagte der Admiral, »aber: die Höflichkeit ..«

Er sah ihr voll spöttischen Vorwurfes in die Augen, die ein gewisses Erstaunen zeigten. »Die Höflichkeit«, sagte er noch einmal und nickte.

Der Graf war schon eingetreten, ungerufen, unerwünscht, wie er wohl wußte. Doch kam er nicht allein: an seiner Seite, das heißt, um völlig wahr zu sein, einen halben Schritt voran, weil die sehr heikle, sehr empfindliche Harmonie, die in den Fragen von Rang und Vortritt sich manifestiert, dies gebot – Ambassadeure stellten, per procurationem, ihr Staats-Oberhaupt dar –, betrat Don Giovanni di Legua, Bevollmächtigter Minister der Republik Venedig, den blausilbernen Salon der Thronfolgerin, um sich ihr, auf das Artigste, praesentieren zu lassen. Die Thronfolgerin schlug die weißblauen Augen auf.

– »Ich bringe Ihnen hier«, sagte der Graf mit seiner umständlichen Stimme, die Haartour schwankte, »ich bringe Ihnen, Königliche Hoheit, eine ganz exquisite, ganz merveillose Erscheinung, einen neuen Stern am Himmel unserer Welt – und ich darf hinzufügen: welch eine Figur, Königliche Hoheit werden entzückt sein, begeistert, über die Maßen werden Sie entzückt sein.«

Er hatte nicht gelogen.

Die Schönheit – was ist es mit ihr? Ist sie von jener zuckrigen Süße, die tausend Schreiber über sie ausgegossen haben, und die einem gewählten Geschmack so außergewöhnlich schlecht genießbar erscheint? Besitzt sie, den Mann angehend, wirklich nur alberne Requisiten, den Silberblick der Augen oder das abscheuliche, von Pommade glänzende Lippen-Bärtchen? Ach, weit gefehlt – hat sie *gar* nicht nötig. Die wahre Schönheit ist rätselhaft, wie der Character, der sie geprägt hat, wie die Seele, die in ihr sich spiegelt: eine Summe von Andeutungen, verhüllten, unbewußten, tief unter der Oberfläche wirkenden Vorgängen. Und gleich der Erde, die sehr poetisch, sehr friedlich aussieht, mit Wäldern und Wiesen, mit dem flüssigen Gold eines Baches im Abendlicht, darunter aber brodelt es von vulcanischen Energieen, denen, in der nächsten Secunde, eine Gewalttat übelster Art, irreparabel, folgen kann – gleich dieser Erde ist sie fähig, das Unvereinbare zu desto höherem Reize zu vereinen: den Sinn für das Leichte, Lässige, mit dem Feuer des Stolzes, der Willenskraft; spielerischen Wagemut mit skeptischer Scherzhaftigkeit; Gedankenreichtum und Wolkenflug mit geradezu wilder Erdenlust .. doch niemals kann sie banal sein. Denn das Banale hat weder Herkunft noch Göttlichkeit, die Schönheit dagegen ist sehr ancienn und erinnert sich gut des Paradieses, von dessen Wonnen sie einen kleinen, vergiftenden Schimmer, etwas sehnsüchtig Verzehrendes – wie Alles, was zum Jenseits die Brücke schlägt – in unsere arme Welt hinüberrettet. Und es sind winzige Dinge, die das vermögen, oft unmerkliche, flüchtige Composita: die Ahnung von etwas Heftigem in der Buchtung des Kinnes, eine Möglichkeit nur zu

Heftigem, und schon zittert das Frauenherz; eine verfeinerte Linie des Mundes, in Perfection das Männliche ausdrückend; die Meißelung der Nasenflügel, in denen ererbter Adel vibriert, ja, überhaupt das Vibrierende; Schläfen, hinter denen man die Gedanken eintreffen, sich formieren, abrücken sieht; eine bläulich umschattete Senke neben dem Auge, eine Senke, die diesem Auge Geheimnis verleiht, im Auge selbst aber, verborgen unter moquanter Müdigkeit, ein ständiger, wolkenhaft rascher Wechsel des Ausdrucks – und dann der Reiz, der in Bewegungen, nicht im Zustand, liegt, Bewegungen von Lippen, die unversehens sich aufschürzen, von Runen und Fältchen, die tausend Dinge erzählen, Händen, die locker und alert eine zierlich geschliffene, vielleicht sehr kostbare Frechheit illustrieren, dahinflattern lassen, um im nächsten Moment eine eben so kostbare Schulter sieggewohnt zu umgreifen; Bewegungen endlich des ganzen Mannes, Bewegungen in Seide und silberbesticktem Atlas, voll Anmut und Kraft, Bewegungen, in denen das Tier und der Gott noch gemeinsam anwesend sind, und in jeder Partie dieses von höchster Rasse zeugenden Körpers das Gefühl äußerster Gepflegtheit – ja, in diesem Allen liegt die Schönheit des Mannes, die Frauen verfallen ihm, ob sie es auch zu vermeiden wünschen, und Don Giovanni war ein solcher Mann.

Vorsicht, dachte der Admiral. Nach einiger Zeit aber, halb auf den Wink des Grafen, halb auf den seines eigenen Hirnes, erhob er sich – gewisse Erfahrungen wollen erlitten, nicht angehört werden – und verließ die immerhin seltsame Tee-Runde. Sie stimmte wenig zueinander, doch plauderte man in vollendeter Grazie, scherzte, hob zerbrechliches Porcellan zum Munde und verschwendete an das drunten rumorende, von Sorgen und Ängsten bedrückte Volk keinen Gedanken – den Grafen vielleicht ausgenommen; indessen, der sagte es nicht. – »Ja ..«, sagte er vielmehr, beharrlich das schon welkende Kinn massierend, sagte es zu Frau v. Lambda, die er hofierte, da sie ihm wichtig war – um der Beobachtung Danaes willen, seiner hartnäckigsten Feindin – »ja .. Madame, die Politik .. In früheren Zeitläuften hatte sie, wie soll ich das beschreiben, etwas gewiß Altväterisches an sich, man konnte sich ausruhen auf ihrem Pfühle, das heute so hart und unnachgiebig geworden ist. Man mußte sich nicht mit dem Problem herumplagen, wie man sechs oder acht oder zehn goldene Kugeln balancieren soll, ohne daß eine herabfällt und uns, weil sie schwer wiegt, den zierlichen Fuß zerschmettert. Ja .. die Politik ist eine Wissenschaft geworden, und, ich gestehe es, sie hat ihre Tücken. Gefahren hat sie, das ist es, teuflische Gefahren, Skylla und Charybdis gewissermaßen, und der alte Polyphem, der Ungemütliche, spukt auch immer in dieser oder jener Form im Hintergrunde umher. Aber, was ich sagen wollte: diese Beiden .. man unterhält sich amön im Salon der Thronfolgerin, und – nun ja, aber lassen wir das .. Ich hätte Ihnen, meine Gnädigste, eine allerdings gewichtige Frage .. nur – Sie verstehen: hier .. vielleicht wäre es doch wünschenswerter, und ich proponiere Ihnen das, wenn wir ohne Zeugen .. Denn es ist ja nicht an dem, daß ich um der Conversation willen gekommen wäre – mit einem Wort: die Antichambre gäbe uns, zweifelsohne, die Möglichkeit ..« – und auch er erhob sich, etwas gichtisch, wobei ein infamer Schmerz, bis in die Gegend der Nieren hinauf, als kleines Zucken auf seinem Gesichte zu lesen war – »mit einem Wort: Königliche Hoheit entschuldigen uns .. gewisse Dinge, die zu besprechen wären, unaufschiebbare Dinge .. Die Excellenz des Herrn Botschafters wird mittlerweile nicht verfehlen, Königliche Hoheit auf das Deliciöseste zu erheitern.«

Die Beiden – da schwiegen sie nun, lässig der Eine, beklommen die Andere, denn sie hörten, mit welcher Betonung, mit welch programmatischer Deutlichkeit sich die Schritte entfernten; es war von der Antichambre die Rede nicht.

»Man läßt uns allein«, sagte Danae.

– »Ja«, bestätigte Don Giovanni und horchte den Schritten nach. »Man läßt uns allein.«

»Warum?«

Auch der Botschafter erhob sich, die Prinzessin tat ein Gleiches – mit Augen, in denen Scheu und Unschuld und ein gewisses fragendes Erstaunen lagen, ihre Hand griff zögernd nach dem Halse, wo ihr Herzschlag pulste – und er *nahm* die Hand, um sie zu küssen, und er küßte, ungesäumt zur Tat schreitend, den Mund.

Der Kuß – was ist es mit ihm? Ist er wirklich nur jene müßige Vereinigung, jenes Placement zweier Lippenpaare, bei welchem die Prinzessin, in den Bezirken der Liebe noch unbewandert, so wenig Sinn und so gar keine Emotion entdecken wollte? Oder log sie, und ahnte ihr doch schon Einiges, als ihr dergleichen das erste Mal geschah? Zwar den Aestheten schaudert es, den blassen, der sich gewöhnt hat, das Leben in gewählter Verfeinerung aus dritter und vierter Hand zu empfangen, als einen durchsichtig spirituellen Aether gewissermaßen, er wittert mit Recht das Ungestalte in dieser nicht eben aesthetischen Handlung, das Drängend-Gärende der Erde, die er sich und dem Geiste untertan glaubte. Er wittert das Tyrannische des Triebes, der sich Seelen und Leiber unterwirft und auf das Tiefste dem Gedanken der Freiheit zuwiderläuft; der die Freiheit aufhebt mit weniger als einem Federstrich; der das Gefühl zum Könige macht und alle Empfindungen als Sclaven um den Thron des Despoten schart; der das Unfreie und Überwältigte zu vereinen versteht mit eigentümlicher, an das Erhabene grenzender Begeisterung, und dem sich der Mensch mit einer Selbstvergessenheit hingibt, welche der blasse Betrachter nicht billigen kann. Nein, er billigt sie nicht, denn er ist niemals jung gewesen, oder wenn, so hat er ein schlechtes Gedächtnis. Er weiß nicht mehr, daß im Kusse die Göttin der Jugend lächelt, jener Jugend, da Leib und Seele noch Eins sind, ehe sie auf der Lebensreise sich trennen als beargwöhnte Begriffe. Der Geist der Jugend findet, ohne zu suchen, sein Echo. Mag es auch nicht das feinste und äußerste sein: es war das erste, kein späteres Echo kommt dem an Seligkeit gleich. Welch eine Macht, dieser erste Kuß! Denn ähnlich der Musik, die mit zögernden Vorhalten und gleichsam nach Atem ringenden Durchgängen in den gewaltigen Accord mündet, schwemmt er, ein atmosphaerisches Ereignis, alle Bedenken hinweg, alle Widerstände, die Ceremoniel, Herkunft und Schicklichkeit gebieten. Etwas Magnetisches bewirkt, daß Augen sich in Augen verfangen, die Welt zu schwanken und zu verschwimmen beginnt, ein unbekanntes Feuer die Keuschheit durchströmt, ja, etwas dermaßen Vulcanisches bricht in ihr auf, daß sie, kaum hat die Hand ihren bebenden Rücken berührt, die Arme um den Hals eines bisher ganz Fremden wirft, überrieselt von uralten Geheimnissen, Wehmut, Wonne, Offenbarungen voll schauernder Sehnsucht – und solche Offenbarungen waren es, die bei dem Kuß Don Giovannis die knapp sechzehnjährige Prinzessin mit den Mysterien ihrer Bestimmung ahnungsweise bekannt machten.

»Was tun Sie?« fragte sie verwirrt.

– »Ich folgte den Befehlen meiner Natur.«

Danae, inzwischen ganz Haltung, obwohl ihre Hände beschäftigt waren, des Herrn v. Legua Jabot zu ordnen, ließ ihre Augen auf ihm ruhen, Augen, aus denen schon wieder Unschuld und ein gewisses Erstaunen sprachen, und wagte, an ihm zu zweifeln.

»Ob das wohl zu Ihrer Ambassade gehörte?«

– »Und gehört es zu Ihrem Beruf, Prinzessin, so schön zu sein?«

»Gut pariert. Nehmen Sie noch etwas Tee?«

– »Th-hee?!« rief Giovanni, mit heroischem Pathos den Himmel zum Zeugen seines Abscheus apostrophierend, »– nach Diesem! Na-hein!« und zog sie an sich.

Die silbernen Hirschgespanne, die Pfauen und die schaukelnden Meerkatzen vor ihrer blauen, zärtlich geschweiften Wand waren so still wie der ganze Salon, kein Windhauch regte sich, nur das Meeresrauschen tönte herauf, und ein kleiner Seufzer deutete an, daß die Prinzessin weitere Fortschritte in jener Wissenschaft gemacht hatte, die ihr so neu war.

– »Wenn ich mir noch etwas erbitten dürfte, teuerste Prinzessin«, sagte der Botschafter zu der Nelke im Haar, das so widerspenstig sich scheitelte und dennoch so weich zu fallen wußte.

»Bitten Sie ..« Und sie fühlte sich unsicher werden.

– »So wäre es, Sie nun endlich wieder in dem Costume zu sehen, in welchem ich Sie kenne. Wissen Sie auch, daß es grausam ist, sich zu einer so unconventionellen Beschäftigung einer so conventionellen Robe zu bedienen?«

»Was incommodiert Sie daran? Es ist eine schöne Robe ..«

– »Schön, solange Sie Haltung zeigen sollen, Prinzessin, ein schöner Rahmen für Distance und Unnahbarkeit. Aber wollen Sie jetzt noch unnahbar sein?«

»Wir sind bei Hofe«, sagte Danae, ohne aufzusehen von seiner Brust. »Ich habe Angst – wenn jemand käme.«

Da lachte Don Johann sein freies, wundervolles Lachen, ein entwaffnendes Lachen, das ihm so manchen diplomatischen Sieg eingebracht, so manche Bataille hatte gewinnen helfen, und auch heute gedachte er als Sieger das Schlachtfeld zu behaupten. »Sie hätten Angst, Prinzessin? Sie, die Sie das Abhängige hassen? Vor diesem Hof, den Sie tausendfach mit Wonne brusquierten? Sie scherzen. Sie spielen die Spröde. Sie flüchten sich. Dabei wissen Sie so gut wie ich, daß niemand kommen wird, niemand uns stören will; daß man hinausging in der Absicht, uns allein zu lassen, wie Ihr Scharfsinn Ihnen mit Recht annoncierte.«

»Warum ließ man uns allein? Auch davor habe ich Angst?«

– »Vor mir?« sagte Don Giovanni belustigt. Er hielt ihre Schultern, die in knisterndem Atlas steckten, und darunter erfreuten ihn weitere Einblicke in das Wesen der Schönheit.

»Ja«, erwiderte sie und duldete keinen Einwand.

Der frontale Angriff war mißlungen, der Feldherr löste sich vom Feinde, seine Truppen zu sammeln. Er wandte sich zum Fenster und legte die Hände auf dem Rücken ineinander, seine Laune schien nicht zum Besten. Vielleicht gehörte auch dies zu seiner Methode, die stets auf den schnellen Sieg, die vollkommene Unterwerfung zielte. Vielleicht erwartete er, sie würde, erschrocken über den Abbruch des Gefechtes, ihren Fehler bereuen – in dem vergeblichen Bemühen übrigens, sich des Fehlers zu erinnern, denn Liebe ist schwach im Denken, stark nur im Handeln –, vielleicht dachte er, sie würde nun, ein wenig zögernd, zu ihm herantreten, seine Hand ergreifen, sie streicheln – eine Hand, wie auf das Herrschen zugeschnitten – und, kurz und gut: flehentlich um ein versöhnendes Wort besorgt sein, das man teuer genug sich würde bezahlen lassen.

Sie aber tat nichts dergleichen. Sie sah ihn an, wie er da stand, sie empfand es als ungezogen, sie ging hinaus.

Pompöse Antwort! sie ging in ihr Schlaf-Cabinett – was konnte er darauf erwidern? Nichts hoffentlich ..

Wie freilich, wenn er einbrach bei ihr? Wieder fühlte sie das Herz bis zum Halse schlagen. Sie lauschte .. Aber nein, so viel Geschmack würde er haben. Don Giovanni .. Und in einem jener spontanen Entschlüsse, wie Amor sie den Liebenden eingibt, war sie nun doch bereit, ja, sie traf Anstalt, seinem Wunsch zu willfahren – auch wenn sie die Absicht durchaus nicht begriff. Da –

Drüben im Salon – ein starkes Stück! – ertönte das Cembalo ..

Elegante Replik. Deh! vieni, ritorna! o komm doch, kehr wieder! – die Arie aus der letzthin gehörten opera buffa. Die Prinzessin sah sich veranlaßt, zu lächeln; und natürlich war es ihr lieber, er musicierte in seinem Hauptquartier, als daß er gekommen wäre, ihre Reihen zu verwirren, obendrein jetzt, da sie, der Robe schon ledig, ohne Pantherfell dastand. Aber alle Genien der Liebe beschützten sie in diesem delicaten Momente.

Die Liebe – was ist es mit ihr? Sie ergreift den Menschen gleich einem Taifun, ergreift ihn, wie er auch um sich schlägt, und fliegt mit ihm auf und davon. Wohin sie freilich mit ihm fliegen wird, das ist ganz unsicher. Mancher fällt in das tiefe Meer, um den einsamen und entsetzlichen Tod des Ertrinkens zu sterben, weil der, den man liebt, sich schon entfernt hatte, als der Wirbelsturm kam. Anderen sind, nach glatter und angenehmer Reise, die Paradiese vorbehalten, als müßte das so sein, da senken sie sich hinab mit der Leichtigkeit eines Falterpaares, finden zwar nichts als Nectar und Blütenstaub, durchsonnten Aether über betauten Wiesen, aber, bei den Freuden Aphrodites: sie werden satt daran auf ihre Weise, es ist ein süßer, schwebender Taumel. Wieder Andere erwachen auf einer Insel im wilden Ocean, ringsum Verderben und tosende Brandung, meerumschlossene Einöde gleichsam, und nirgends ein Weg zurück zu ihm, dem Erwählten, der jenseits, unter höhnischem Winken, am Ufer steht. Es gibt Tausende solcher Inseln, teils von Damen bevölkert, teils auch von Herren, und überhaupt: tausend Specien Liebe – unmöglich, sie aufzuzählen. Aber die Unterlegenen sind, in jedem Fall, die gewaltige Übermacht, eine gewaltige Collection von Seufzern und Tränen, Sehnsucht und verratener Treue, Frivolität und Hysterie. Und wie ganz selten vollends geschieht es, daß eine Venus hienieden neuerlich ihren Auftritt nimmt. Denn wieder Andere trägt der Sturm durch unendliche Himmel, an denen die Sterne glänzen, trägt sie auf Wolkenbahnen dahin, hoch über den Menschen und nahe den seligen Göttern, unten in der Dämmerung liegt fern und fremd das feste Land, das sie, einmal erwacht, für immer verließen, es lockt sie die eisige Klarheit der Sphaeren so wenig wie der Dunstkreis der Erde, sie fliegen auf den Fittichen der Kühnheit, allem niedrigen Zufall ewig überlegen, ein Göttliches scheint ihre Seele mit so aphrodisischem Schmelz zu durchtränken, daß sie jedem, der ihrer ansichtig wird, eine Tröstung, ein Glück, ein nie ganz erreichbares Geheimnis werden und auch, wenn sie keinen erhören, doch immer das träumerische Bild der Liebe bleiben, die fern an den Himmeln auf ihrer Wolke dahinsegelt – ob mit oder ohne Pantherfell.

So tat sich die Tür auf, man sah einen Ausschnitt des Jagd-Zimmers, neapelgelb und silbern decoriert, sah den gerafften Ciel sich spiegeln, und in den Emblemen einer Göttin – jener Göttin, die als Einzige, obwohl schön, dem Amor widerstand, wobei sie leider ihre Anbeter von Hetzhunden zerreißen ließ – kehrte Prinzessin Danae zurück, um ohne Verlegenheit, denn sie dachte sich nichts dabei in ihrer unschuldvollen Seele, vor den musicierenden Liebhaber zu treten.

Heimlicher Triumph verklärte die Züge des Botschafters, der mit kunstvoller Cadenz das Air beendete. »Sie haben sich sehr embelliert, meine Allerschönste«, sagte er, ohne ihren strafenden Ausdruck zu beachten, und umarmte den Faltenrock, der schneeweiß abstach von der Bräune der Glieder.

Aber weder Berührung noch Compliment schienen Eindruck zu machen. Sie entwand sich, als habe sie dies seit Jahrzehnten geübt, rückte ein Tabouret herbei, nahm Platz, die Hände auf den Knieen gruppiert, wo Sonne und Seewind ihr Widerspiel trieben, und sah ihn von der Seite herausfordernd an – aus Augen, in denen deutliches Erstaunen sich kund tat über die Freiheit seiner Handlungen.

– »Sie spielen auch das Clavicimbel, Prinzessin?« fragte er, und unbarmherzig wiederholte sie seine gewählte Sprechweise: »Ich spiele auch das Clavicimbel.«

Sie musicierten ein Duo, sie rechts, er links.

Indem dachte er bei sich, daß sie, wenn unerfahren, dann von Natur ein teuflisch coquettes Wesen sein müsse, um ihn so herzlos in seine Schranken zu weisen. Sie liebte nicht, oder wenn sie liebte, so nicht genug, das war es, sie würde gewisse Abgründe nur blindlings überspringen oder gar nicht, da half nur General-Sturm, nur Eroberung stand zur Debatte. Avanti i regimenti! Und als in dem Duo eine wirklich sehr reizvolle Passage zu spielen war, die seine Rechte weit in das Tastenfeld ihrer Linken führte, ließ er die Rechte, entgegen aller Vorschrift der Noten, statt über das Ebenholz und über das Elfenbein der Claviatur, praeludierend über Danaes Rücken gleiten, der ihn ausnehmend entzückte, weil er ausnehmend schlank war, wohlgewachsen wie diese ganze unglaubliche Prinzessin.

Die Musik brach ab.

Selten hatte der Ambassadeur einen solchen Genuß des Belagerns empfunden: allein die Bewegung, allerhöchst anmutig, mit der die Prinzeß ihm die Hand auf den Ärmel legte, war mehrfach jene momentane Verzögerung wert, wodurch sie erkauft worden. Und heftiger, da die Verteidigung Schwächen zeigte, widmete er sich ihren Lippen, Augen, Schläfen, ja, er dehnte den Raubzug, da der Widerstand nachließ, auf noch ganz andere Gefechts-Abschnitte aus, das Schlachtfeld erweiterte sich. Was spielte sie nur an seinem Ärmel-Aufschlag?

Unmöglich doch konnte man stürmischer küssen, unmöglich feuriger, aber siehe, es gelang ihm, er übertraf sich geradezu selber – bis er, zu seinem Leidwesen, die Überzeugung gewann, daß man, wie gestern am Meere, durchaus nicht hinweg transportiert, durchaus bei der Sache nicht war, sondern unaufmerksam, abgelenkt .. und erkältet vermöge so vollkommener Reglosigkeit, trennte sich Herr v. Legua, zumal er merkwürdiges Knistern hörte, von dem goldenen Fleck unterm Ohr seiner Schönen.

– »Was tun Sie?« fragte er verwirrt.

»Ich lese«, entgegnete Danae und hatte ihm doch, beim Zeus! die Papiere entwendet, zwei Papiere – natürlich: der Aufschlag war leer – sehr peinliche Documente, deren erstes ihr, was er nicht wußte, zu Boden geflattert war. »Übrigens sehe ich«, fügte sie hinzu, »daß uns dies erstaunliche Handschreiben einige Dienste wird leisten können. Ich bitte Sie: ein regierender Minister gibt dem Botschafter einer fremden Macht, um dunkler Vorteile willen, die ich nicht kenne, aber ahne, freie Hand in puncto der Königlichen Prinzessin! Was für Methoden, mein Herr!« Wieder brach sie das Scharmützel ab, erhob sich mit Heftigkeit und trat ans Fenster, wo sie den verräterischen Brief ein zweites Mal las, um ihn darauf, hochatmend, unter das Pantherfell zu schieben.

Ein bezaubernder Ort – keine Verschanzung konnte glücklicher gewählt sein. Don Giovanni jedenfalls zeigte sich nicht verstimmt, denn er gedachte das billet secret, wo nicht in Güte, so als Eroberer zurück zu erlangen. »Sie überschätzen das, schöne Diana«, sagte er leichthin.

»Danae«, verbesserte die Prinzessin.

– »Ich meinte die Göttin, schöne Danae. Wie hieß sie doch, die grausame, die mit ihren Verehrern so herzlos umging, daß es selbst ihre Hunde jammerte?«

»Artemis«, sagte Danae, schon wieder ein wenig versöhnt.

– »Artemis!« Und mit diesem ironischen Echo trat der Botschafter an ihre Seite. Er blickte auf das Meer, und dann seufzte er tief.

»Warum seufzen Sie?«

– »Weil ich traurig werde.«

»Und warum werden Sie traurig?«

– »Die Tristesse geht mit mir durch ..«

»Sie beweisen ein gutes Gedächtnis. Warum geht die Tristesse mit Ihnen durch?«

– »Ich bin eifersüchtig .. Wissen Sie, was das ist: die Eifersucht?«

»Nein. Was ist sie?«

– »Schwer zu sagen.«

»Sagen Sie es trotzdem.«

– »Stellen Sie sich vor, mein teuerstes Fräulein v. Sinigallia, Sie wären wirklich dieses Fräulein v. Sinigallia, und ich wäre eben so wohl jener Herr v. Guastalla, das heißt: was mich angeht, ich dürfte getrost auch der Herr v. Legua bleiben, der ich bin, aber Sie, darum geht es, wären, statt der Prinzessin, irgend eine Dame vom Stande, nur nicht von so übertrieben hohem Stande, kurz: es stünde keine barrière zwischen uns, keine Rangfrage, nicht diese leidige Ebenbürtigkeit, die wir nicht besitzen, und es würde keine Mésalliance daraus gemacht werden mit Geschrei und Enterbung und was weiß ich .. nein, es läßt sich nicht sagen: ich will es Ihnen illustrieren.«

Danae sah ihn belustigt an.

– »Dieser Herr, wie heißt er?« fragte er, nachdem er sich umgewandt hatte, um den Raum mit kurzem Diplomatenblick zu mustern, und zeigte auf eine weiße, pompös bärtige Marmorbüste.

»Zeus«, sagte Danae.

– »Ahah! Dieser Herr wird jetzt den Herrn v. Guastalla abgeben oder den Botschafter der Republik, gleichviel: also mich, wir stellen ihn auf das Clavicimbel, er friert, weil nackt, wir drapieren ihm die Schultern mit jener Handarbeit dort, erlauben Sie, so .. Vortrefflich. Mit einem Wort, Prinzessin: er liebt Sie, er hat keine Rechte auf Sie, ein Anderer wird ihm zuvorkommen, nur weil dieser Andere ebenbürtig ist, unser bedauernswerter Marmormensch mit dem heißen Herzen ahnt das, sieht es kommen, unausweichlich sieht er es kommen – und ist machtlos. Er verwünscht sein Schicksal, seine Geburt, seine in Gott ruhenden Eltern: er ist eifersüchtig.«

»Pourqoui?« Und sie ging zu dem Marmorbilde, um es sanft auf die geglättete Stirn zu küssen.

– »Nein«, sagte Don Johann, »so wurde nicht gewettet. Sie sind Prinzessin. Setzen Sie sich, hier, in diesen Fauteuil. Sie erwarten *mich,* nicht jenen Herrn v. Guastalla mit dem Barte, er schaut nur zu. Ich werde jetzt eintreten, auf Sie zu eilen, Privilegien gelten machen, intime Rechte ..«

»Aber wen stellen jetzt Sie dar, Giovanni?«

– »Ich bin derjenige, dem das Glück ward, von Ihnen als Bräutigam erhört zu werden, Ihr zukünftiger Gemahl, ein gekröntes Haupt. Die Tür öffnet sich, Sie sehen mich eintreten, Sie bleiben sitzen, ein conventionelles Lächeln geht über Ihr Antlitz, ja, sehr schön so – Gott, wie bezaubernd conventionell können Sie lächeln! – jetzt erheben Sie sich, wir vollführen die vorgeschriebenen Reverenzen, Sie reichen mir Ihre Hand – o, diese entzückende Hand! – ich hauche einen ceremoniösen Kuß darauf, die Suite entfernt sich, wir sind allein, Sie stürzen in meine Arme, ja bitte! warum zögern Sie? Sie stürzen in meine Arme, ich küsse Sie mitten auf den Mund –«

Die Äffchen im Rankenwerk hielten den Atem an. Blausilberne Fauna hielt ausgedehnte Zwiesprache über den Fall ..

Derweilen versuchte er vorfühlend, dem Billet des Ministers beizukommen – ach, die Prinzessin wußte nicht, was dies bedeuten wollte, man hatte ihr nicht gesagt, daß es unschicklich sei, man hatte überhaupt von dem, was das Pantherfell bedeckte, nicht das Mindeste jemals verlauten lassen, und ratlos, während seine Patrouillen im Hügelland fahndeten, ratlos vor lauter nouveauté und Entzücken, blickte sie um sich; zufällig auf die Büste; welches steinerne Bild sich entschieden verändert hatte: die gewaltigen Brauen waren gerunzelt, unter ihnen hervor brach mythischer Strahlenglanz, die Lippen erschienen von Zorn zusammengepreßt, die Schultern mitsamt ihrem Mummenschanz in grotesquer Weise verkrampft, und auf der Stirn zeichneten sich einige senkrechte, tiefe und strenge Falten.

– »Der alte Herr«, sagte Giovanni, »was ists mit ihm?«, sagte es voll einer sublimen Impertinenz, was die Prinzessin, weil es so vollkommen auf der Höhe der Situation stand, dazu bewegte, ihrerseits in jenes warme und entzückte, halb noch kindlich unbefangene und doch schon damenhaft beherrschte Lachen auszubrechen, das den kühlen Hof zu entwaffnen pflegte. Die Züge des Gottes glätteten sich, Danae strich ihm besänftigend über die Wange, und Giovanni zog die Summe dessen, was man gesehen: »Es war die Eifersucht«, sagte er, »sie verzehrte ihn, er fühlte sich geniert, gepeinigt, gemartert, er litt Qualen ..« Und nachdem er dem Alten im Barte nun nach den Schultern auch noch das Lockenhaupt verhüllt hatte, schaute er die Prinzessin herausfordernd an, bis an die Zähne gerüstet mit Männlichkeit, Pracht und Glorie. Ihr Widerstand schmolz, ihre Schlachtordnung wankte – und obendrein, zu ihrer Ehre sei es gesagt: wußte sie denn, um welcher Wonnen willen sie belagert ward? Sie wußte es nicht, man trug sie davon, sie ertrank.

Nun, es war ihrer innersten Unschuld zu danken, wenn ihr das Äußerste erspart blieb. Wie anders denn als Hallucinationen soll man Phantasmen gleich der jüngst erlebten Verwandlung des Gottes gutheißen, wie anders denn als Ergebnis überreizter Nerven, denen an diesem Tage ein wenig zu viel des Neuen und der Wissenschaft zugemutet wurde – oder war es wirklich das Göttliche als ein im Raume Anwesendes, das sie in solchen Situationen beschützte? Gleichviel: als die Trompeten zum letzten Sturme bliesen, der Schlachtenlärm schon vor der Cittadelle tobte, die Mauern zu wanken begannen, mischte sich dumpfes Grollen in die Attaque, die sogleich dem Befehl zum Halten nachkam, und diesmal sagte weder die Prinzessin noch der kühne Belagerer auch nur ein kleinstes Wort: drüben im Salon hörten sie die Saiten des Clavicimbels mit erregten Schwingungen nachtönen, als habe sie jemand im Zorne angeschlagen, und dieser Jemand stand weiß und steinern auf dem Instrumente, hatte Frau v. Lambdas Stickerei weit auf das Stern-

Ornament des Parquettes geschleudert und sich selbst, aus der eigenen Kraft eines Götterbildes, nach dem neuen, neapelgelben Kriegs-Schauplatz umgewandt.

Der Botschafter, verärgert, wie Danae wohl sah, hob die Decke seines Mißvergnügens auf, legte sie fort, schritt ohne weiteren Umstand auf den unbotmäßigen Statisten zu, nahm ihn, mit einem Ausdruck von Heftigkeit, an sich und setzte ihn schweigend, aber hart, auf das angestammte Postament, das Gesicht gegen die Wand gekehrt, gegen die blaue Wand, auf der die Hirschgespanne, die Pfauen und Meerkatzen ihre silbernen Spiele im Farrenwald trieben.

– »Du erschreckst mich nicht, mein Alter«, sagte er, »und bei Gott! du wärest der Erste, der Don Giovanni zittern sähe.« In den bläulichen Senken neben den Augen erschien ein Ausdruck moquanter Müdigkeit, die Nasenflügel vibrierten ein wenig. »Er scheint Sie, ma belle«, sagte er dann, die Prinzessin auf das Genaueste betrachtend, »im Stande der Unschuld aufheben zu wollen für seine höheren Ziele.« Danae blickte ungläubig zu ihm auf, etwas verträumt, sie verstand dies Alles wohl nicht ganz. Und Herr v. Legua, dem Gotte zum Tort, beschloß in verschwiegenem Herzen, sie jetzt und sogleich zu der Seinen zu machen.

Vergeblich.

Mit wahrem Donnerschlag, der rings im Schlosse Echo über Echo weckte, mit wahren Bergstürzen von rollenden Explosionen, brach die Statue, ohne zu zerbersten, roh, ein heidnisches Ereignis, hintüber von ihrem Sockel herab, um dem Getändel, das ihr mißliebig schien, endgültigen Einhalt zu gebieten. Es lag Majestät und eine Art von großen Verhältnissen in der Wahl der Mittel, die der Gott für angemessen befand.

– »Nun«, rief Don Giovanni, indem er nach Hut und Degen griff, »das ist wohl zu albern.« Und hier, nach so reichlich bewiesener, ausdauernder Geduld, ermangelte er zum ersten und einzigen Mal in einem langen Diplomatenleben der Contenance. Denn beim Hinausgehen – und er ging, weil er sich sagte, daß nun unverzüglich, auf solchen Höllenkrach hin, die Lakaien würden gelaufen kommen, man mußte ja einen

Anschlag vermuten – beim Hinausgehen, die Büste lag just vor der Tür, hielt er sich nicht für zu vornehm, dem gefallenen Gotte nicht doch noch, mit dem Atlas-Schuh, einen Tritt zu geben, der eines Herrn vom Stande, auch bei gerechter Empörung, nicht würdig war. Und so, ohne Gruß, ohne Abschied, verließ Don Giovanni di Legua, Botschafter der Republik bei der Krone von Myrrha, nach aufgehobener Belagerung den Salon der Thronfolgerin, indem er sich dennoch rühmen durfte, sie von jenem Etwas, das im Weibe selig genannt zu werden verdient, dem Phaenomen des Verlockens und Gewährens, nach seinen Kräften und zur Zufriedenheit des hohen Auftraggebers wenigstens andeutungsweise in Kenntnis gesetzt zu haben.

Die Prinzessin, dem nämlichen Etwas nachsinnend, das selig genannt zu werden verdient, wenn man es als Mann in den Kreis der Erwägungen zieht, und das Phaenomen des Verlokkens wohl begreifend, nicht aber das des Gewährens, denn sie hatte sich nicht gewährt und wußte nicht, wie es damit bestellt sei, war stolz genug, ihrem, wie sie zugab, angenehmen, wenngleich ungewöhnlichen Gesellschafter nicht hinterdrein zu schauen: was hülfe es mir, sagte sie sich, zumal ich ihn im Augenblick weder zurückholen könnte noch wollte? So erhob sie sich denn, ein wenig échauffiert, ein wenig enttäuscht und ärgerlich, ohne die Gründe dafür zu wissen, ja, sogar ein wenig melancholisch .. Und indem sie so umherwandelte in ihrem Salon, der sie plötzlich nicht mehr recht freute, indem sie so, ein wenig ziellos, umherging, fiel ihr Blick auf jenes gefaltet am Boden liegende Papier, das sie, als erstes von zweien, aus dem Ärmel-Aufschlag des Botschafters gezogen hatte. Da lag es nun, unter dem Cembalo halb verborgen, und neugierig, wie auch sie von Natur her war, woran die Erziehung, selbst bei den Kindern der allervornehmsten Häuser, nicht eben viel zu verderben pflegt, neugierig und auf ähnlich peinliche Eröffnungen gefaßt, bückte sie sich nach dem frühen Raub ihres Übermutes.

Was aber mußte sie sehen.

Les Amours de Jupiter, wie die Unterschrift auswies, in Kupfer gestochen, und dieser Stich zeigte den alten Herrn, leider ganz ohne wohltätigen Lendenschurz, so schamlos beredt ante portas einer ebenfalls unbekleideten Dame, Dryade oder was immer, daß sie rot wurde vor Schreck. Die Situation schloß die letzten Lücken der Wissenschaft.

Dergleichen also ließ sich der Weltenvater zu Schulden kommen! Dergleichen also hatte Giovanni ihr, einer Prinzessin, zugedacht!

Sie war dermaßen emportiert gegen ihre beiden Galans, die sich, zum Glücke, nicht hatten einigen können, daß, als die Lakaien, auf der Suche nach dem Orte des donnernden Débâcles, endlich den Salon betraten, vielmehr: in ihn hineinstürmten, sie mit der ruhigsten Miene von ihrem Blatte aufblikken und kühlen Herzens sagen konnte: »Das dort aufheben« – worauf die Statue, unbeschädigt, wenn auch im Ansehen stark gesunken, dem Sockel zurückerstattet ward.
– »Haben Ew. Königliche Hoheit«, fragte einer der Diener, indem er seine Beherztheit wiederfand, »weitere Befehle?«

»Ja«, sagte Danae knapp. »Mein Pferd. Satteln und in der Torhalle warten.«

Da stand sie, in dem kurzen, wild-antiken und doch so reizvoll ihre Schönheit untermalenden Costume der grausamen Jägerin, das, seit sie es vor einigen Tagen zum ersten Mal angehabt, gleichermaßen den Hof wie die Geistlichkeit in die bigottesten Wallungen versetzte, da stand sie, ungebrochen von den fabelhaftesten Erlebnissen, vertieft über ein incroyables Papier, von dem sie sich endlich gewaltsam trennte, um es mit sehr beherrschten, sehr entschiedenen Gebärden in immer kleinere Stücke zu reißen.

IX. CAPITEL

Don Giovanni ging die Galerie entlang, deren hohe Fenster das Licht in Strömen auf den Marmor warfen. Er eilte nicht, er säumte nicht; es war der alte, federnde, feste Gang des Botschafters. Auf allen Fluren wimmelte ein Ameisenhaufen von Bediensteten jeden Ranges aufgescheucht durcheinander, und niemals hatte man ihrer eine so beängstigende Zahl zur Kenntnis genommen: sie waren hervorgequollen aus der gedrückten Enge der Halbgeschosse, welche die Gepflogenheit barocker Palastbauten ihnen zur Wohnung anwies, eines über den ebenerdigen Saalfluchten, das andere zwischen dem Hauptstock und dem wohlig geschweiften, von Caminen und Wetterfahnen überragten Dach. In diese Halbgeschosse kam niemals ein Herr; sie waren vergessen. Und über Hunderte von Wendeltreppen, die hinter Tapetentüren ihren Anfang nahmen und so versteckt lagen, als habe der Baumeister sie wie etwas Verworfenes, Peinliches, durchaus zu Meidendes den Augen der Großen fernhalten wollen, stiegen allnächtlich bei erstem Morgengrau die Lakaien und Zofen, Putzer, Livreen, die Aufwäscherinnen, Braten- und Suppenköche, die Türsteher und Kammerdiener, die Lauffer, Heiducken, Ordonnanzen, Menagisten, die Küchenburschen, Garderobieren, Actuare, Wasser- und Lastenträger, stiegen tausend beschattete Existenzen – schweigend und heimlicher Weise, um den Schlummer der kostbaren Personen nicht zu stören – hinab in die ihnen obliegenden Appartements, die sämtlich, auf diese Art, verborgene Ausgänge besaßen, und widmeten sich ihrem Tagewerk, um nach vollbrachter Mühe in gleicher Namenlosigkeit wieder hinaufzuschleichen, obscur und niedrig, müde und arm, und dennoch so pflichtstolz, so selbstzufrieden, so königstreu und durchdrungen von ihrer Notwendigkeit. Nur drunten in den Höfen war es still, Brunnen rieselten dort, Eibisch und Buchs umstanden die be-

pflanzten Rabatten, und von der Schloßfreiheit her vernahm man das ferne Grummeln der Volksseele. Auch im Treppenhause war niemand, nur hörte man hier gespenstischer das Huschen und Trappeln und Laufen von all den Galerieen, die auf die Prunkstiege mündeten, und aus der gewölbten Durchfahrt drang deutlicher das Summen und Brodeln herauf, das Auf- und Abschwellende, das Bedrohlich-Vulcanische, Fordernde und Geschwätzige des Aufruhrs, der nach Gewalt verlangte. Don Giovannis Lippen zogen sich verächtlich zusammen: seine Hand, am Stichblatt des Degens, umschloß fester, nervöser und bewußter das Zeichen seiner Adelswürde.
– »Don Giovanni«, flüsterte es hinter den Pfeilern, »heda .. Excellenz ..« – wispernd, dringlich, geheimnisvoll, und siehe: eine Schellenkappe wurde sichtbar, ein Schnabelschuh, cinnoberrot und aufgebogen, der Narr mit alberner Gespreiztheit trat hervor. »Still ..« sagte er und horchte, und sein verwachsener Leib wurde ein einziges, unverhältnismäßiges Ohr. »Es ist nichts .. Sie wollen gehen? Sie fürchten sich nicht?«

»Nein«, entgegnete der Botschafter. »Es ist kein Ernst dahinter. Man randaliert ein wenig.«
– »Gehen Sie nicht, Excellenz. Bleiben Sie noch, bleiben Sie noch hier. Ich beschwöre Sie .. so wahr ich mit Ihnen an einem Tische gesessen habe, Don Giovanni, so wahr ich Gheotta heiße, beschwöre ich Sie. Wie steht meine Sache?« Und sein Gesicht, in dieser unvermittelten Frage, nahm wieder den Ausdruck gieriger Hoffnung an. »Gut«, rief der Botschafter, herzlich, betont und laut, »gut steht sie! Ich habe geschrieben, Ihren Fall expliciert, die Brieftaube flatterte nach Venedig.«
– »Venedig«, wiederholte der Buckel, als könne von daher die Rettung kommen. »Sie wissen nicht«, sagte er, »was das heißt: verbannt sein, von den Sbirren ergriffen werden, wenn man wiederkäme .. O, ich war ein Gelehrter, ich verstelle mich nur, ich bin ein Anderer, als ich scheine, ungeheure Gaben schlummern in mir ..«

»Ganz recht, mein Freund. Und ich habe meinen Plan mit Ihnen. Ich brauche Ihren Geist, begreifen Sie? Ihren Witz, Ihre

Feder ..« Gheotta starrte ihn an, und lässiger fuhr der Botschafter fort: »Ich weiß, Sie haben Einfluß, weil Sie gefürchtet werden. Sie kennen die Geheimnisse in den Falten der Alcoven, Sie kennen die Schwächen und die Laster höchster Personen, ihre verborgenen Ängste und ihre vergessenen Verbrechen. Venedig benötigt Sie, Venedig wird sich erkenntlich zeigen .. Sie besorgen sich eine Maske, ein unauffälliges Costume, Sie erscheinen des Nachts bei mir, man läßt Sie ein, die Bibliothek steht zur Verfügung .. Ecco« – und er warf ihm eine Börse zu, die der Narr mit großer Behendigkeit fing. – »Aber ..« flüsterte er, ganz nahe dem Ohr seines Auftraggebers, »die Polizei ..«

»Kein Aber, mein Freund. In der Politik gilt es zu wagen. Wer sich fürchtet, ist verloren – oder wünschen Sie ewig des Königs melancholischer Spaßmacher zu sein?«

– »Still .. die Königin ..«

In der Tat: die Königin ging vorüber. In ihrer rauschenden Woge von Atlas und Blumen ging sie hochaufgerichtet vorüber, Danaes Mutter, der selbe wundervolle Rücken, die gleichen betörend gewachsenen Glieder. Umgeben von ihren fünfzehn hochmütig blickenden, lautlosen, geschmeidigen Windspielen, ging sie erkältend vorüber, ihr Auge ruhte in unendlichen Fernen.

»Adieu«, entschied der Botschafter. »Wann also werden Sie kommen, mir witzige Pasquille zu entwerfen und funkelnde Schmähschriften?«

– »Excellenz werden doch jetzt nicht, um Alles in der Welt, nicht jetzt gehen wollen? Hören Sie doch nur: das Volk. Ich werde kommen – nach der Revolution, *nach* .. der Revolution..«

»Hat das Gespenst mit seinen Windhunden Sie so sehr erschreckt, daß Sie weitere Gespenster sehen? Natürlich werde ich gehen, jetzt gleich sogar, denn mein Auftrag ist erfüllt, werde mich in meiner Sänfte durch diesen Pöbel tragen lassen, um ihn recht nah zu studieren. Adieu, gehaben Sie sich wohl, ich zähle auf Sie. Aber so lassen Sie mich los, was wollen Sie?«

– »Warnen, Don Giovanni, warnen! Sie reitet ein Daemon, der

Daemon der Verachtung, die Lust am tollkühnen Spiel: scherzend in den Untergang gehen, um wessentwillen? Schauen Sie in Ihre Seele, großer Giovanni, in Ihre gottlose, herrische und wilde Seele: ob da nicht etwas Weisheit sitzt, ob da nicht ein Stäubchen Angst und Ahnung zu entdecken wäre, ob da nicht ein Krümchen Sterblichkeit vor dem Tode zittert ..«

»Sie machen mich lächeln, Gheotta. Und nun lassen Sie mich, ich liebe dergleichen Vertraulichkeit nicht.«

– »Nein, wahr gesprochen, Excellenz, sehr wahr gesprochen. Sie lieben nichts auf dieser Welt als sich und die Gefahr, als sich und einen gewissen kleinen Fleck unter dem linken Ohr, eine gewisse Unebenheit der Haut, von goldenem Flaum bedeckt, ja, die lieben Sie, und Sie gehen mit dem spöttischen Hochmut des Cavaliers, offenen Auges, in Ihr Verderben ..«

»Aberglauben«, sagte der Botschafter und fühlte sich unbehaglich.

– »Sie fühlen sich unbehaglich, Giovanni Legua, Sie fühlen die irre Sicherheit des Schlafwandlers in sich wanken, und ich, der ich Sie kenne wie mein eigenes Herz, ich weiß, daß Sie gehen werden, *weil* ich Sie warne, daß Sie gehen werden aus Trotz und Stolz und aus dem Geiste des Widerspruches, der Sie zwingt, immer und immer wieder hohnlachend das Schicksal herauszufordern, bis es Sie in seiner furchtbaren Hand langsam zerquetscht .. Verzeihen Sie mir, mein geliebter Herr, denn ich liebe Sie um dieser wilden Männlichkeit willen, verzeihen Sie einem alten Buffone, der Ihren Tod im Voraus beweint und gern dero schöne Augen zudrücken wird, ja, sogar das heilige Sacrament unserer Kirche zu spenden bereit ist, verzeihen Sie, daß ich Ihnen in den Arm fiel und, überhaupt, Ihnen nicht angenehm bin .. aber hören Sie auf diese meine Worte, die der Devotion meines niedrigen Lebens an Ihren Dienst entspringen, stoßen Sie mich nicht zurück, der ich Sie anflehe .. anflehe, hören Sie, auf den Knieen liege, sehen Sie ..«

»Stehen Sie auf«, sagte der Botschafter, ungehalten und geniert.

»Was also wollen Sie? Drücken Sie sich klar aus.«

– »Ich will, daß Ew. Excellenz, wenn Sie schon nicht warten –« Hier brach er ab, denn über die Galerie hörte man Schritte kommen, eine ganze Assemblée von Schritten, und auch der Botschafter horchte.

Es waren Lauffer in bunten Trachten, die da kamen, zwei Glieder Trompeter schlossen sich an, von blitzenden Instrumenten hingen brocatene Wappentücher steif herab, ihnen folgten die Ceremoniare, und dann der König .. Der König trug seinen Zobelpelz, trug auf dem modischen Haar sein unmodisches Barett, das Gesicht war müde, er hatte von dem Gifte der Skepsis genossen, und es schien ihn zu frieren. Hinter ihm gingen die Minister, voran der Graf mit gewaltiger Haartour und allen Zeichen eines infamen Schmerzes, der bis hinauf in die Nieren stach – doch an des Grafen Seite, tiens tiens, tänzelte eine gewissermaßen rosige Erscheinung.

– »Vampyrios«, flüsterte der Spaßmacher, so scharf, daß der König es hören mußte, »Vampyrios mit dem Beinamen des Hermes – der Götterbote eines Zeitalters der Finanz-Scandale.«

Der König lächelte streng und traurig, der König betrat den großen Balcon über den Portalen des Mittelrisalites, die Trompeten schmetterten hell, man hörte das Volk, dieses unbegreifliche, brodelnde und gedankenschwache Volk, wie es in Jubel ausbrach, vorschriftsmäßig, gehorsam, tapfer und brav.

»Welch liebenswürdige Tragödie«, bemerkte Herr v. Legua.

Der Narr verbesserte ihn. »Welch eine Fülle von Comik an diesem Hof von Tragöden ..« Und dann trat er ganz nah unter die Augen Don Johanns, ernst und ergeben zu ihm aufschauend, mit dem zottigen Blick eines Bernhardiners. »Nehmen Sie den Seitenausgang«, bat er, »Alles lauscht jetzt den Worten des Königs, dort in der Gasse ist niemand, Sie verhängen die Fenster Ihrer Sänfte, man trägt Sie hinaus, man eilt, man ist verschwunden ..«

»Sie sind ein Narr«, sagte Giovanni und legte ihm flüchtig die Hand auf die Schulter. »Andate, amico, e fate le preparative. Ein Legua schleicht sich ungern durch Hintertüren. Troll dich,

ich warte noch ab, was der Monarch seinen Untertanen von Gottes Gnaden zu vermelden hat.«

Pulcinello küßte ihm dankbar die wohlgeformten, wohlgeschnittenen Fingerspitzen, pirouettierte cinnoberfarben und verneigte sich mit dem Ausdruck zügelloser Anbetung. Wie ein Hündchen wuselte er die Stufen hinunter, ein vom Leben verbannter, schweifwedelnder Freund.

In diesem Augenblick – Herr v. Legua sah durch die Glas-Türen die Suite des Königs würdevoll stehen, hörte gedämpfte Worte dünn und angestrengt hereintropfen in die Halle, und nun wandte er sich um, da er ein neues Geräusch, schnelle, selbstbewußte und feste Schritte, hinter sich vernahm, zog auch tief seinen Diplomatenhut – in diesem Augenblick schritt das Fräulein im Pantherfell vorüber, Prinzessin Danae, die grausame Jägerin .. und als gäbe es nichts auf der Welt, was ihr die Freiheit des Herzens verwirren konnte, neigte sie im Gehen, neigte sie freundlich und zierlich, ohne das mindeste Anzeichen genierter Gezwungenheit, den Kopf mit den weichen, ein wenig widerspenstig sich scheitelnden Locken, die, golddurchsponnen, von carmesinroter Nelke gerafft waren, und mit ihren ironischen Augen sah sie den Botschafter, im Vorübereilen, nur eben aus der Schräge ein wenig an – fragend und unschuldvoll.

Der König, dachte der Botschafter, liebt die Uhren; die Königin ist begleitet von fünfzehn Windhunden, die hochmütig und adlig dreinschauen; die Prinzessin reitet wie ein Herr auf feurigem Rappen; der Minister trägt eine Allonge à la mode de Versailles, der düstere Weise die Schellenkappe des Narren. So drückt sich jeder in seinen Attributen aus.

Und draußen sprach der König zu seinem Volk. Er sprach traurig und liebevoll, aber es war so viel Distance von ihm zu ihnen, daß sie gleichwohl, die braven und guten Leute, aus seinen Worten mehr den Herrscher heraushörten, und der Herrscher ist zu drei Vierteln seiner Persönlichkeit ein ungeheurer, über maßlose Zeiten hin vererbter Mythos, bei dem es die Menschen in ihrer eindrucksfähigen Seele schauert, zum anderen Viertel ein Zufall, der den Purpur trägt, und bei dessen

Anblick diejenigen, welche zu sehen wissen, ein tiefes Mitgefühl für diese Schultern überkommt, menschliche Schultern immerhin, die einen Mythos tragen sollen, als ob das gar nichts oder leicht zu vereinen sei mit den Bedürfnissen, den Wünschen, Hoffnungen, dem fordernden Geschrei der Menge. Die braven und guten Leute .. Es war ihnen wie der Weihrauch ihrer Kirchen, sie fühlten sich so seltsam beruhigend angesprochen, sie fühlten den Herrscher aus seinen Worten, nicht den zufälligen, schwachen, liebevoll ratlosen Träger der Krone, der, wenn man genauer hinhörte, an den Sorgen der Seinen mit einer gewissen, zwar kunstvollen, doch mühelosen Übung vorbeisprach; der sie vertröstete, sie seiner stellvertretenden Sorgsamkeit versicherte; der keine jener so dringenden Fragen beantwortete oder entschied, um deretwillen sie hier waren; der es umging, zu bekennen, warum es eine ausweglose Notwendigkeit sei, daß die Allonge des Grafen und die rosig nackte Nase des Barons hinter ihm auf dem Balcon standen; und der, in seiner königlichen Art, im Grunde genommen, all ihren finsteren Ernst nicht übermäßig ernst zu nehmen geruhte, sondern ihn wie eine Bagatelle behandelte, indem er sich weigerte, ihn als gegen die Krone gerichtet zu empfinden. Aber das schöne Pathos der Stimme, das edle Gleichmaß seiner Worte und der so ungewohnte Anblick des Erhabenen, das er, im Verein mit der Lauterkeit seiner Erscheinung, darbot, vermochten den Bürger in der Tat, sich heimlich zu fragen, was es denn wohl gewesen sei, das ihn hier auf diesen Platz vor dem Palaste führte; und just war man bis dahin gelangt, daß die Einsichtigsten sich eben gestehen wollten, es sei eigentlich gar nichts der Rede Wertes gewesen, als ein pompöses Ereignis ihre Seele in den Himmel monarchischer Vorstellungen hinaufriß: unter dem Balcone, auf welchem der König, umgeben von seinen Ministern, zu dem Volke von Myrrha zu sprechen die Gnade hatte, erschien zwischen den Pfeilern und bogentragenden Hermen aus dem Dämmer der Torhalle heraus ein kohlschwarzer, nervös tänzelnder Hengst, der weißen Schaum auf der Candare zauberte und sogleich, im Anblick der übergewaltigen

Menge, mit den vorderen Hufen zu steigen begann, so daß man die Unterseite seines Leibes mit ihren Sattelgurten und schwellenden Adern sah, und die Reiterin, eine Erscheinung, die nur ganz Wenige bisher hatten auftauchen sehen, regierte den unruhigen Rappen lediglich mit der Rechten, die Linke hing locker herab. Einige in der Menge fielen aufs Knie, denn die Reiterin trug einen kurzgeschürzten Faltenrock, trug über der Brust das Fell eines Panthers, Embleme, die nur der Göttin Artemis zukamen, Andere erkannten an der Nelke die Prinzessin Danae, flüsternd gaben sie die Kunde weiter, und eine Bewegung, gemischt aus Staunen, Neugier, geblendeter Schaulust, ging über den Platz, hinter welchem das Meer in seinem Glanze wogte, selbst der König bemerkte, daß da etwas vorging, was er nicht sehen konnte, und stockte ein wenig in dem Fluß seiner landesväterlichen Ermahnung, da aber brach mit dem Ungestüm eines Tropenregens die Begeisterung sich Bahn, ein einziger, wilder, hemmungsloser Schrei »Vivat – Danae!« brandete gegen Stadt und Gebirge, der König schwieg, wobei auf seinem Antlitz eine strenge Falte der Mißbilligung mit der Freude am Triumph seines Kindes kämpfte, die Minister standen erstarrt, den Hengst jedoch beflügelte dieser maßlose, bei Hofe ungewohnte Ausbruch von Liebe derart, daß er in Levaden und Courbetten, gehalten von dem eisern regierten Zügel, auf der Hinterhand steil in die Abendluft stieg, weshalb die Prinzessin ihm, mit leichtem Druck der Schenkel, den Willen zugleich ließ und gab: nachdem sie, quer über den durch Garden noch einmal abgesperrten Gitterhof, bis an die Mauer der verzückten Menschen herangesprengt war, veranlaßte sie das Pferd, welches zitterte und schäumte, in Schritt zu fallen, während das Volk ihr eine Gasse öffnete, durch die sie, von zehntausend Blikken gleichsam umspült, langsam dahinritt, um am Ende der lebenden Passage unverzüglich in voller Carrière davonzustieben – und alsbald ward sie den Nachschauenden durch die Cypressen der Küsten-Allee entzogen.

Es wäre nun nicht mehr nötig gewesen, daß der König, von den Trompeten neuerlich eingeladen, die seinem Trommelfell schmetternd zusetzten, der unterbrochenen Rede ein Schlußwort anfügte: die Apotheose der Thronfolgerin hatte in wünschenswerter Weise vollendet, was seine vorsichtigen und gewählten, flüssigen und zu nichts verpflichtenden Sätze mit so viel Erfolg begonnen.

Indem er sich aber anschickte, es dennoch zu tun, weil ja ein Punct unter das Ganze gehörte, zerrissen zwei trockene, harte, kurz aufeinander folgende Schüsse den milden Abend, und Alles war dahin: die Gesichter verkrampften sich, die eben erst unterdrückte, nur eingelullte Gereiztheit kehrte zurück, Argwohn, Angst, Entsetzen, Panik – nichts mehr schien nun noch unmöglich zu sein, der Aufruhr stand vor der Tür, und der König entfärbte sich.

Was war geschehen?

Sogleich kam beruhigende Kunde. Der Botschafter Venedigs hatte in die Luft gefeuert, aus Spaß. Und Monarch wie Regierung verließen den Balcon, Lakaien schlossen die Glas-Türen.

In die Luft gefeuert – nun, das waren seltsame Späße, und man glaubte es nicht recht. Man murmelte, man debattierte, roch es nicht deutlich nach Blut? Kaum gedacht, so hielt man den Atem an – ein Schrei, ein einziger Schrei, der sich fortpflanzte: »Der lange Jo'ann! aufs *Volk* geschossen!«, und hinten, aus der Gegend, wo die Schüsse gefallen waren, hörte man dumpfes Gewirr von Stimmen.

Was war geschehen?

»Zwei Tote liegen in ihrem Blut!«

»Hängt den Hund!!«

Eine Raserei schien bevorzustehen.

Da öffnete sich erneut die Balcon-Türe. Der Graf, bleich und geringschätzig, trat heraus.

Die Menge brüllte, die Wut verzehrte sie.

Godoitis ließ blasen. Er ließ so lange blasen, bis man ihm zu reden gestattete.

Nun, was er redete, war sehr kurz, sehr scharf, und ganz gegen die Gepflogenheit von nackter Praecision: »Seine

Majestät hat soeben den Belagerungs-Zustand verhängt. Der Platz wird augenblicklich geräumt, jeder Widerstand durch die Garden mit Feuer beantwortet. Ein verabscheuungswürdiger politischer Mord zwingt uns zu draconischen Maßnahmen.«

Ein Mord ..? politischer Mord?

Ja, es war leider traurige Gewißheit. Der Botschafter der Republik, Don Giovanni di Legua, war nicht mehr ..

»Vedete la mia colpa«, berichtete Pulcinello, der Narr, dem Könige, ächzend, zerschmettert, und seine Worte wurden von tiefem Schluchzen unterbrochen, so oft er mit scheuem Seitenblick auf die Leiche des Gönners traf, »la colpa mia«, brachte er mühsam hervor, »io porto la colpa .. Avete pietà di un misero, di un peccatore. Ich bewog ihn, diesen Weg zu nehmen, weil mir Schlimmes ahnte, ich glaubte, diesen Weg wählen zu sollen, weil auch der Minister hier entlang sich tragen zu lassen pflegt, ich bewog ihn auch – obwohl er meiner spottete–, die Fenster zu verhängen .. So lief er in das Schicksal, das einer Sänfte mit gräflicher Krone galt, denn es war bekannt geworden, daß der Minister .. Aber die Hunde verstanden nicht, Wappen zu lesen .. sie hätten ja sonst sehen müssen, daß es das Löwenwappen von Venedig war .. so stachen sie denn, und ich sah es mit an, stachen ihre noblen Degen in das Leder des Coupés, in welchem Don Giovanni, keines Übels gewärtig, sich zurücklehnte .. und die Träger, als sie bemerkten, daß etwas Blutrünstiges vor sich ging, ließen in ihrer Feigheit die Sänfte fallen, die krachend umstürzte, mit der Tür nach oben, doch Don Giovanni, der Botschafter, quälte sich halbwegs heraus, von den Degen durchbohrt, die ihn beim Aufrichten vollends zerfleischten, das Blut kam in Fontainen geschossen, dennoch riß er die Pistolen aus der Tasche des Leders, sein Gesicht war lustvoll wie das eines Jägers, auch ein wenig verzerrt natürlich, er zielte mit Genauigkeit und legte die beiden Mörder um, sie hatten wohl gehofft, davonzukommen, denn sie liefen schon, als die Kugel sie traf. Ich aber, da niemand meinem Herrn helfen wollte, zog ihn nach oben aus dem Coupé, in meinen Armen stand er eine kleine, ewige Weile, sein Gesicht wurde schneeweiß, die Kniee versagten ihm den Dienst, diese starken und geschmeidigen Kniee, und so sank er, ich konnte ihn nicht halten, langsam vornüber in sein Blut. Gott sei ihm gnädig in seiner Barmherzigkeit ..«

Das heisere Flüstern erstarb. Gheottas Hände aber drehten noch immer fort die zerknitterte, blutige Schellenkappe, die silbern klingelte. Und soeben wollte er dem Gemeuchelten, dem man, zum Überfluß, die schrecklichen Verletzungen verbunden hatte, die Augen schließen, denn er erinnerte sich dieses Versprechens, hob also, den Blick scheu auf den König und die Minister gerichtet, das Tuch, das die Stirn bedeckte – als Don Giovanni, fast unmerklich, die Lippen bewegte. »Dieser Gott ist nicht für mich gemacht ..«, murmelte er. Und er lächelte bitter – in schmerzlichem Verzicht auf den Glanz der Welt.

Der Leibarzt, der endlich herbeikam, fand noch Leben in dem auf das Furchtbarste zugerichteten Körper, so wenig Leben, daß jede Kunst hier versagte: jede Minute konnte die letzte sein. Als indessen, nach einigen bangen fünf Viertelstunden, das Ende noch immer nicht abzusehen war, man ihn hier aber nicht wollte liegen lassen, befahl er, kaum glaublicher Weise, die Excellenz, die ohnehin des Todes sei, zur Botschaft zu überführen. In des Königs Carrosse kehrte Herr v. Legua bei tiefster Nacht, ohnmächtig, von Fackeln umraucht, in das Haus mit den hohen, schmalen Fenstern heim, aus denen noch Licht auf den blassen Kies des Gartens fiel, und Pasquale, der Pasquillant, war bei ihm.

X. CAPITEL

»Aber so laß Sie doch diese Bestie draußen«, sagte der Minister und blickte ungehalten von seiner Arbeit auf, Mitternacht war schon vorüber, als durch die Tapetentür, die als Bücherschrank feinsinnig gebildet war, die Königin eintrat. Es war dies die ingeniöseste Tür, die sich nur immer denken ließ. Auf einen ganz bestimmten Druck schwenkten Aristoteles, Plutarch und die Œuvres complètes de Platon mit staatsmännischer Moquerie aus der Reihe ihrer Zeitgenossen, und auch unten die Lederrücken, hinter denen Suetons vergilbte Caesarenleben, ausgehöhlter Weise, eine Anzahl von Gläsern und Flacons – alten Cognac und erwählte Liqueure – beherbergten, waren mit von der Partie.

Die Dame, die dem Minister zu so später Stunde noch ihren Besuch machte, trug eine Robe von schneeweißem Piqué, das, entgegen aller Vorschrift, ohne jede Unterbrechung, ohne Gürtel oder Reifrock, an ihr heruntergeschneidert war und das Ebenmaß ihrer Figur auf das Vorteilhafteste hob. Sie trug Perlengehänge an den Ohren, ihr Haar war décoiffiert und lokker gewellt, was sie sehr jung, wenngleich stilvoll erscheinen ließ, sodaß sie für eine Dreißigerin hätte gelten können – sie war indessen Vierzig –, und in der Hand, einer schon etwas schlaffen, doch unendlich gepflegten, einer kleinen, gebieterischen Hand, hielt sie, wie der Graf es mißbilligend gesehen, eine geflochtene Leder-Cordel, deren Agraffe in das Halsband eines ihrer großen, leisen, hochmütig blickenden Windspiele gehakt war. Das Windspiel gähnte. »Und Sie, mein Herr?« fragte die Königin, trotz spöttischer Zärtlichkeit wie immer etwas erkältend, »sind Sie Minister im Augenblick – oder worauf deutet Ihre Perücke?«

– »Schließen wir einen Vergleich«, sagte Godoitis, indem er endlich von seinen Acten aufkam. »Sie, ma chère, entlassen dieses mir unsympathische Product einer mir unbegreiflichen Laune der Natur – und ich, ma biche, entäußere mich meiner Würde wie weiland Samson, als ihm Dalila die Locken stutzte, worauf der Palast zusammenbrach.«

So schwenkten denn die Weisen des Altertums neuerdings aus der Reihe. »Allez«, sagte die Königin, »troll dich.« Die Bestie, ohne Widerspruch zu erheben, legte sich gähnend in dem dunklen Lakaiengang nieder, während der Graf mit Feierlichkeit die Allonge vom Haupte hob.

»Sie haben eigentlich schönes Haar, Carlo .. Aber wollen Sie mich nicht endlich begrüßen?«

– »Habe ich das?« erwiderte Graf Carlo mit seiner gleichsam geborstenen Stimme. »Ja .. es ist nun leider an dem, daß die Nächte kalt sind, abscheulich kalt.« Und er küßte flüchtig die dargebotene Hand, um danach die Flammen des offenen Camins zu ermuntern. »Einen Liqueur, meine Teuerste? Ich denke gerade darüber nach, warum der hohe Herr dort oben in seiner Ermitage Tee zu trinken pflegt, der den Geist milde macht und ihn gewissermaßen verklärt, und warum Sie, Olympia, den Feuerstrom des Liqueures vorziehen, welcher das Herz überschwemmt und den Leib, verzeihen Sie, so, ich weiß nicht recht wie: so willenlos und süß dem Nichts anheimgibt .. warum dagegen ich, ein regierender Minister, die scharfe Klarheit des Cognacs aestimiere, welcher der Geist des Weines ist und einen Zug von Verachtung und Noblesse an sich hat, wohingegen unser armer Freund dem türkischen Mocca huldigt – oder muß ich schon sagen: huldigte .. dem heftigen, harten und beinahe wilden Trunk, der uns zum Äußersten befähigt .. Nur die Prinzessin Tochter: sie kam noch nicht bis an den Punct, wo man anfängt, sich festzulegen. Ja. Ein interessantes, ich möchte sagen: ein geradezu attractives Problem, eine Möglichkeit mehr, den Menschen hinter die Schliche zu kommen ..«

»Sie sollten lieber darüber nachdenken, mein Freund, wie es hat geschehen können, daß dieser Mord –«

– »Sie sind zu liebenswürdig, Madame, mich an Dinge zu erinnern, die mir wenig angenehm sein können, wenig .. angenehm. Aber was wollen Sie: ich lebe noch. Ein Zufall vielleicht, indessen: ein aimabler Zufall. Ich frage mich: was mag er gemeint haben, der Herr v. Legua, mit seinen letzten Worten .. Dieser Gott ist nicht für mich gemacht. Ein absonderlicher, ein daemonischer Ausspruch, wie mir scheint. Und nicht christlich. Welcher Gott? Nun, aber lassen wir das. Man muß Daemonen in sich haben, das ist es. Man muß sie daemonisieren, die Masse ..«

»Sie haben wenig Talent dazu, Carlo.«

– »Gemach .. gemach. Ich habe zwölf Jahre regiert. Muß dies bedeuten, daß ich Alles gezeigt hätte? Aber jetzt *werden* wir Einiges zeigen. Einiges .. das ist es. Auch in meiner Brust leben Daemonen, und in heutiger Zeit regieren heißt mit lächelnder Miene Blut gegen Blut setzen. Man bietet mir den Terror. Gut. Was ist das: der Terror? Die Unordnung, das Chaos, die Anarchie. Man meint den Minister und ersticht den Botschafter einer fremden Macht .. mit noblen Degen. Gut. Schach dem König – ich komme um einen Zug in Nachteil, denn ich muß Venedig beschwichtigen. Ja. Und dann biete ich mit meinen leiseren Mitteln ein Doppelschach dawider .. Die noblen Degen .. In der Tat: es waren zwei junge Leute vom Stande, die dem Volk und der Noblesse diesen Streich gespielt haben. Nicht mir – ich werde ganz praecise reagieren. Ein unüberlegter Streich, und er löst eine Maschinerie aus. Sie verstanden nicht Wappen zu lesen, nein, natürlich, woher sollten sie? Sie verstehen nicht zu denken, diese Revolutionen, es fehlt ihnen die geistige Klarheit. Gewalt gegen Gewalt? Welch tragischer Irrtum. Mit dem Terror und aus dem Hinterhalt eine Macht stürzen wollen, die über die besseren Waffen verfügt? über die stärkeren Waffen? die keinen Anlaß hat, sich zu genieren, und notfalls auch gerne einmal schießen läßt? die geradzu auf die Gelegenheit wartet, einige unliebsame Leute, ich sage Leute, gegen die Wand zu stellen? Noch einen Liqueur?«

»Merci non. Es scheint mir genug, daß Sie selbst berauscht sind – trunken von Macht .. Ist es eigentlich notwendig, hart zu sein, wenn es nicht not tut? nur weil eine Gelegenheit sich bietet, etwas auszurotten, was einem mißliebig ist? Manchmal sehne ich mich nach ein wenig Güte ..«

– »Wie ernst Sie sprechen, Olympia, wie bereit auf einmal zum Mitleid .. Aber die Politik ist gütelos, das liegt in ihrer Natur. Sie läuft immer darauf hinaus, die Menschen zu dem zu zwingen, was sie nicht wollen, und ihnen zu nehmen, was sie gerne behielten. Ja .. was ich sagen wollte. Ich bin überzeugt: wenn diese kleinen Leute mit ihren kleinen Ideen von einer kleinen Revolution capabel wären, eine Revolution wirklich zu *machen,* verstehen Sie: zu machen, wie man ein Stuhlbein macht, eine Revolution zu zimmern – hinterdrein würden sie mit diesem Stuhlbein doch nur wieder auf die Menschen losschlagen, denn, wie gesagt, das liegt in der Natur der Sache. Die Macht läßt sich nicht teilen, sogar der Volks-Beglücker will sie, mit Haut und Haar, er schleicht sich von hinten an sie heran, ein scheinheiliger Cosmopolit und Demagog, und wenn er sie zu der Seinen gemacht hat, so verteidigt er sie wie eine wütende Dogge, da gibt es gar nichts .. Es sind in den Revolutionen ja immer viel zu Viele, sie wollen Alle nach oben, diese umbuhlte Personnage hat ihnen den Kopf verdreht, und ginge es nach ihr, ja, zum Teufel auch, sie triebe es mit Jedem – eine Metze, wenn man nicht aufpaßt. Um Vergebung, Madame, ich spreche wie das gemeine Volk ..«

»Weil Sie ausnahmsweise einmal jargon par terre sprechen? Lieber Carlo, Sie reden wohl eher wie ein Philosoph, etwas merkwürdig und wurzellos, Ihren Theorieen zuliebe – Theorieen eines Aristocraten, der die Seele des Volkes nicht versteht, das zu regieren er die Ehre hat.«

– »Eine zweifelhafte Ehre, Madame, eine höchst zweifelhafte Angelegenheit. Und wie dem auch sei: man kann über Macht und Ohnmacht, über Staat und Volk, über das Verhältnis von legitimer Gewalt und anarchischem Terror, ja, nicht einmal über das von der Macht des Staates zum Geist – der doch, wenn die Macht gesund wäre, den Staat zu tragen hätte – man kann darüber nicht philosophieren, ohne krank zu werden. Die

Philosophie macht krank, und das Nachdenken führt zum Wahnsinn. Ich für meine Person, solange ich die Macht besitze, ziehe es vor, zu handeln, praecis wie eine fürchterliche Maschine und, wenn es sein muß, mit den schmutzigsten Mitteln, aber zu dem reinsten Zwecke: es muß dem Bürger abgewöhnt werden, dem Staate Vorschriften machen zu wollen. Der Staat macht die Vorschriften. Das ist die Situation. Ja, wenn er Geist hätte, der Bürger .. aber er hat den Geist nicht, die Räder zu lähmen, die ihn zermahlen. Es wäre nur der Geist, vor welchem ich Angst haben könnte ..«

»Was müßt Ihr ihn auch zermahlen! Heißt das nicht den Staat zum Selbstzweck erheben?«

– »Zum Selbstzweck, Madame? Der Staat ist die Krone – und die Krone wünscht doch wohl nicht unterzugehen .. oder täusche ich mich?«

»Nein. Nur haben Sie eine Art, in Extremen zu denken, die dem Allgemeinen nicht mehr gerecht wird.«

– »O, Sie contrecarriert mich, ma biche. Sie spricht, als sei der Geist der Volks-Tribunen über Sie gekommen ..«

»Nun, der Geist kehrt wohl nicht ein bei den Tribunen. Und dennoch gibt es da Dinge, bei denen ich mehr mit dem Volk empfinde als mit dieser Polizei-Maschine, die Sie für einen Staat ausgeben. Man regiert ein Volk nicht mit Verachtung. Eines Tages beginnt die Erde zu beben .. was dann?«

– »Ich staune, geliebte Olympia. Welch ein Unmaß von Gefühl mit einem Male? Obendrein bei Ihnen, die Sie als Königin erkältend durch diese Welt gehen. Woher das Mitleid, die Sehnsucht nach Güte? Sie frieren, scheint mir, bei Ihren fünfzehn überheblichen Windhunden. Sie sollten einen Zobelpelz – aber lassen wir das. Sie frieren also .. tiens tiens.«

»Ja, Carlo, manchmal friere ich. Wir, die wir die Krone tragen, bekommen wenig Liebe zu spüren, das ist nun einmal so. Wir tragen nur die Last, nicht den Glanz, denn den können wir nicht sehen, da müßten wir schon schielen oder lügen.«

– »Und die Liebe des Volkes, ma très chère .. ist sie denn gar nichts?«

»Wenig. Zwischen ihm und uns stehen die Minister. Haßt man sie, so frißt der Haß auch an der Krone; liebt man sie, so streichen sie die Liebe befriedigt in ihre eigene Schatulle.«
– »Eifersucht, Madame? Ja, das Regieren ist ein Geschäft für kalte Leute, für Leute mit robusten Gehirnbahnen. Und ich schmeichle mir nicht, wenn ich sage: ich bin dergleichen einer – auch wenn ich gelegentlich versponnen erscheine und überhaupt ein wenig scurril und wunderlich.«

Die Königin schwieg. Sie zog das schneeweiße Piqué fester um ihre Schultern, ihre Schultern waren noch immer schön, sie sehnte sich nach Güte. »Wer liebt uns denn, Carlo? Können Sie mir das sagen? Wer liebt den König – nicht als Institution – als Menschen: wer liebt ihn? Selbst seine Tochter Danae wird über ihn hinweggehen wie über ein Nichts, wenn es sich einmal darum handeln sollte, aus Liebe ein Opfer zu bringen, einen Verzicht, ein Lächeln, das ihr weh tut in ihrem Egoismus. Es ist wohl auch bei mir Egoismus .. Aber die Welt wird in der Königin niemals die Frau begreifen, immer nur die Figur, die obenan zu stehen hat. Und *weil* ich so hoch stehe, und weil es kalt ist dort oben, sehne ich mich dreifach, zu lieben, geliebt zu werden. Denn der Vulcan, auf dem wir leben, der wärmt ja nicht. Wollen Sie mich ein einziges Mal ansehen .. Ich habe mich für Sie schön gemacht – Sie bemerken es nicht. Werde ich schon so alt?«
– »Wissen Sie«, sagte der Minister und sah sie flüchtig an, »es ist diese Gicht, wie soll ich Ihnen das beschreiben – ja .. So ein, kurz und gut, infamer Schmerz bis hinauf in die Gegend der Nieren. Aber vielleicht wird es wieder besser. Ich tätschele Ihnen die Hand, diese schöne Hand, und das ist sozusagen Alles, wessen ich noch fähig bin, ein vergleichsweise alter Mann, aber die Ärzte meinen, es würde wohl wieder besser werden, demnächst .. Ja. Daß Sie alt werden, meine Teuerste, nein, wer hat Ihnen diese Idee eingegeben? doch nicht Ihr eigenes Herz?«

»Vielleicht. Denn diese Gicht, Carlo – es ist mir contraire, so denken zu müssen, aber –«
– »Was denken zu müssen? Was: aber?«

»Ich denke, daß Sie vorzüglich Comödie spielen.«

– »A ..«, sagte der Minister, ein ganz kurzes, helles, amusiertes »A ..«, bei welchem der Mund vor lauter Ironie eine kleine Weile offen blieb.

»Und daß Sie wieder einmal beschäftigt sind, unter allerlei Schönheiten die Wahl zu treffen. Ich will nicht sagen, daß es mich verletzte: es tut ganz einfach weh. Nun .. lassen wir die großen Worte.«

– »Papillons noirs«, entgegnete der Graf mit einem versonnenen Blick. »Sie werden sehen, die Gicht geht vorüber, das alte Feuer kehrt zurück, und dann frieren Sie auch nicht mehr ..«

Er nickte ihr ein wenig väterlich und aufmunternd zu. Dann aber, den Boden seines Glases tiefsinnig betrachtend, versank er wieder in sein flackerndes, irrlichterndes Spintisieren. »Wissen Sie«, sagte er, »dieses Erdbeben. Damit verhält es sich folgendermaßen. Das Land, das uns beherbergt – und nicht nur dieses, sondern jedes Land – die ganze Welt .. ja, das Leben überhaupt: ist vulcanisch und kein einziger Augenblick ohne Gefahr. Aber wir sind geneigt, das zu vergessen. Weil sie so schön ist, diese Erde .. Schönheit, denken wir, kann nicht daemonisch sein. Das widerspricht, denken wir, ihrem Character. Oh: sie kann. Jeden Augenblick kann sich die Erde öffnen, nur um uns zu beweisen, daß sie nicht so liebenswürdig ist, wie sie uns glauben macht, oder ein nobler Degen fährt uns in den Rücken. Man muß mit der Gefahr leben, man muß sie nicht fürchten, auch wenn man ein wenig praeventive Vorsicht übt. Es gibt ja tausend Arten, um vom Leben zum Tode zu kommen, und ich bin überzeugt, eines Tages gebe ich irgend einem Tod, den ich nicht eingerechnet habe, ganz ahnungslos die Hand, glaube vielleicht, es ist nur ein Minister oder ein Botschafter, es ist aber der Tod, und er sagt zu mir: Excellenz, sagt er, es ist so weit, begleiten Sie mich, es tut gar nicht weh. Ja. Was ich sagen wollte: wenn die Erde bebt, hat sie natürlich gar keinen vernünftigen Grund, sich derart unvernünftig aufzuführen, und sie weiß nicht, was sie tut – aber: sie tut es. Nun, das ist ihre Sache. Und wenn ich recht darüber nachdenke, dann erscheint sie mir, die liebe Erde, doch immerhin als ein Wesen von einiger Logik. Wissen Sie: es liegt an der Situation, in der sie sich befindet. Eine verzweifelte, irreparable Situation, der alte Zwiespalt, möchte ich meinen, zwischen Leib und Seele. Auch diese vortreffliche Erde hat ja, mysterioser Weise, so etwas wie eine Seele, wie einen Geist, und der Geist, wie soll ich das sagen, ist Feuer, aber dermaßen choquierend, wenn es uns trifft, daß es geradezu eisig wirkt, ein eisiges Ereignis. Scheint Ihnen das unsinnig? Man kennt dergleichen physicalische Grenzfälle. Und nun: wir leugnen dieses Feuer, diesen Geist, diese Kälte, die uns gefrieren machte, wenn wir sie anerkennen würden. Wir erkennen nur den Leib der Erde an, und das ärgert sie, die Gute. Der Mensch hat sich nun einmal daran gewöhnt, der Herr der Erde zu sein, von Gottes Gnaden gleichsam, und er ist ihr Tyrann. Er benutzt jedes einzelne Glied, jede einzelne Scholle, jede Krume zu seinen Zwekken, höheren oder niederen Zwecken, gleichviel, er benutzt sie und nutzt sie aus, schamlos nutzt er sie aus. Er befiehlt ihr, was sie zu tun und zu lassen hat. Hier, sagt er, hat Mais zu wachsen, und wehe, wehe, wenn da Melonen stehen würden, plötzlich. Und an einer anderen Stelle, wo die Erde, die ja etwas von Landwirtschaft versteht, in ihrer Freude am Schönen eine Sonnenblume hervorbringt, weil ihr das nun einmal Spaß macht in ihrem ausgeprägten Sinn für Freiheit der Entschlüsse, so kommt der hohe Herr Mensch, verbietet ihr diese Sonnenblume und sagt: nein, hier wird jetzt mein Palais gebaut. Und er baut sein Palais. Ein Palais ist schwer zu tragen, es wiegt so und so viele Millionen Unzen, und die Erde trägt es nicht gern, sie trägt es nur, weil sie tragen muß. Aber das ärgert sie natürlich, und das frißt an ihr. Ganz dort innen frißt es, wo sie noch ganz göttlich ist, noch nicht vom Menschen prostituiert. Und so geht das überall, und man muß sich vorstellen, daß unter jedem Stück Erde ein Stück Feuer sitzt, ein Stück feuriger Seele, das wir nicht ernst nehmen, weil es schweigt. Es schweigt nicht gern, aber es ist klüger, zu schweigen, und also schweigt es ein wenig. Nun gibt es unbotmäßige Erdschollen, kühne und gefährliche Berg-Gegenden, die der Tyrann nicht besucht, weil er Angst hat, ihnen unter die wilden Augen zu treten, und weil er sich ausrechnet, daß sie noch keinen Palast getragen haben und auch keinen tragen wollen oder werden. Es ist ihm zu viel Feuer in diesen ihren Augen, und er meidet sie. Verhängnisvoller Fehler .. Denn diese unbotmäßigen und ungebrochenen Beispiele halten das schlafende Feuer in den botmäßig gemachten und gebrochenen lebendig, und kurz und gut: es liegt etwas in der Luft. Ja .. das ist es. Es liegt plötzlich etwas in der Luft. Eine gewisse atmosphaerische Störung macht sich bemerkbar, man weiß nicht, um was es sich da handeln könnte, man sitzt in seinem Palais, versieht sich keines Übels – aber unter der Erde läuft das Feuer zusammen, das es nun satt ist, sich reglementieren zu lassen und Paläste zu tragen aus lauter Gutmütigkeit und feiger Gesinnung. Es läuft zusammen, das Feuer, ganz heimlich, unter der Erde, und es führt etwas im Schilde .. Ja.«

»Hören Sie auf, Carlo, das ist beängstigend, was Sie da erzählen.«

– »Aber nein, schöne Olympia, warum sollte ich denn aufhören, das ist doch sehr belustigend und auch sehr instructiv. Wissen Sie: ich habe solcher Erdbeben einige erlebt, es sind sozusagen große Stunden im Dasein des Menschen, wenn ihm die Erde unversehens zu beweisen beliebt, daß seine Macht über sie eine Fiction ist, und wenn sie ihn unversehens zwingt, im Nachthemd auf die Straße zu rennen, weil es anfängt, im Gebälk zu knistern, und Sie werden zugeben, ma chère, daß ein Mann im Nachthemd eine etwas ridicule Erscheinung ist im Verhältnis zu seinem Herrschafts-Anspruch über die Erde, die gleichsam hohnlachend Feuer und Asche auf sein Haupt regnen läßt. Und Mancher steht nicht einmal im Hemde unter der ekelhaften Lohe der Vernichtung, sondern nackt in seiner Angst. Ja .. es sind erhebende Stunden, und die gequälte Erde, die es satt ist, hat erhabene Mittel zur Hand; wie jede kleine Revolution ist sie in solchen Stunden von einer sublimen Grausamkeit besessen, sie rächt sich mit geradezu asiatischem Blutrausch, mit süßer Lust am Grausigen rächt sie sich für das, was der Mensch ihr angetan hat in seiner Manie, Lasten und immer neue Lasten auf sie zu häufen. Der Leib der Erde hält das aus, und dem Leib ist es gleichgültig, ob er Melonen trägt oder Disteln oder Futtermais oder meinethalb auch ein Palais. Aber die Seele: die hält es nicht aus auf die Dauer, und jedes Verbot, und jeder Befehl, und jedes Steinchen, das man auf sie legt, indem man sagt: ach, sie wird es schon noch tragen, das erhält gewissermaßen ein Vielfaches seines eigentlichen und materiellen Gewichtes, denn der Druck, meine Teuerste, den wir ausüben, wächst und wächst ins Ungeheure, weil sich das Schweigen daran hängt, und die Pression des Schweigens wird schließlich so überwältigend, daß der Hunger nach Glück, den auch die Erde hat, in einem bestimmten Augenblick überschwemmt wird von der Raserei des Zornes. Natürlich will die Erde glücklich sein mit ihrer kleinen Sonnenblume – warum sollte sie nicht? – und sie weiß genau, wenn sie jetzt die Nerven verliert, so wird es ihr übel ergehen, aber sie ist mit einem Male so weit, daß sie, wenn es sein muß, sogar den Untergang *wünscht,* daß sie Feuer und Lava speit und sich selbst und ihre Sonnenblume .. niederbrennt.«

»Carlo!! die Tapeten ..« Die Königin wurde aschfahl. Einige Secunden herrschte die Stille des Todes. Der Minister saß amusiert.

– »Was ist mit den Tapeten?«

»Ich glaube wirklich, es liegt etwas in der Luft.«

– »Glauben Sie ..« sagte der Minister, und ein nachdenklicher Triumph überzog sein Gesicht. »Selbstverständlich liegt etwas in der Luft, die Erde wird beben, da gibt es gar nichts.«

»Um Gottes willen ..« flüsterte die Königin.

– »Aber so lassen wir doch die Götter aus dem Spiele, geliebte Olympia. Und tun Sie mir den einzigen Gefallen, wenn die Erde jetzt beben wird, daß Sie nicht im Hemd auf die Straße rennen. Überhaupt sollten es die Regierenden sich verbieten, Angst zu empfinden. Ich jedenfalls nehme jetzt meine Allonge, denn .. ich bin quelque chose de grand auch dem Schicksal gegenüber, singulier, solitaire bis in die Knochen, und wünsche mich stilvoll abzuheben. Es knistert .. Sie haben vollkommen recht gehört: es knisterte im Gebälk – bleiben Sie sitzen, auch eine Königin wird aufrecht zu sterben wissen; es ist zwar kein schöner Anblick, mit zerschmettertem Gehirn unter den Trümmern des Plafonds zu liegen, aber man wird wenigstens nicht sagen können, daß wir feige gewesen sind .. Noch einen Liqueur? Sie zittern ja?«

»Ja, ich zittere, und ich könnte heulen darüber, daß ich zittere.«

– »Nun bitte ich Sie um Alles, sprechen Sie doch laut, Ihr Hund spricht ja auch laut, er winselt sogar. Im Übrigen ist es schon vorüber .. und gleich wird es wiederkommen, ein neuer kleiner Erdstoß. Was ich sagen wollte: dieses Windspiel. Welch aristocratischer Hochmut in seinen gelangweilten Zügen! Und doch dürfte es weit entfernt sein, zu begreifen, was es auf sich hat mit der Noblesse. Es besitzt keinen Geist, sonst würde es tapferer sein, denn der Geist ist nicht möglich ohne die Tapferkeit – womit ich nicht gesagt haben will, daß tapfere Leute auch geistreiche Leute sein müssen. Aber wer vom Geiste ist, der soll auch tapfer sein und zu sich selbst stehen.«

»Hören Sie, wie es rieselt, Carlo, wie es rieselt in den Wänden? Ich bin jetzt ganz ruhig ..«

– »Das freut mich, meine Liebe, das freut mich ganz ungemein. Dann geh Sie nur jetzt zu dem hohen Herrn, denn – nicht wahr? – da gehört Sie hin ..«

XI. CAPITEL

Wenn die Erde bebt, so ist es, als ob die Welt für einen Augenblick den Atem anhält. Die Tänzer auf dem glänzenden Parquett erstarren mitten in der Figur des Passepied, aus der Oboe flattert ein letzter, zerbrochener Ton, die Augen der Menschen weiten sich, Alles horcht auf das leise Klopfen dort unten in den Keller-Gewölben. Horch .. in den Keller-Gewölben, da sitzt nun das Chaos, das heraufgestiegen ist aus dem Innersten der Erde, und wartet geduldig, bis das Parquett mit all den Tänzern einbricht, darunter aber ahnt man unendliche, unendliche Abgründe ..

Oder man liegt im Bette, und die Erde bebt. Man liegt im Bette und träumt, auf der hohen See zu sein, auf einem Schiffe, das über mondbeglänzten Wogen dahinschaukelt, und man wacht auf, und weiß, man hat von einem Schiff geträumt, es war ganz deutlich, daß es geschaukelt hat, aber man begreift, daß man in seinem eigenen Gemach liegt, auf der festen Erde, Alles ist unheimlich still, in den Kellern hört man es klopfen, und es war nur die Erde, die das Haus hat tanzen lassen. Und man versucht den Atem mit der Hand festzuhalten in der Brust, und die Augen weiten sich, und ihr Weißes leuchtet im Dunkeln.

Oder man geht in seinem Zimmer auf und ab, Mitternacht ist lange vorüber, aber man geht im Zimmer auf und ab und dichtet eine Ode auf die Menschheit. Ganz plötzlich ist es wie ein atmosphaerischer Schlag, ein lautloses Zucken, plötzlich brennt die Kerze nur noch ganz niedrig und klein, als ob ihr die Luft abgeschnürt wird, und dem, der die Menschheit und das Glück besingen wollte, zieht Gott, mitten in der glücklichen Trivialität, den Schleier fort vor dem Leben, er sieht die furchtbarsten Geheimnisse, sieht die verschimmelten Lügen in den Herzen der Guten und die tödlichen Wahrheiten in den Hirnen der

Weisen, die so weise sind, das Tödliche zu verschweigen – das Alles sieht der Mann, dem die Welt eine Ode wert zu sein schien, und er kann es nun nicht mehr sagen, was er so schön hatte sagen wollen, die Feder entsinkt seiner Hand, er hat das Gefühl, daß die Erde, wie eine riesige Seifenblase, dünnwandig und schillernd, sich um lauter gähnendes Nichts wölbt, auf dieser schillernden Kugel aus Hauch und Glanz und süßer Täuschung spazieren die Menschen einher .. und dann bebt die Erde.

Als man dem sterbenden Botschafter erzählte, daß die Erde bebe – der alte Gheotta versuchte, es ihm klar zu machen, die Diener liefen schon schreiend aus dem Hause, hinter dessen Tapeten der Sand rieselte, am Plafond platzte der Stuck – als man ihm dies erzählte, öffnete er nicht einmal die Augen, sondern flüsterte nur: »Sie hat allen Grund dazu ..«

In einer Ecke des Schlaf-Cabinettes standen die Räte und Geheim-Secretäre, beunruhigt, weil Excellenz durchaus weder Emotion zeigte noch Neigung, sich in den Garten tragen zu lassen; deshalb hatten sie Königs Spaßmacher vorgeschickt, einen beredten Mann immerhin, vielleicht glückte es ihm, es war hohe Zeit, ins Freie zu kommen, aber da sie den Starrsinn des Botschafters kannten, wagten sie es nicht: ihre Carrière wäre zu Ende gewesen. So mächtig wirkte der Zwang seiner Persönlichkeit, sie dachten nur an die Augen, an den aufreizend verächtlichen Ausdruck in ihnen, nicht jedoch daran, daß Herr v. Legua vor seinem Begräbnis kaum nach Venedig mehr würde berichten können.

– »Date permesso«, bat der Buckel, der das Gewand des Narren gegen einen von Don Giovannis himmelblauen Fräcken vertauscht hatte, was ihm Ansehen und Autorität gab, obwohl er darin ertrank, »fatevi portare fuori, Vi imploro! Sie tragen die Verantwortung. Alle diese Menschen warten Ihrethalb und nehmen Gefahr auf sich.«

Eine Wappen-Cartouche kam herab und zerschellte auf dem Bettpfosten.

»Non voglio«, entgegnete Don Giovanni mühsam. »An

meinem Sterben ist ohnehin nichts zu ändern. Ich will im Hause bleiben. Lassen Sie sich nicht aufhalten, meine Herren.«

Einer der Räte küßte ihm die Hand. »Sollen wir nicht doch die Bahre, Excellenz –?«

Der Botschafter winkte ab. »Er verfolgt mich«, sagte er mit deutlicher Erschöpfung, sein Gesicht fiel immer mehr ein. »Er müßte ja denken, daß ich mich fürchte vor ihm. Ich fürchte mich nicht.«

Wer war dieser Er? Niemand wußte es. So viel jedoch schien ersichtlich, daß der Botschafter ihn für das Attentat, ihn für das Beben verantwortlich machte und seine Zuständigkeit leidenschaftlich verneinte. Nein, Herr v. Legua hatte wohl Blut verloren, eine unersetzliche Menge seines kostbaren, so unverbrauchten und schäumenden Blutes, er hatte seine Jugend eingebüßt, vielleicht auch sein Leben, aber von seinem Hochmut nichts und nichts von seinem Willen.

So bebte die Erde seit Mitternacht vor sich hin, sie traf keine Anstalten, etwas Wirkliches zu unternehmen. Es war nur im höchsten Grade ungemütlich, während dieser Zeit auf ihr herumzusitzen – weil man nicht wußte, ob sie nur spaßte, oder ob die Welt untergehen würde. Hin und wieder lief ein Zittern durchs Haus, als zucke der Planet mit der Haut, um ein zudringliches Geschmeiß zu verscheuchen, hin und wieder horchte Gheotta auf das Grollen unter den Kellern, hin und wieder unterbrach er die Kette der Anekdoten, mit denen er den Sterbenden in Schlaf zu erzählen hoffte. Sie waren nun ganz allein in der Villa Madama, kein Arzt, kein Priester zur Stelle, hin und wieder zersprang eine Scheibe, auf dem Parquett lag Gips, im Camin, hin und wieder, kollerte ein Ziegelstein talwärts.

»Schlafen Sie schon, Excellenz?«

Excellenz schlief, der Puls ging dünn und langsam.

Endlich! Denn längst hatte Gheotta den Entschluß gefaßt, ohne seinen Herrn, ja, gegen ihn, zu handeln. Mußte man nicht zumindest die Rettung versuchen? Für sich selbst empfand er zwar wenig Angst – da er ein Narr war, verhältnismäßig weise obendrein –, doch mit dem Botschafter, das ahnte er, konnte es kein gutes Ende nehmen hier in der schwankenden Bel-Etage, da sollte man später nicht sagen dürfen, er habe ihn vorsätzlich umkommen lassen. Und er schlich ans Fenster. »Aspettate«, rief er mit halber Stimme, über die Balcon-Loggia gebeugt, und warf einen Blick der Lust in den Park, der voll lagernder Menschen war und voll lodernder Fackeln, »sentite, Signori magnifici!« rief er unter pantomimischen Verrenkungen und kletterte an den Portalsäulen nieder, worauf er vollends hinabsprang. Man gab ehrlichen Beifall. »Dorme, il mio caro padrone«, sagte er, »il Vostro nobilissimo capo«, während er schon in den Kreis der diplomatischen Chargen trat, die sich vornehm abseits der Lakaien und übrigen Domestiquen hielten, und man wußte den Unterschied, den er machte, zu würdigen, den feinen Unterschied, der seine Stellung hierselbst definierte: für sie war es der hochadlige Chef, der einsam da oben schlief, für ihn aber ein freundlicher Gönner. So sprach er in einer seltsamen Mischung von Harlekinade und daemonischer Eloquenz auf sie ein, packte sie gleichsam beim porte-épée, wies darauf hin, daß die Diener ja ausnahmslos zu feige wären, als daß sie den Palazzo noch einmal betreten wollten, nachdem er so abscheulich geknistert, es sei also an ihnen, die Ehre Venedigs zu wahren, gegenwärtig stehe durchaus auch nichts zu befürchten, »io parlai cogli inscenatori, Plutone, Volcano«, das behauptete er, der Buckel, als könne man, ein Mensch, mit den Göttern Conversation pflegen! als *gäbe* es Götter, Ammen-Märchen! kurz, er couragierte die Ängstlichen und verfehlte nicht seine Wirkung. »Zwei Wagendeichseln, meine Herren, heran damit! zwei Deichseln, unter das Bett geschoben, zehn kräftige Schultern, es zu tragen: ecco! das ist doch kein Problem .. und wenn sie wirklich neuerdings beben sollte, die Erde, so werden wir den Botschafter eben kurzerhand fallen lassen, es war ja sein eigener Wille, wenngleich ein gottloser, gänzlich verdammenswerter, daß er zu sterben wünscht – avanti!«, und in der Tat, als er ins Haus ging, folgte ihm ein immerhin stattlicher Zug.

Trionfo! Übrigens meinte die Erde es gut mit ihnen, die Plafonds zwar bröckelten stäubend herab, und mit Besorgnis blickte man nach oben, vorzüglich unter den Türstürzen, die niemals derart Bedrohliches gehabt hatten, doch Alles blieb ruhig, Herr v. Legua äußerte sich nicht, es war auch Sache des Narren, seinen Zorn auf die Schellenkappe zu nehmen – zehn lange Minuten, und man staunte, wie einfach im Grunde das Ganze gewesen. Das Beispiel machte Schule, ein wahrer Eifer brach aus, selbst in der Dienerschaft griff todesmutiges Heldentum Platz, man dachte an manchen liebgewordenen Besitz, ja es winkten Dublonen, Ducaten, der Buckel versprach sie, war er nicht Botschafters Intimus? man durfte ihm glauben. Und überall stob er voran, huschend, behende, argwöhnisch und umsichtig – bedacht, möglichst Vieles zu retten, Don Johanns Garderobe, seine Geheimpapiere, die wichtigsten der Acten und besonders die Brieftauben, man brauchte ja täglich dergleichen Couriere, Tauben aus Venedig, Tauben aus Cypern, wie umgekehrt die Lagune Tauben aus dem Dachstuhl jeder einzelnen ihrer Botschaften besaß, seit einigen Tagen auch solche, die in der Ambassade auf Myrrha ihre Heimat zu sehen gelernt hatten, nun aber in den Palästen der Procuratoren wohnten, an der Piazza San Marco, um in Zukunft die Depeschen von dort nach hier tragen zu können. Doch mitten in dieses Gelaufe, Gehaste, Schleppen und Schleifen, über die Stiegen, durch die Salons, alle Türen standen offen, hallte ein wüster Krach durch die Baulichkeit, ein Camin hatte die Dachsparren durchschlagen – und wie Spreu vor dem Winde, wie Ratten bei Schiffes Untergang, fuhr die entsetzte Gesellschaft, aus Portalen und Fenstern, purzelnd, hangelnd, bebend, geduckt, ins Freie.

Unterdes kam dem Narren der glanzvolle Gedanke, es könne wohl ratsam sein, ein Schreiben an den Gouverneur von Cypern aufzusetzen, des Inhaltes, daß, weil der Herr v. Legua auf dem Fuße sei zu sterben, während die Erde bebe, ein verläßlicher Wundarzt benötigt werde, der Mohr möge ihn schicken – und soeben gab er, ohnehin hier ein Usurpator, dem Chiffrier-Meister entsprechende Weisung, als der Botschafter, auf dessen Bettrand er residierte, wieder erwachte. Sagte er etwas? Die Lippen bewegten sich .. sie formten undeutliche Worte. »Wir brauchen einen Ambassadeur«, flüsterten die Lippen, »einen, der in den Geheimgängen und Alcoven bewandert ist..« Nichts also von Zorn, nichts von Empörung. Und Gheotta lauschte mit Hingabe. »Habt Ihr die Pferde herausgebracht? Das ist gut. Es hätte mir leid getan. Dann wollen wir uns das Schauspiel betrachten, das erhabene..«

Es war in der Frühe des grauenden Morgens, als die Erde Ernst machte.

Die rosig behauchte Wolke über den Cedernwäldern begann, ohne ersichtlichen Grund, ihren Rauch zu verstärken und selbst ganz feurig zu werden, bis man sich dessen erinnerte, daß sie ja aus einem Vulcane kam, den diese Wälder verbargen. Und so quoll sie dick und scheußlich, immer dicker und scheußlicher über den schweigenden Wipfeln auf, sie wuchs und wuchs, sodaß bald der ganze Himmel von ihr bedeckt war und nur die untersten Sterne noch herüberglänzten. Selbst der wilde Jäger Orion, der eben erst aufging, war bis zum Gürtelgehänge in finsteren Brodem gehüllt, seine Füße standen im Meer, und aus der Luft sank flockig schwebender Ruß. Man sah es auf den seidenen Decken, unter welchen Don Johann ruhte, wieviel schwarzen Staub der Vulcan schon jetzt hervorgezaubert hatte aus seiner Grude.

Nach einigen Minuten dieser stummen Tätigkeit geschah etwas Neues. Die Wolke flammte ein paar Mal puffend und heftig auf, glühende Puncte schossen über den Wäldern empor, aus den Wipfeln der Cedern sirrte es unheilverkündend, und in der nämlichen Secunde hagelte es dampfende Asche! Es war nicht mehr als ein Aschen-Schauer, ganz kurz, wenig Leute nur wurden blessiert – aber: die Bäume! Die Bäume, eben noch saftstrotzend, standen so vollkommen entlaubt, daß man nun den Vulcan, den gar nicht mehr gemütlichen, sehen konnte, aus dessen Krater, entsetzlicher Anblick! langsam der Feuerbrei hochkam .. eine Feuer-Beule .. wie das *quoll!* man kaute die Finger blutig, da: jetzt sank es zurück! Erlösung .. – *nein,* es kam wieder!! – bis endlich, beim dritten Anlauf, die Lava sich über die Böschung wälzte.

»Die Erde hat uns satt«, sagte der Botschafter.

Satt? Es war ihr speiübel. Das unterirdische Rollen, das bereits eine ganze Weile, eigentlich schon seit Mitternacht, zu hören gewesen, erhob seine Stimme zu wahrem Donner, und die Menschen im Garten begannen zu tanzen, weil es sie dünkte, daß der Rasen sich einmal hier, einmal dort aufblähte, wie ein Reisbrei, der zäh und schlammig seine Blasen wirft, wenn er zum Brodeln kommt, und solche Blasen bildete das weiche Grasland, als ob gerade darunter, gerade an dieser Stelle die Flamme säße, die den Reisbrei brodeln macht. Da verloren nun einige der Diener, indem sie immer hectischer tanzten, die Contenance, denn von oben regnete es weiter diese entsetzlichen Mineralien, ringsum lagen qualmende Brocken, selbst die Luft schien zu kochen, und sie konnten nicht anders: es fuhr ein verzweifeltes, hohes, jaulendes Weinen aus ihnen herauf, sie schämten sich dessen und winselten doch. Unwürdig! Aber, je nun, was soll man von der Erde verlangen, von der sie waren und an der sie klebten. Stil .. Haltung .. Reserve .. das sind große Dinge. Denn die Angst, die hat jeder. Nur spricht nicht ein jeder sie aus, im Gegenteil: mancher besänftigt sie, indem er ihr freundlich zuredet; und wo die Erdbürtigen in hündisches Zittern geraten, da empfindet, wer etwas vom Himmel hat, nichts als Verwunderung – grenzenlose Verwunderung über ein gesellschaftlich unmögliches Betragen. Vollends, wer schon beinahe gestorben ist, wie es der Botschafter war, wer unter allen Umständen, auch den günstigsten, bei Kleinem den Planeten verlassen wird, wie es Herrn v. Legua bevorstand – dem es relativ gleichgültig war, ob ein Aschenstück ihn töten, ein Spalt ihn verschlingen oder seine Wunden ihn vom Leben zum Tode befördern würden–, wer also bereits Abschied genommen hat von allen Wünschen, oder, wie Don Giovanni auch *vor* jenem Degenstich, *immer* mit Brutalitäten des Schicksals rechnet und keinen Finger rührt, vor diesem Schicksal davonzulaufen, zumal es ihn ja doch einholen wird – der hat, wenn die Erde bebt, ein noch höheres Recht: der darf das Schauspiel wirklich wie ein Schauspiel betrachten, das ihn im Grunde kühl läßt, darf einer Art von erhabener Lust am Untergang nachgeben und in moquanter Müdigkeit lächeln.

Kurz: während der ferne Vulcan immer hemmungsloser, immer quälerischer sein ganzes Innere nach außen stülpte, immer neue gewaltige Feuerströme über den zerklüfteten Kegel wälzte; während die Vögel, die es in den angesengten Bäumen nicht mehr aushielten, aus der Luft herabfielen, um zuckend und flügelschlagend im Kies zu verenden; während Hirschkäfer und Maulwürfe, dem Wahnsinn nahe, sich auf der Stelle drehten, immer im Kreise, was denen, die es sahen, selber ein turbulentes Übelsein erregte; während das Grollen und Donnern der Eruptionen durch die Himmels-Gewölbe polterte, das Zischen der Steine die Atmosphaere erfüllte und die Menschen nicht mehr wußten, wohin kriechen, um den tausend Toden zu entgehen; während die Pferde keilten, gellende Schreie ausstoßend; während der Boden schwankte, Blasen trieb, während Risse platzten, aus welchen, die vorher nicht da gewesen, erschreckende Fontainen blubberten, hierhin, dorthin rinnend, und das jaulende Schluchzen immer wieder aufheulte, weil irgend jemand mit dem Fuße, plötzlich, in eine solche Spalte geraten und, vom Entsetzen gepackt, ein Stück hinabgesunken war, der Unterwelt entgegen; während nun endlich auch das Haus so sichtbar zu wanken begann, daß der Eine oder Andere im Tanzen inne hielt, fasciniert von diesem zerstörerischen Momente; während die Dachbalken, unter dem veränderten Verhältnis von Druck und Zug, knirschend erst und dann splitternd, auseinander brachen; während die Architrave der Fenster sprangen, mit den auf ihnen lastenden Mauerstücken einknickten und gleichsam klagend hinabbröckelten, bis Alles ins Rutschen geriet; während die Plafonds, ohne Umstände, mit trockenem Krachen zusammenstürzten und zugleich auch die hohe Gartenmauer an mehreren Stellen zu schwanken anfing, um sich danach mit Getöse einfach umzulegen: während all Diesem, in verletzender Überheblichkeit, lächelte Don Giovanni.

»Ich feiere meinen eigenen Untergang«, sagte er heiser, sein Geist war mehr als bereit, diese Welt zu verlassen, und Pasquale Gheotta nickte. »Colossales Finale«, bemerkte er tiefsinnig.

XII. CAPITEL

Der Uhr nach mußte der Morgen nun aufgehen, aber es schien ihm nicht zu gefallen auf Myrrha, da blieb er für heute fort. Die Erde kochte so vor sich hin, nachdem sie ihre Kräfte verausgabt hatte, auch der Himmel zeigte mildere Seiten, nur daß er in der merkwürdigen Dämmerung, die für einen Tag zu dunkel, für eine Nacht zu hell war, immer noch diesen abscheulichen Ruß herabschweben ließ. Don Giovanni beschloß, aufzubrechen. Seine Kräfte nahmen unaufhaltsam ab, aber hier wollte er nicht sterben, er wollte zuvor – und natürlich verschwieg er das – noch einmal das Fräulein im Pantherfell sehen, mit der Nelke von rotem Samt im Haar. Es hatte schließlich gar keinen Sinn, ständig auf die Trümmer des Landhauses zu starren. Mochten die Leute, welche die Brieftauben zu bedienen hatten, in dem nur halb zerstörten Stallgebäude auf Nachrichten aus Venedig oder Cypern warten: das Übrige, Acten, Kleider, Hab und Gut, konnte getrost aufgepackt werden, und ihn selbst sollten die Livreen mitsamt seiner geräumigen Bahre in die Stadt tragen, zum Schloß, auf daß man ihm ein Quartier anwiese, seinem Range gemäß ..

Man kam durch die langen Gassen der Vorstadt, hie und da brannte ein vornehmes Dach, hie und da schwelten noch Balken, wo vorher Menschen gewohnt hatten, ein Mann mit gleichsam nackter und rosiger Nase, fleischernen Teints, stand im Nachthemd mitten in seinem Garten, wo er verzweifelt die Hände rang. Ja, es hatte die Reichen getroffen, das Unglück, aber der geringe Besitz des eigentlichen Volkes schien mit Vorbedacht geschont. Es hatte sie nur der Schreck geschlagen, nun getrauten sie sich nicht wieder zurück in ihre einfachen Behausungen. In dicken Knäulen, raunend, gesticulierend, dunkle Mutmaßungen ausstoßend, wogten sie auf den engen Straßen umher, über denen der widerliche Geruch von erloschenem und mit Wasser gelöschtem Feuer lagerte. »Platz dem Botschafter von Venedig!« riefen die Diener, die dem Conduct ihres Herrn vorausschwärmten, und die Menschen mit ihren übernächtigen, fahlen und stumpfen Gesichtern zogen sich ein wenig zurück bis an die Hauswände, um den schon sagenhaft gewordenen Mann zu betrachten, den ein blutiger Irrtum zweier desparater Degenhelden dahingerafft hatte. »Platz dem Botschafter von Venedig!« schrieen die Lakaien, und da schwankte denn das Tragebett vorüber, auf dem ruhte jener schöne, männliche, nun so ganz steife Herr, dem die Frauen aus der Vorstadt nicht weniger sich verfallen fühlten als die Damen aus den Palais der Großen. Seine Wangen waren eingesunken, seine Lippen schmal und streng, und auf den geschlossenen Lidern lag nicht nur der leichte, flüchtige Glanz, der die Herzen der jungen Mädchen verwirrte, sondern auch schon ein bläulicher Schatten, eine letzte Entsagung. »Der schöne Herr ..« murmelten die Matronen, und die kleinen Näherinnen, die in die Stadt um Lohn gingen, taten es ihnen gleich, sie, die einen solchen Liebhaber nie würden finden können, soviel sie auch suchten auf der bebenden Erde. »Der schöne Herr ..« sagte eine Milchmagd mit ihren fünfzehn Jahren, und dem Weinen nahe, stellte sie ihre Kanne auf das Pflaster, ergriff die herabhängende Hand des Botschafters und küßte sie, aber die Hand war schlaff und kalt ..

Das Mädchen stieß einen erstickten Schrei aus. »Ist er tot ..?«

»Er schläft«, sagte einer der Diener, eine Träne rann diesem schlichten Mann die Wange hinab, und das ehrte ihn, denn er war, als das Unheil kam, als Erster in den Garten gelaufen, ohne sich lang zu bedenken. Don Pasquale verbesserte ihn: »Er ist ohnmächtig.« Und weiter schwankte der Conduct. Überall das gleiche Bild. Wenig Zerstörung, aber die Reichen hatte es getroffen, und sie rangen die Hände. »Platz dem Botschafter von Venedig!« riefen die Diener, und nur Don Johann war der lästigen Pflicht enthoben, es immer wieder hören zu müssen, denn er war ohne Besinnung, sein Geist hatte Myrrha schon verlassen, er schwebte im Wesenlosen.

Hinter einer Hausecke, deren Putz angebröckelt war und lange Risse aufwies, trat ein bärtiger Mann hervor, in leinenem Kittel, mit einem von Schlangen umwundenen, reichlich übertriebenen Spazierstock, und dieser Mann kümmerte sich durchaus nicht um die raumschaffenden Rufe der venezianischen Livree, sondern, begleitet von seinem Bedienten, dem vor dem Bauche ein Kasten voll Fläschchen und Töpfen, Messern und Scheren und anderen kalt blinkenden Instrumenten hing, schritt er, ohne Umstände zu machen, auf das Tragebett zu, hob eine wohlgegliederte Hand von großer Reinlichkeit, und verlangte mit dieser stummen, gebieterischen Bewegung nicht mehr und nicht weniger, als daß man anhalten solle, und das geschah.

»Ich bin der Arzt«, sagte der Greis.

– »Deren gibt es viele«, wandte Gheotta mit einigem Unmut ein.

Aber der seltsame Mensch ließ sich nicht beirren.

»Ich bin der Arzt«, wiederholte er eindringlich, und: »Sie gestatten«, sagte er, indem er, wie jene Magd, nach Herrn v. Leguas Hand griff, »der Minister Venedigs?« Don Pasquale nickte, noch düsterer als gewöhnlich.

»Dies kömmt mir zupaß, mein Herr. Ich suchte Seine Excellenz, denn ich bin der Arzt, und die Besserung, die ich herbeiführen werde, kömmt meiner Reputation zugute.« Er sagte »kömmt«, so altertümlich und gesucht sprach er. »Tief atmen.«

Und zisch! jagte er ein blitzendes Etwas, welches der Gehilfe ihm unterdessen gereicht hatte, in den entblößten Arm des Botschafters – was Gheottas erschreckte Abwehrbewegung nicht mehr verhindern konnte, da es bereits geschehen war.

»Schon geschehen«, sagte freundlich der Greis, wusch sich die Hände mit Luft .. lächelte .. Don Pasquale aber fand seine Sprache wieder. »Der Arzt, der Arzt, der Arzt«, rief er erbittert, »ich bin der Arzt, was für eine Albernheit, man hat Sie nicht bestellt ..« Doch siehe: noch ehe der Arzt sich salvieren konnte vor diesen hämischen Bemerkungen, salvierte ihn der Erfolg seiner Heilkunst, der wirklich erstaunliche Erfolg einer erstaunlich gewalttätigen Cur: Don Giovanni erwachte aus dem Todesschlaf. Mit dem Ausdruck der Mißbilligung schlug er die Augen auf und richtete sie durchdringend auf den ebenso seltsamen wie ungebetenen Medicus.

»Was erlauben Sie sich«, fragte er zwischen den Zähnen.

– »Oh, nur eine kleine Operation, nichts von Belang.«

»Sie können doch nicht einen Menschen operieren, dem Sie nicht einmal vorgestellt sind! Manieren ..« Der Botschafter schien außerordentlich ungehalten.

– »Excellenz werden mir gewiß verzeihen, sobald Sie die belebende Wirkung meiner Injection verspüren und wissen werden, welch ein Arzt Sie behandelt hat. Die Menschheit wird das in hundertundzwanzig Jahren frühestens erfinden. Bitte ..« Mit diesen Worten überreichte er dem hohen Patienten seine Karte, auf welcher, unter heraldischer Kaiserkrone – ausgeschriebener Weise! es war nicht zu sagen, statt mit einfachem Initial – der volle Name AESCULAP parvenuhaft prangte.

Leider war die Reaction nicht die gewünschte, der Botschafter äußerte sich mit deutlicher Reserve. »Wenn die Herren Götter«, erklärte er indigniert, »es sich in den Kopf gesetzt haben sollten, mich partout an die Existenz der Dynastie Zeus glauben zu machen, mit den theatralischen Mitteln obendrein, von denen wir seit gestern Nachmittag einige Proben über uns haben ergehen lassen, so bedaure ich. Ich bin durchaus kein taugliches Object für dergleichen Methoden, die allen Regeln der Höflichkeit Hohn sprechen. Guten Morgen – ich habe nicht die Absicht, eines näheren Verkehrs mit Ihnen zu pflegen.« Und er hob die Hand, um seinen Dienern kund zu tun, daß er weiterreisen wolle.

– »Einen Augenblick«, sagte der Herr mit der Kaiserkrone. »Sie glauben also nicht, daß ich ein Gott bin?«

»Gott, warum sollte ich das nicht glauben? Wenn es Ihnen Freude macht, halte ich Sie gern für einen Gott. Aber dann wäre es vielleicht angezeigt, wenn Sie Ihren kaiserlichen Herrn Vater, Großvater oder was er ist, und jenen feuerspeienden Berg-Assessor informieren wollten, daß die Art Religions-

Erweckung, wie sie von Ihrer Familie seit einigen acht Stunden betrieben wird, wohl kaum die erhofften Resultate zeitigen dürfte. Dieses Stelldichein olympischer Capacitäten riecht nach Brand und Tränen. Und was Sie selbst angeht, mein Herr, mögen Sie nun ein Charlatan sein oder ein Gott, das ist mir gleichgültig, so haben Sie ja – um Ihrer Reputation willen – bei mir, einem mit Sicherheit Sterbenden, die beste Gelegenheit, zu beweisen, ob ein Geist Ihre Kunst beflügelt, der das Unmögliche möglich macht.«

– »Das, Excellenz, vermag freilich auch ein Gott nicht.«

»Es nimmt mich nicht Wunder. Ich wußte es doch .. Und ich fragte auch nur, weil ich, aus bestimmten Gründen, Spaß daran habe, den Hochmut eines Gottes – *wenn* Sie ein Gott sind – wanken zu sehen.«

– »Es täte mir leid«, sagte der Greis, »Sie mit solchen Zweifeln an der göttlichsten aller Wissenschaften von mir scheiden zu lassen. Ich kann Ihnen das Leben *verlängern,* wenn Sie wollen .. Verlängern kann ich es.«

»Verlängern«, wiederholte der Botschafter, und diabolische Hoffnung durchzuckte sein Herz. Wofern dieser Rest Dasein noch Sinn haben sollte, so war es der, dem alten Herrn Zeus durch ein Contre-Manœuvre den Saldo Danae zu annullieren .. Er preßte die Lippen aufeinander. »Wie erreiche ich Sie? Geben Sie Ihre Adresse.«

– »Einer Adresse, Excellenz, bedarf es bei mir wohl nicht. Sobald Sie in Ihrer Seele mit der Kraft des Glaubens nach mir verlangen, stehe ich an Ihrem Bette.«

Don Giovanni sah ihn verächtlich an. »Ich werde mir den Teufel tun«, sagte er kalt und leise. »Der Olymp auf Gastspiel .. Nun, ich danke. Diese Possenreißer ..« Und neurdings hob er die Hand– »Avanti i portantini!«

Die Träger gehorchten, das Bett entschwebte.

– »Possenreißer ..« wiederholte der Gott und kehrte sich zürnend davon. Er schien den Ausdruck nicht zu aestimieren. Über Herrn v. Leguas Lippen aber, während man ihn der Stadt entgegen trug, ging eine stille, heitere und vornehme Befriedigung, denn er hatte der Statue von gestern den Hieb zurückgezahlt. Es störte ihn nicht einmal, daß man an einer Hauswand einige Leute füsilierte, vermutlich, weil sie geplündert hatten. Nein, er war es gewohnt mittlerweile, den Tod neben sich her schreiten zu sehen, er machte ihm keinen so großen Eindruck mehr und verdiente es nicht besser, als daß man ihn wie einen entfernten Verwandten behandelte, den man, mit kühler Herablassung, bei der Soirée den Gästen vorstellt: »Mein Vetter, der Tod«, um sich danach dem Caviar zu widmen.

So kam man in die Stadt. Welch ein Gedränge auf diesem Schloßplatz, welch sitzende, stehende, hockende, wogende Ansammlung von Menschen! Da warteten sie stumpfsinnig auf ein Ende, im Guten oder im Bösen, und es kostete die Diener unverhältnismäßige Lungenkraft, ehe das Volk auf ihre Rufe einging und dem Botschafter Venedigs eine Gasse ließ, durch die er zum Königlichen Palais zu gelangen hoffte. Es war heil geblieben, mit Erleichterung sah es Giovanni, während er geruhsam über den Köpfen einherschwebte, man hatte es verschont. Plutone .. Volcano .. Und heimlich mußte er lächeln, daß ihn, den aufgeklärten Rationalisten, dergleichen Aberglaube befiel, daß er, der geborene Freigeist, mit Göttern rechnete, Göttern der Unterwelt obendrein. Ach, diese wohlig geschweiften Dächer! diese wundervollen Fronten, hinter denen er, ein Ironiker, etwas wie Tröstung wußte .. Wenn man nur endlich ihnen doch näher käme! es war leider, er fühlte es, wenig Zeit zu verlieren, seine Kräfte verflüchtigten sich, trotz neuartigen Eingriffs, und keine Rede, daß man so bald die Cour d'honneur würde erreichen können. Im Gegenteil, ob auch die Träger noch so sehr, in wahren Ergießungen, wetterten, fluchten, baten und bettelten, man geriet auf entnervende Umwege, immer wieder stockte der Conduct, ja, in der Mitte der Hafenfreiheit, deren Raumverschwendung sich angesichts der campierenden Massen als völlig unzureichend erwies, gab es letztgültigen Halt, vor und hinter Don Johann und an den Seiten stand man wie die Mauern, sodaß er das Tragebett niedersetzen und seine Leute sich zerstreuen hieß, damit sie einen anderen

Platz ausfindig machten, auf dem man sterben konnte, ohne mit Neugier bei dieser Tätigkeit betrachtet zu werden. Denn welch ein Wechsel von der freien, wenngleich düsteren Luft dort oben, wo man Atem und Blickfeld hatte, zu der stickigen Atmosphaere hier unten, zwischen Beinkleidern, Schweiß, Armut und dicker Gesundheit! »Distance ..« flüsterte er. Es widersprach seinem Stil, im Dunstkreis der Angst zu leben – und in den Gesichtern, die ihn da anstarrten, war die Angst so vollkommen nackt zu lesen, daß sie sich ihres Zustandes unmöglich bewußt sein konnte, sie schämte sich nicht einmal.

Stunde nach Stunde verrann. Man verteilte Brot, denn es begann der Hunger zu wüten, und man erschlug sich um des Brotes willen. Kein Diener kam zurück. Der Uhr nach mußte es jetzt Mittag sein, aber der Himmel lastete gleichmäßig schwarz, und es regnete Ruß. »Eine spaßige Angelegenheit, Pasquale«, sagte der Botschafter, als er wieder einmal erwachte. »Ich hatte mir meinen Tod nicht so amusant vorgestellt. Übrigens wird die Sache nun langweilig. Den lieben Göttern fällt nichts mehr ein.«

Dies war entschieden ein Irrtum. Götter haben immer die Möglichkeit, sich zu steigern, wo ein menschlicher Regisseur schon längst die Hände in den Schoß gelegt hätte, um schlicht zu gestehen: ich bin am Ende. Götter sind nie am Ende, sie zögern nur bisweilen, aber wenn sie sich dann entschließen, so sind es furchtbare Entschlüsse.

Und jetzt war es das Meer, das sich entschloß. Man hörte nicht, um was es sich da handelte, man hörte nur wieder dies ekelhafte Grollen unter der Erde und über den Rußwolken und glaubte schon, der Vulcan begönne von Neuem, es war indessen das Meer. Die See bebte .. Man hörte ein seltsames Sirren und Zischen, dann hörte man es brausen und wußte nun: die See hob sich aus dem Meer empor. Und man versuchte den Atem mit der Hand festzuhalten in der Brust, und die Augen weiteten sich, und ihr Weißes leuchtete im Dunkeln.

So rauschte die Brandung tobend dem Ufer zu, eine riesige, graue, schaumgekrönte Welle, und nachdem sich die Außenstehenden an dem schaurigen Anblick satt gesehen hatten, brachen sie in jenes winselnde, verzweifelte, jaulende Weinen aus, das sie so mühelos gelernt hatten, als die Erde bebte, jetzt aber bebte die See, sie schrieen es einander zu, und ehe sie noch heran war, die See, taten es die Menschen ihr gleich: das Volk hob sich aus der Erde empor, es strebte von dem Verderben fort mit allen Wahnsinnskräften, die das Verderben eingibt, es beulte sich auf, es trieb Blasen, stieg über die eigenen Brüder und Schwestern, Leiber stürzten über Leiber, man zertrat und erwürgte sich, nur um Platz zu schaffen, nur um davonzukommen. Und über diesen Schlachthof her fiel die See. Sie schlug mit einem wilden und kurzen Knall gegen die Mole, krachte darüber hinweg, raste durch das Hafenbecken, schmetterte die Schiffe gegen die Landmauer, die Schiffe zerbarsten mit ihren schweren und dauerhaften Spanten, die Masten splitterten hinab und erschlugen eine Anzahl von Menschen, die am nächsten zum Meere waren – und dann kam sie selbst, die Welle .. brruch!! haushohe Gischtwände, Cataracte von Wasser, die der Quai mit Brüllen aufgeschleudert, unten die zerrende Grundsee, deren Kraft, obwohl zweimal gebrochen, noch hinreichte, um bis in die Torhalle des Königlichen Palais zu tosen, ja, im Zurückrauschen alle diejenigen mit in den Tod zu saugen, die nicht so klug gewesen, auf den zwei verläßlichen Füßen stehen zu bleiben, sondern die gestrauchelt und dann gefallen waren, *weil* sie davonstrebten, und wer gefallen ist, wenn das Verderben kommt, der kann dem Verderben nicht in die Augen sehen – es reißt ihn erbarmungslos in den Schlund.

Auch Don Giovannis Bahre fuhr ein wenig auf der Flut spazieren, aber sie war der Flut zu schwer, die da mit Gurgeln ablief von der marmornen Pflasterung, und als Gheotta, festgeklammert an den Pfosten des Bettes, sich triefend von salzigem Wasser wieder erhob, entdeckte er zu seinem Erstaunen, daß der weite Platz leer war, es waren keine Menschen mehr da, die einander erschlugen um des Brotes willen.

Auch der Graf Godoitis sah es, er stand hinter den zersprungenen Fensterscheiben in seinem Schlaf-Cabinett, um sich das

Aufräumungswerk des Meeres anzuschauen, da mußte er natürlich bemerken, daß eine Trage von höchst vornehmen Ausmaßen mitten auf der Schloßfreiheit stand, und sein Scharfsinn sagte ihm schnell, wer allein das sein könne.

– »Wie geht es Ihnen, liebe Excellenz?« fragte er teilnehmend, als er herunter kam, und trat an die Bahre.

»Brillant«, erwiderte Herr v. Legua, während er dem Minister die kalte und schlaffe Hand reichte. »Ich kann Ihnen leider keinen Fauteuil offerieren. Möge mein ausrangiertes Staatsbett nicht zu gering sein, Ew. Liebden den Willkomm Venedigs zu bieten.«

Und der Graf nahm Platz auf der Kante dieses von allen Elementen vergeblich bestürmten Schmerzenslagers. »Ja ..« constatierte er, »Sie bleiben sich treu, liebe Excellenz, Sie bleiben höflich und ein wahrer Europäer noch im Tode, der mit asiatischer Gründlichkeit zu wüten beliebt. Eh bien, es muß Herren-Naturen geben, die im Untergang Stil bewahren.«

»Der alte Herr Poseidon«, sagte der Botschafter, »scheint sich auch zu beteiligen. Das sind keine sehr wohlerzogenen Götter, die Sie da haben.«

– »Nein, wissen Sie: es mangelt halt an der Kinderstube, die ist in diese Götter nicht mehr hineinzubringen. Man muß sie so nehmen, wie sie sind, da gibt es gar nichts.«

»Darf ich mich erkundigen, Graf, wie Sie die Nacht verbracht haben?«

– »Also nun sehe man mir doch dieses Wunder von einem Ambassadeur an, die Politesse in Person, bis zum letzten Atemzuge von der geschliffensten Form. Ich will Ihnen sagen .. ich war im Palais, als es zu knistern begann, und da blieb ich, denn ich wollte doch sehen, was die Natur über mich beschlossen hatte ..«

»Trotz Ihrer praeventiven Vorsicht, Graf?«

– »Ja .. trotz. Wissen Sie, gegen die Natur .. gibt es keine Praevention. Ich habe ihr mitgeteilt, daß ich mich zur Verfügung hielte, wobei ich Ort und Zeit der Audienz ganz ihrem Belieben überließe. Nun, sie ist nicht gekommen, und mir, ich betone das, paßt es nicht, auf sie zu warten. Immerhin: sie kann nun nicht behaupten, ich habe ihr échappieren wollen. Auch die Majestäten sind im Palais geblieben, bis es mit den Eruptionen ein Ende hatte und keine Aussicht mehr war, von dem Plafond zerschmettert zu werden. Und nach diesem schönen und wichtigen Beispiel, von welchem ich mir für die Stärkung des monarchischen Ansehens Entscheidendes verspreche, sind sie in die Stadt gegangen, die Majestäten, um ihren Untertanen Trost und Mut und auch einige Almosen von greifbarem Character zu spenden. Aber: sehen Sie doch – träume ich? Nein, dort: dort hinten in der Maulbeer-Allee .. Ja, zum Henker, will es denn nicht aufhören mit Überraschungen?«

Weit dort hinten aus der Maulbeer-Allee, in langsamem Trabe, tauchte schwarz aus der Schwärze des Tages Danaes Reitpferd, herrenlos.

– »Die Prinzessin suchen ..« – und der Minister faßte sich, ohne zu begreifen, was nicht zu begreifen war, an die Stirne, über der gewaltige Haarstrudel sich türmten. »Die Prinzessin suchen!!« – und die Suite, die in respectvollem Abstand sich ergangen hatte, stob mit Eifer und Entsetzen auseinander. »Im ganzen Schloß, im ganzen Lande suchen! Um Gottes*willen* ..« Sein gesamtes Moral-Gebäude schien zusammengebrochen, und so starrte er, wie Don Giovanni, auf den Rapphengst, welcher derweilen, am Anfang der Marmorpflasterung, in Schritt fiel. Aus der Packtasche ragten die Pfeile, waagrecht, die Gurte hatten sich gelockert, und der Sattel hing völlig zur Seite. Immerhin war es ein artiges Tier. Es bog den Hals nicht anders, als säße die Jägerin noch, die grausame, herrisch auf seinem Rücken, es bog ihn, trotz schlaffer Zügel, bis zu den Muskeln der Brust, kaute weißen Schaum auf der Candare und hob die Hufe, einzeln, im Stechschritt, tänzelte zwischendurch eine Piaffe, die Mähne flatterte im leichten Winde, und es wehte der Schweif.

Dergestalt trat es an Don Johanns Bett, die Herren kannten sich. »Buon giorno, Signor Cavallo«, sagte der Botschafter – was er weiter zu sagen hatte, fragte er nicht – und streichelte ihm die rosigen Nüstern. In der anderen Hand aber, die durchaus willenlos über die Bettkante hing, spürte er plötzliches, scharfes, nadelspitzes Stechen, dem unvermittelt das wohligste Rieseln und ein großes Glücksgefühl folgten.

– »War da jemand?« fragte der Graf und blickte mißtrauisch um sich.

»Ein Charlatan«, erwiderte der Botschafter voll ironischer Melancholie. »Er hält sich für einen Gott.«

Aber er lebte wieder ein wenig, ungeachtet, daß die Partie nun zu pari stand: weil er mit der Kraft seiner Seele nach dem Arzte verlangt hatte. Und im Grunde war dieser Arzt niemand Anderes als das Glanzstück des Schöpfers, ein Gedicht von Prinzessin! Denn selbst die Verachtung, sogar die kälteste noch, kennt einen Traum, der sie wärmt – wie es zum Bilde des Menschen gehört.

XIII. CAPITEL

Wenn es auch aufgehört hatte zu beben und der Vulcan nur hin und wieder noch feurige Lohe spie; wenn auch die See nicht mehr an Land ging, sondern begnügsam war, vor den Küsten umherzutosen; wenn auch die Brände gelöscht, die Toten bestattet lagen, Hunger und Müdigkeit ihr Recht forderten: der Himmel blieb schwarz, kein Stern schien in der Nacht, und schwarz kam der neue Morgen herauf. Über der Insel stand die Wolke des Untergangs, vollgesogen mit Wasser, in den widerwärtigen Farben von Pech und Schwefel; und während sie zögerte, sich zu entladen, kreiste eine Art Permanent-Gewitter, mit gewaltigen Ensembles von Blitzen, rollend über Myrrha, es ritt gleichsam die Ronde; das Land der Sonne aber fügte sich seufzend in ein Schicksal, welches ihm zumutete, sein Leben beim Schein von Talg-Lichten hinzufristen; Talg-Lichte erhellten mühsam knapp eben die Stuben, in den Stallungen murrten die Kühe, weil das Blaken der Oel-Lämpchen sie aufbrachte, Laternen wanderten durch die Gassen der Städte, Processionen mit Fackeln über Feldweg und Landstraße, das zog von den Dörfern zu den Klöstern, von den Klöstern zu den Dörfern, Litaneien, wohin man nur hörte, Tränen, wohin man nur sah, darüber geisterte blutrot der Rauchpilz des glühenden Berges, geisterten zuckend die atmosphaerischen Drohungen .. Und wenn die Götter herabgeschaut hätten auf das grüne Felsen-Eiland, das sie in dieser strapaziösen Weise heimsuchten, so hätten sie es, ein dunkles Etwas, von ihrer Sphaeren-Loge her sehen können, mitten in der glitzernden Ägäis; und wäre die Wolke durchsichtig gewesen, es würde ihnen vollends märchenhaft vorgekommen sein. Glich es nicht einem spiegelverkehrten Miniatur- Firmament, bestickt mit winzigen Sternen – Planeten, Cometen, ganzen Milchstraßen-Nebeln – wie es glomm und hinschwand, verlosch und neu sich entzündete?

Welch Aufwand an Licht, welch Eifer und welche Hingabe! Denn was da flimmerte, waren nicht die Lampen allein, mit denen des Königs Untertanen ihren Gewerben nachgingen, höchst fragwürdig anmutenden Gewerben jetzt, nicht die Fakkeln der Bittprocessionen – ganze Broderieen von Flammen, die in gereihten Alleen Maulbeerbaum und Cypresse schwelend verklärten – nein, es war der Staat, waren Heere von Bütteln, Militär, Génie-Corps, Minister sogar und höchste Hof-Chargen, die leuchteten in alle Winkel von allen den tausend Häusern, in alle Marktflecken und Einsiedeleien, in jede Falte des Gebirges, sie leuchteten in die Klippen der Strände, auf öde Thymian-Heiden, zwischen Weinpflanzungen und verwildertes Unterholz .. Und Alles dies aus keinem anderen Grunde, als weil ein Pferd mit leerem Sattel zurückgekommen war in den Marstall, woselbst es, zwei Stunden nach seiner alarmierenden Heimkehr, vom Blitz erschlagen wurde – einem kalten Blitz, der, ohne zu zünden, nur dieses eine, ausgesucht schöne Tier tötete.

Aber die Götter blickten nicht hinab. Wußten sie doch gut, wie es aussieht auf Erden, wenn extravagante Ereignisse den Menschen zur Bestie machen: wie man einander zerfleischt in Gedanken, wie man taumelt, von Hoffnung zu Verzweiflung, von Angst zu Aufruhr; wie alle Gesetze dahinschmelzen, alle Vorurteile zertreten werden; wie zwischen Altar und Bett, Gebet und Gier keine Grenzen mehr sind; wie die Nähe des Todes dem nackten Dasein auf den Thron verhilft, Notdurft zur Lust wird und Lust das Verbrechen zeugt. Sie wußten sogar, ohne hinabzuschauen, daß der Weinbauer Lamprenos, der tief dort unten über Land ging, schwerlich der Biedermann war, als den er sich einer hohen Polizei, unter verworrenen Reden, geschildert. Und er besaß Anlaß, Verwirrung zu zeigen: das Erste, worauf die Schweißhunde stießen, indem sie, von der Marmor-Grotte her, die Spur des flüchtigen Rappen verfolgten, war Madame Lamprenos persönlich gewesen, die Dame des Hauses, sie lag da in ihrem Blute, mitten im Weinberg, ein faustgroßes Loch im Kopf .. Zum Glück, so kamen die Büttel nicht als Mord-Commission; sie kamen im Auftrag, nach der verschollenen Prinzeß zu fahnden, man hatte das Pantherfell gefunden, vor eben jener Höhle am Cap, sie interessierten sich nur für die Nymphe, die er gesehen, nicht für Leichen – denn auch der Nachbar ließ sich herbei, auf dem Sturzacker lag er, das selbe faustgroße Loch im Schädel. Ach, die Toten hatten wohl wärmere Teilnahme verdient, herzlos gab man dem Aschenregen die Schuld und konnte sich nicht genug tun mit Fragen, die durchaus Anderes betrafen, ja, man wurde gar ungeduldig, als Lamprenos, mit vortrefflich geschluchzten Tränen, die Erschütterung plötzlicher Witwerschaft äußerte.

Hehe, dachte der Bauer Lamprenos, indem er über Land ging, spaßige Geschichte, dachte er, und um ihn war es dunkel. Er soll mich zerschmettern! hatte sie gerufen, die Nymphe, und die Arme gen Himmel geworfen – wer weiß, wen sie damit meinte. Ei Teufel, und was für ein schönes Frauenzimmer! splitternackt in dem herrlichen Mondlicht, man war geradezu geblendet von ihrer Erscheinung, wie sie da stand vor dem Meer. Hätte er sie nur näher betrachten können .. aber kaum, daß er ihr Weinen gehört, so schrie sie auch schon, und kaum, daß der Schrei verhallte, so bebte die Erde. Da war er denn heimwärts gestürzt mit flatternden Lungen, mitten durch den Aschenfall kam er gelaufen, legte sein Weib, das zänkische, in den Weinberg, erledigte mit einem Schlag seine Schulden beim Nachbarn, Werke der Gerechtigkeit immerhin, und dies getan, sprach er der Witwe, welche nicht wußte, daß sie Witwe geworden, Einiges von jener Tröstung zu, die sie wohl nötig hatte, sie wehrte sich nicht einmal, sondern fand Lust in der Art seiner Condolenz, ein solcher Mann war er ..

In der Tat, so ging es zu auf Myrrha, allerorten hatte man dies zur Dreingabe: Raub am Eigentum des Anderen, Plünderung der Obdachlosen, Notzucht am Wegesrand, Völlerei und hectische Trunkenheit, Messerstechereien und kalten Mord, Processionen, Weihrauch, Gebete. Und unter Gebeten bestattete Lamprenos in Assistenz seiner Kebse die zwei Toten, die leider beim Erdbeben umgekommen.

Es kräht kein Hahn nach den Beiden, dachte er und legte einen Schritt zu, er liebte die landwirtschaftlichen Vergleiche. Wenn man dagegen sah, was für Aufwand getrieben wurde um diese Prinzessin, was für Aufregungen um so ein berittenes Fräulein .. *Vorher* sich aufregen, als sie nachts nicht nach Hause kam, das hätte man tun sollen, statt hinterdrein unschuldigen Leuten die Tür einzurennen, mit Bluthunden sogar. Was half das, die Hofdame zum Teufel jagen, weil sie geschwiegen hatte? Tütü, sagte er, mich geht es nichts an, aber das kommt davon, wenn man der lieben Tochter einen eigenen Hofstaat gibt statt ab und zu eine Maulschelle ..

Und er wanderte nach Potamikali.

Es war dies ein Marktflecken auf dem Ost-Cap der Insel, er wollte sich dort eine Magd erhandeln, schon fand er keinen Geschmack mehr an Nachbars Witwe, zumal sie den nächstbesten Cuirassier nicht verschmähen würde, überdies mochte sie ihr Gehöft nicht verlassen, er andererseits brauchte eine Magd auf dem seinigen, die Kühe mußten gemolken, die Gänse gefüttert sein, und, was ihn selber betraf, er hatte die Absicht, die Tage, die ihm noch blieben, mit aller Inbrunst zu nutzen, nachdem er die Jahrzehnte, die hinter ihm lagen, in Fleiß, Gewissenhaftigkeit und Treue nutzlos vertan.

So ging er denn über Land. Am Gürtel hing ihm eine lederne Geldkatze, gefüllt mit den Dublonen und Goldtalern, die bisher unter dem Strohsack seiner Schlafkammer geschlummert hatten, sogar zwei Ducaten waren dabei. Er schritt fröhlich aus, trotz der Finsternis des Tages, er besaß ein weites und großes Gewissen und fühlte das allgemeine Schicksal wie eine Befreiung über sein Herz kommen. Dann aber fiel ihm wieder diese verwünschte Prinzessin ein, diese Danae: als Göttin ihm zu erscheinen! aufgedonnert mit ihrem Pantherfell, eine Entweihung geradezu! und nun hatte man es gefunden. Das ließ ihm gar keine Ruhe, daß man das Pantherfell fand an eben der selben Stelle, an der die Nymphe ins Meer sprang. Sie war einfach ins Meer gesprungen, allerhand Mut von der Nymphe, besonders wenn man so hübsch war, wie sie es gewesen – auch wenn er sie nur von der Ferne sah. Es schmeichelte ihm doch nicht wenig, daß er die Prinzessin kannte und, überhaupt, sich intimen Umganges rühmen durfte mit höheren Wesen. Der Herr Commissarius allerdings meinte – hehe, sagte Lamprenos, die Nymphe heißt Danae, der Herr Commissarius könnte Recht haben. O du Grundgütiger, jetzt kommt aber ein Hagel-Turm!

Ein Hagel-Turm wanderte über die Felder daher, auf denen die Saaten zum ersten Schnitt schon reif standen, von bleiernem Weiß starrten die Ränder dieser Vernichtungs-Wolke vor dem fahlen Schwarz der Wetterbank, und dann entlud sie sich. Mit Splittern und Prasseln fegte der Wind Eis über die Erde, und der Bauer, von der Furcht gepackt, es könne das Ende schon sein, lag in einer Welle des Ackers, mit der Nase im Dreck, wobei er zu allen Heiligen flehte, die ihm einfallen wollten. Bei Gott, das waren keine Schloßen zu nennen, keine Rede von Haselnüssen und Tauben-Ei, es waren Steine, die prügelten auf seinem Rücken herum, bis die Sinne ihm schwanden.

Und als er wieder erwachte, waren die Felder weiß und die Erde kalt, die Ernte vernichtet und er selbst wie zerschlagen, der Kopf brummte, das Ohr blutete, überall Schmerzen, Schrammen, Beulen – aber er lebte, die Heiligen hatten ihn erhört, ganz kostenlos obendrein. Da begann er vor lauter Dank zu lachen. Er lachte über das Wetter, und über die Furcht, und über die Welt im Allgemeinen. Er tanzte sogar ein wenig auf der Straße, schlug an seine Geldkatze, klimperte mit den Dublonen und kam sich vor wie Sonstwer, was konnte er nicht Alles anstellen jetzt, schuldenfrei, reich an Bargeld – und wenn es mit den Talern, wider Erwarten, eines Tages zur Neige ging, so blieb ihm ja immer der Wein, den er im Keller hatte. Bei Gott, der Botschafter sollte ihn teurer bezahlen, als noch vor dreimal vierundzwanzig Stunden gedacht. Denn diese Zeiten, mein werter Herr Botschafter, erhöhen natürlich den Wert meines Weines, man möchte sich täglich betrinken, über See gibt es nichts mehr, und die Lust, die ich jetzt genießen will, kostet mich schließlich Einiges.

Unter solchen Gesprächen kam der Bauer Lamprenos in den Marktflecken, dem es, durch die Unvernunft des Meeres, übel genug ergangen war. Es wurde nun freilich kein Markt gehalten heute – wer wollte verkaufen, die Waren wurden rar, man spürte die Teuerung schon herannahen und freute sich auf sie, weil, wenn man auf sie wartete, so würde man reich werden .. obwohl ja das Geld seinen Wert verlor. Darüber mußte man nicht zu viel nachdenken.

In Potamikali also war kein Markt, Lamprenos hatte sich das beinahe gedacht, aber er hatte sich auch gedacht, daß, wo viele Menschen umherstehen, immer eine Art Markt zu bewerkstelligen ist, und darin täuschte er sich nicht. Auf dem Platz vor der Kirche, deren Cuppel eingestürzt war, standen die Leute in der Tat umher, was sollten sie unternehmen, da das gewohnte Leben im Augenblick wenig Sinn hatte? So horchten sie denn, die Einen stumpf und verbittert, die Anderen höhnisch oder scherzend, die Dritten gleichgültig und abwesend, auf die Bußpredigt eines Popen, der vor der eigenen Türe, vor der seines angeschmauchten Gotteshauses, in Sünden wühlte und dumpfe Drohungen gegen die Falschgläubigen ausstieß. Sie kehrten sich übrigens nicht daran, daß ihre Ketzerei für das Unheil bemüht wurde. Einige Kampfhähne warfen den Eifernden hin und wieder mit witzigen oder plumpen Zurufen aus der Bahn, des Inhaltes, daß der Apollon-Tempel ja noch stehe und sogar der Jesuiten-Convent noch alle Steine beisammen habe, im Allgemeinen aber achteten sie nur mit einem Ohr auf seine schon ganz heisere Stimme, die sich in Abständen so überschlug, daß man lachen mußte, und mit dem anderen fingen sie aus Hunderten von Gesprächen hundert Neuigkeiten auf, hundert politische Meinungen, denn, wie alle Gesetze, hatte sich auch die Angst vor den Spähern des Ministers verflüchtigt, die Späher selbst beteiligten sich mit Hingabe an den Verwünschungen, und mancher Bürger von Potamikali fand sich mit einem Male erleichtert, daß er den Landgendarmen, den Ortspfleger, wen immer, ganz zu Unrecht verdächtigt hatte, er sei im Ernst Parteigänger des Allgewaltigen. Die Weiber, die nicht von ihrer Gewohnheit ließen, um der Schönheit willen einen großen Wasserkrug, mochte er auch leer sein, auf dem Kopfe spazieren zu tragen, gebrauchten die Zunge, noch weit geschäftiger als sonst, zu allerlei hurtigen, boshaften und nadelspitzen Einwürfen, ihre Augen funkelten in dem schwachen und magischen Lichte, das einige wenige Fackeln auf dem Markte verbreiteten, und die Brüste schimmerten bronzen in der Dämmerung.

Der Bauer Lamprenos ließ seine Augen wandern. Überall bunte Röcke, schwarzes Haar, das Übrige nackt. Wie viel schönes Fleisch für die ewige Nacht, die über Myrrha lagerte. »Hast du nicht eine Magd für mich, meine Hausfrau ist mir gestorben.« – »Woher sollte ich eine Magd für dich haben, wende dich an Evzonos, dort steht er.« – »Nein, ich habe keine Magd für dich, wende dich an den Juden, und außerdem, gegen Lohn ist es heute nicht mehr getan, du müßtest schon einiges Geld daran wagen, ehe man dir eine Tochter verkauft. Verkauft, verstehst du ..« – »Aber ja«, lachte der Bauer und schlug gegen die Lederkatze, »warum denn nicht?« – »Da nimm dich nur in Acht, mein lieber Freund, daß dich die Halunken nicht kalt machen, die sich jetzt überall herumtreiben.«

Lamprenos erbleichte, und auch der Jude hatte natürlich keine Magd für ihn. So durchstreifte er weiter den Markt, während der Pope immer schriller, immer heiserer in Sünden wühlte. Die Sünden waren so schön, es ließ sich schlecht begreifen, wie das die Priester nicht wissen sollten. Nun, es waren nicht seine Sorgen, er ging also zu anderen Gruppen von anderen Leuten, er trat an den Brunnen heran, an die steinernen Bänke, und immer erhielt er die gleiche Antwort: man hatte keine Magd für ihn. Er wollte nun aber eine Magd haben, um jeden Preis, auch war ihm ein wenig bang vor dem Rückweg mit prall gefülltem Beutel, wenn hinter jedem Waldstück die Räuber lauern konnten, nachdem er sich nun einmal verraten, und er war der Schnellste nicht mehr auf den Beinen. Schließlich fand er doch noch eine Magd, sie war zwar nicht völlig das, was ihm bei seinen Gelüsten vorgeschwebt hatte, immerhin schien sie, wenigstens in ihrer Eigenschaft als Magd, brauchbar zu sein – mit ihren schweren, zerarbeiteten Händen und den dicken Schultern, die wohl eine Kiepe in die Weinberge hinaufschleppen konnten. So erwarb er sie mitsamt ihren vierzig Jahren für ein schönes Stück Geld, das ihn am Herzen und an der Börse erleichterte.

Just wollte er nun gehen, obwohl er zu spüren glaubte, daß ihm verschiedene dunkle Existenzen nachschlichen, wollte gehen trotz seiner Gespensterfurcht, als er in dem lockeren Gedränge des Marktes, gerade auf dem Wege, den er zu nehmen gedachte, ein junges Mädchen erblickte, das traurig an der Hauswand lehnte, unter der Torlaterne, und dessen obere Partie etwas ganz besonders Schönes nach seinem Geschmack darstellte, die Haare nicht schwarz und fettig, sondern erfreulich hell, und überhaupt, das war nun ganz, was er gesucht hatte. Auch sah er nicht ein, warum er sich, zum Beispiel, eine zweite Magd versagen sollte für die letzten Tage des Lebens – und für die Nächte natürlich, waren doch ohnehin alle Tage zur Nacht geworden. »Willst du meine Magd sein?« fragte er das Mädchen. Das Mädchen blickte ihn an aus Augen, in denen ein gewisses Erstaunen lag. »Wie heißt du?« fragte Lamprenos. »Willst du meine Magd sein?«

– »Sie heißt Mariana«, erwiderte eine ungehaltene, mürrische Stimme, »und sie gehört mir.« Es war ein alter Schäfer, er stand neben ihr und lehnte sich gleichsam felsenfest auf seinen Schäferstab. Als aber Lamprenos behauptete: »Ja, Gott zum Gruße, wir kennen uns ja«, da hob er sogar ein wenig seinen Schäferhut aus verklebtem und abgegriffenem Filz.

»Du könntest einen neuen Hut gebrauchen«, sagte Lamprenos.

– »So, könnte ich das? Nun, dazu habe ich kein Geld.«

»Das eben will ich dir gerade geben.«

– »Schenken?«

»Schenken freilich nicht – oder sozusagen doch. Du könntest mir dieses Mädchen – wie heißt sie gleich – als Magd ablassen gegen ein paar Drachmen.«

– »Mariana heißt sie, aber sie steht nicht zum Verkauf, und mein Hut genügt mir noch durchaus.«

»So. Na ja. Wie du willst. Es dürften auch ein paar Dublonen sein.«

– »Ein paar Dublonen? Du gehst nobel um mit deinem Gelde. Aber was soll ich mit ein paar Dublonen? Ein Hut, damit ist mir nicht genutzt. Ich müßte dann schon die beiden Böcke kaufen können, die ich brauche.«

»Ich sage dir ja, ich bin nicht kleinlich, man soll nicht kleinlich sein in großer Zeit, ich schlage dir fünfzehn Dublonen vor, da kannst du dir sogar noch ein gutes Mutterschaf dazu kaufen.«

– »Ja, weißt du. Fünfzehn Dublonen. Ein schönes Stück Geld. Aber sie ist mir halt zugelaufen in der Nacht, als die Erde bebte, und sie hatte nichts auf dem Leibe, und also müßtest du mir den Rock noch draufbezahlen.«

»Sechzehn Dublonen«, sagte Lamprenos. »Das heißt aber den Rock überzahlen. Er ist nicht so viel wert.«

– »Er ist handgesponnen, von meiner eigenen Wolle, was verstehst du schon von Wolle? Eine Dublone ist er gut und gern wert, das sage ich dir.«

»Also schön. Bleibt es bei sechzehn, damit machst du ein Geschäft. Eingeschlagen?«

– »Nicht eingeschlagen, ich habe meine Bedenken.«

»Was denn nun wieder für Bedenken?«

– »Ja, sie hat sozusagen Schutz bei mir gesucht in jener Nacht, und da bin ich in gewisser Hinsicht für sie verantwortlich, sozusagen. Du hast doch wohl eine Hausfrau?«

»Natürlich habe ich eine Hausfrau, das mußt du mir doch wohl ansehen.« – »Und Ihr vertragt Euch gut? Sie macht dir keine Sorgen und keinen Kummer?«

»O, da kannst du beruhigt sein, sie hat gar keine Sorgen mehr und macht mir auch keinen Kummer. Also: achtzehn?«

– »Ja, weißt du. Sie kam zu mir in jener Nacht, und ich habe sie halt lieb gewonnen, ich trenne mich nicht gern von ihr, sie hat so ein liebes Wesen, das macht mich froh auf meine alten Tage.«

»Zwanzig.«

– »Zwanzig? Das wäre schon recht. Aber du mußt bedenken, sie ist noch Jungfrau, das siehst du ihr ja an, und das erhöht ihren Wert.«

»Stimmt das, Mariana?« fragte Lamprenos. Mariana blickte traurig vor sich hin. »Aber nun sage mir, Mariana, warum du nicht einfach mit mir kommst, wo du doch siehst, daß dieser alte Knicker dich nur verschachern will, und überhaupt: was hat er für ein Recht auf dich?«

Mariana blieb stumm.

– »Du machst mich ungeduldig«, sagte der Schäfer. »Du zahlst mir meine vierzig Dublonen, oder du scherst dich zu deiner Hausfrau, damit du es nur weißt.«

»Dreißig«, sagte Lamprenos.

– »Nein, vierzig, das ist mein Preis.«

»Ja, aber zum Teufel, du siehst ja, wie mager sie ist, sie kann ja gar nicht recht zupacken bei der Arbeit, und daß sie eine Jungfrau ist, ich bitte dich, was soll mir das nutzen, wo ich sie doch als Magd haben will und nicht als Hausfrau? Denn, wie du die Sache auch anschauen magst: wir sind ja keine Türken.«

– »Gut, wenn du sie nur als Magd haben willst, so will ich mit fünfunddreißig zufrieden sein.«

»Zweiunddreißig.«

– »Nein, fünfunddreißig.«

So wäre es bis zum Jüngsten Tage fortgegangen, wofern es dem Bauern Lamprenos nicht ganz lieb gewesen wäre, im Angesichte gleichsam der Spitzbuben, die er hinter sich irgendwo im Dunkel lauern fühlte, seiner Börse ganz öffentlich ein geradezu furchtbares Loch zu reißen. Es konnte ja so gut wie nichts mehr darinnen sein.

Der Handel ward also geschlossen um fünfunddreißig Dublonen, Mariana zog mit ihm. Als sie aber längst aus der Stadt heraus waren, der Bauer mit seinen Mägden, und es wurde immer dunkler– denn mittlerweile kam zu der unnatürlichen Verfinsterung die natürliche des Abends, vielleicht war es sogar schon Nacht, man wußte das nicht mehr so genau, doch zum

Glück erhellte ein aufziehendes Wetterleuchten die Straße – längst also waren sie zur Stadt heraus, als durch das Buschwerk zur Linken eilige Schritte knackten, heimliche, übelwollende Schritte, welche gar keinen Zweifel ließen, daß es die Briganten waren, die es auf Lamprenos abgesehen hatten. Er versuchte davonzukommen mit den beiden Weibern, aber die Burschen waren schneller, sie schnitten ihm Weg und Rückweg ab, es gab keine andere Rettung: er riß, im Laufen, die Geldkatze vom Gürtel, und die Spitzbuben, gierig, fielen über die rollenden Dublonen her, während Lamprenos sich in einen Schlamm-Graben warf, trotz seines Entsetzens richtig berechnend, daß, nachdem sie ihn einmal um des schnöden Mammons willen aus den Augen verloren hatten, sie ihn dort nicht mehr finden würden. Derweilen stolperte die alte Aglaia laut schreiend davon, und weil sie schrie, und weil auch diese wurzellosen Gesellen sich nicht von den Kräutern des Waldes, sondern vom Fleisch zu ernähren gewohnt waren, so geschah ihr erbarmungslos, was ihr geschehen mußte. Mariana indessen hatte, als der Tumult begann, das Gleiche getan, was die Tiere der Wildnis tun: sie war stehen geblieben, wo sie stand, aufrecht, horchend und witternd, und die Jagd entfernte sich. Aber in den Blitzen, die jetzt näher kamen, in diesem bald fahlen, bald grellen, von schwerem Donnerschlag untermalten, zuckenden und kalten Lichte, starrte sie, wie gezwungen von einer feindseligen Macht, angelockt und abgestoßen, auf die ferne Gewalttat, die sie den Menschen kennen lehrte.

Nun war sie auch um diese Erfahrung reicher, entschlossen trotz Allem, in der ihr wohlbekannten Hütte jenen Dienst anzutreten, den sie sich vorgenommen, um zu wissen, was für ein Ding die Arbeit ist, was es heißt, müde sein, und wie es aussieht in denen, die man das Volk nennt.

XIV. CAPITEL

»Nein, dieses Wetter!« sagte der Bauer Lamprenos zu seiner Magd Mariana, die soeben das Maultier schirrte, er aber rollte das schwere Weinfaß herbei. »Komm her«, sagte er, »hilf mir jetzt erst, das Einspannen kannst du dann besorgen. Dieses Wetter! Da glaubt der Mensch in seiner Einfalt, es ist Mittag, dabei ist noch tiefe Dämmerung, oder er glaubt, es ist Dämmerung, und in Wirklichkeit ist es Mittag. Und dann immer diese finstere Wolke dort oben, man sieht richtig, wie sie schwanger geht mit üblen Absichten.«

– »Schwanger?« fragte die Magd.

»Bist du so dumm, oder tust du so dumm? Sie bekommt ein Kind, die Wolke, und das Kind wird einen ziemlichen Wasserkopf haben, denke ich mir. Einmal muß es ja anfangen zu regnen, das kann hübsch werden.«

– »Ja, die Götter strafen schlimm«, sagte Mariana.

»Die Götter«, wiederholte Lamprenos und sah sie böse an. Danach wälzten sie das Faß auf den Wagen, es war nicht einfach mit einer so mageren Person, aber nun war es geschafft, und er wischte sich den Schweiß von der Stirn. »Die Götter«, fuhr er fort und wischte sich auch noch den Schnauzbart. »Laß du mich in Ruh mit diesen Herrschaften da oben, das ist Alles Popen-Geflunker. Nein, die Sache liegt ganz anders: wir haben einen Vulcan, der will sich auch einmal ausleben, das muß man ihm sozusagen nachfühlen und zugute halten. So, jetzt kannst du das Maultier einschirren. Ich will dir eine Geschichte erzählen, von den Göttern. Als wir noch keine Ahnung hatten, daß es einmal so kommen würde, und daß meine arme Hausfrau so schnell unter den Rasen müßte, und sie ist ja nicht die Einzige, die es getroffen hat, da .. kam hier einmal die Göttin Artemis vorbei, sie trug ein Pantherfell auf der Brust und jagte mit Pfeilen nach dem Wildpret und konnte reiten, daß einem das Herz höher schlug, aber ich dachte mir gleich, daß es mit diesem schönen Götterweib, denn die Person war schön, das sage ich dir, daß es mit diesem Götterweib nicht so ganz in der Ordnung wäre, kurz und gut: ich habe mit meiner Vermutung Recht behalten, ich habe sie gesehen in jener Nacht, wie sie am Meer stand, ich erzählte dir das schon, und am nächsten Tag fand man ihr Pantherfell, da stellte es sich heraus, daß es beileibe keine Göttin, sondern nur die Prinzessin Danae war, die wohl einmal hatte wissen wollen, wie es ist, wenn die Bauern in ihrer Dummheit und Gutmütigkeit sie anbeten und auf den Knieen liegen vor ihr. Nun, sie hat es büßen müssen, Gott hab sie selig, aber ich, das kann niemand von mir verlangen, ich glaube seither nicht mehr an diese Götter, ich pfeife auf sie.«

Und er pfiff in der Tat. Er pfiff, es klang sehr frohgemut, und warum sollte er nicht frohgemut sein, da er doch eine so hübsche Magd neben sich hatte, die ihm die Arbeit abnahm, auch wenn sie ein wenig mager war und nicht recht zupacken konnte mit ihren dünnen Fingern. Immerhin: sie zeigte sich anstellig, molk die Kühe, daß es eine Art hatte, entkernte die Sonnenblumen, als ob sie das von Jugend auf getrieben hätte, sie lernte im Handumdrehen, und jetzt schirrte sie ihm gar das Maultier ein. Wer weiß, was sie Alles noch lernen würde .. Welch eine Lust, ihr nur zuzuschauen, wie sie sich bewegte! allein ihr Busen war durch nichts zu übertreffen, und das Andere kam dann wohl ganz von selber. Vielleicht sollte man doch ein wenig nachhelfen? vielleicht gar wartete sie darauf? und ihm, das mußte er schon sagen, wurde bei dem Gedanken ungewöhnlich heiß. So machte er sich denn ein wenig an ihr zu schaffen, in aller Unschuld, aber sie hieb ihm die Peitsche ins Gesicht, und er taumelte rücklings auf die Tenne. Natürlich erhob er sich sogleich wieder, jetzt war sein Innerstes in hellem Aufruhr, jetzt wollte er doch sehen, ob ein Mann von seinen Qualitäten nicht etwa Herr werden könnte über solch ein Weibsbild, das ihm mirnichts-dirnichts die Wangen blutig schlug, stürzte sich also mit einem gewissen Ingrimm auf sie, umschlang ihre Hüften, wie sie sich auch wehrte, warf sie in das

Heu – aber zur selben Secunde lief ein Knistern durch die Gebälke von Haus und Stallung, tief aus der Erde erscholl dumpfes Grollen, der Vulcan spie Feuer gegen die schwarze Wolke, und Lamprenos lauschte angsterfüllt. Mariana dagegen, indem sie aufstand, blickte gelassen, etwas erstaunt, in die Finsternis empor, sie schien sich gar nichts aus der Furchtbarkeit der Welt zu machen, was ihm nahezu noch unheimlicher erschien als das Erdbeben. »Wohin wollt Ihr eigentlich, Herr, mit dem Faß?« fragte sie, als wäre nicht das Mindeste geschehen.

»In die Hauptstadt«, antwortete er. »Verkaufen. Ich brauche Geld. Wenn das Wetter demnächst vorbei ist, gilt der Wein so wenig wie vorher. Der hübsche Herr Botschafter jedenfalls soll hübsch zahlen.«

– »Der Botschafter? Welcher Botschafter?«

»Nun, der von Venedig, der mit der falschen Göttin hier war, sie duellierten sich sozusagen vor meinem Hause. Eigentlich hätten sie schön zueinander gepaßt, die Beiden, aber was mußte sie die Götter auch reizen mit ihrem Pantherfell. Mir persönlich kann es gleich sein – ist ja auch gleichgültig: sie ruht in der kühlen See, und er findet gewiß schnell eine Andere.«

– »Meint Ihr?«

»Ja, das meine ich, auf den fliegen die Weiber. Jedenfalls fahren wir jetzt. Du sollst auch einmal die Hauptstadt sehen und das Schloß unseres Königs und all die prächtigen Häuser.«

– »Ich fahre nicht mit. Nicht in die Hauptstadt.«

»Wenn ich dir sage, du kommst mit, so kommst du mit. Ich habe dich schließlich zu Eigen gekauft – für dicke fünfunddreißig Dublonen.«

– »Zu Eigen? Da seid Ihr im Irrtum. Nur Herren vom Stande dürfen nach dem Gesetz Leibeigene halten.«

»Was weißt du von den Gesetzen. Steig auf. Wirds bald? Ich finde es sehr freundlich von mir, daß ich dich einlade.«

– »Wollt Ihr keine Laterne mitnehmen? Es ist so dunkel ..«

»Tütü – damit die Räuber noch einmal über uns herfallen? hott!«

Und sie fuhren davon in die Düsternis.

Unterwegs begegnete ihnen ein Reiter, der einsam ohne Licht durch die Landschaft trabte, und als sie an einander vorüber wollten, geschah es sehr langsam und vorsichtig – man konnte kaum die nächsten Bäume als schwarze Schemen sehen, geschweige irgend etwas deutlich unterscheiden. Ja, als sie auf gleicher Höhe waren, hielt der Reiter sogar an und fragte mit einer vornehmen, traurigen Stimme: »Sag Er mir, guter Mann, wo finde ich wohl den Waldweg nach Santalba?«
– »Santalba?« wiederholte der Bauer, indem er angestrengt nachsann, und wußte es auch nicht.

Aber das Mädchen, das neben ihm auf dem Bock saß, wußte es. »Da müssen Ew. Gnaden noch ein Stück zurückreiten, Sie sind schon zu weit, es geht rechter Hand bei den Melonenfeldern ab.« – »Ew. Gnaden könnten mit uns reiten«, schlug Lamprenos vor, »wir haben den gleichen Weg bis dahin.«

So geschah es, daß der Fremde an der Seite Marianas zu reiten kam. »Sprech Sie noch ein wenig«, bat er, »meine Tochter hatte eine solche Stimme, sie ist bei dem Erdbeben umgekommen.« – »Ja«, sagte Mariana, »die Götter strafen schlimm.«

Da zog der Herr seinen Handschuh vom Finger und tastete nach ihrem Gesicht, sie aber hielt ganz still und erschrak bis in das Tiefste ihrer Seele, denn unter ihren Augen, in der Dämmerung, schwebte ein großer, ovaler Ring von Saphir, ein betörendes Blau. Und indem sich die Hand, eine kalte und zarte, feingegliederte Hand, prüfend auf ihr Gesicht legte, hob Mariana die ihre und drückte die seine ganz leicht gegen die Lippen, um sie ganz leicht zu küssen. Sie wollte ihm vielleicht eine Botschaft senden, und er begriff sie wohl auch, denn durch seine Finger lief es wie das ferne Beben eines Herzens.
– »Was macht Ihr da?« fragte Lamprenos voller Argwohn, »was treibt Ihr? Antworte, Mariana.«

Mariana antwortete nicht.

»Ich tastete das Gesicht dieses Mädchens ab«, sagte der Herr. »Ich dachte, es sei vielleicht die Prinzessin Danae. Ihr habt sie wohl nicht gesehen?«

– »Nein«, erwiderte Lamprenos, »wie sollten wir sie gesehen haben, wo sie doch tot ist und gewissermaßen im Schoße des Meeres ruht?«

Dann hörte man nur noch den langsamen Tact der Hufe, das zähe Knirschen der Räder.

– »Hier wären wir«, sagte der Bauer endlich. Man hielt an dem Melonenfeld, dessen Früchte langsam verfaulten, weil die Sonne nicht mehr schien, die Luft aber gesättigt war mit Feuchtigkeit.

»Wie heißt Er?« fragte der Herr.

– »Lamprenos, Ew. Gnaden.«

»Lamprenos? Ich glaube, wir kennen uns. Ich trank bei Ihm hin und wieder ein Glas Milch.«

– »Ja, die Milch ist gut, viele Herrschaften haben sie gern bei mir getrunken, sogar unser hoher Landesvater. Nun trinken wir sie allein, Mariana und ich, und was wir nicht trinken können, davon machen wir Butter und Käse. Das kann sie auch schon, die Mariana, sie lernt auf dem Hofe –«

Der Fremde schwieg, Mariana spürte seine Nähe, sein Zögern .. »Keine Angst haben um mich«, flüsterte sie und legte ihm mit schneller Bewegung die Hand auf den Arm, der Herr trug Pelz. Lamprenos unterdessen plauderte redselig weiter:

– ».. nämlich, meine Hausfrau ist mir leider gestorben, es geht uns jetzt Allen wie Ew. Gnaden mit dem Fräulein Tochter, da braucht man dann wohl so ein junges Ding, ich könnte was Besseres gar nicht wünschen, und wenn sie noch immer so fort tut, ich glaube –«

Der Schweigsame nahm die Zügel auf. »Gott beschütze dich, mein Kind«, sagte er vornehm und traurig, indem er anritt. Der Bauer aber, als den Reiter die Dunkelheit verschlungen hatte, meinte: »Er war ja sehr zutraulich zuletzt, der feine Herr. Hat er wahrhaftig an dir herumgetastet?«

– »Es war der König«, erklärte die Magd leise.

»Nein!« rief der Bauer und konnte nicht glauben, was er gehört.

– »Doch .. Er war es. Er trug einen Zobelpelz und seinen Ring von Saphir.«

Da legte ihr Lamprenos die derbe Hand um die Schulter und bat, sie solle nicht traurig sein, nur weil sie arm wäre, sie könne immerhin seine Hausfrau werden, er habe sie lieb gewonnen in diesen wenigen Tagen. Und da Mariana zu weinen anfing, ließ er dem trottenden Maultier die Zügel und umarmte das Mädchen auch mit der anderen Hand. Es war freilich keine Rede vom Altar, sondern von sehr irdischen Localitäten, worauf Mariana – soweit es ihr noch möglich war, bei der Lage, in die Lamprenos sie gebracht hatte – sich nun doch zu wehren begann. Und wie sie sich wehrte! sie biß und wand sich, trommelte mit den Fäusten auf ihm herum, fauchte und knirschte, und mitten im Kampfe, oben auf dem Wagen, der geruhig mit ihnen dahinzog, geschah es, daß ihr Fuß krachend gegen das Deichselbrett trat. Donnerte es? Lamprenos, in Befürchtung himmlischer Eingriffe, ernüchterte sich, und wahrhaftig, als sei dies das Zeichen gewesen, so flammte eine lange Folge von Blitzen, völlig stumm, aus der Wolke.

Im selben Moment war Mariana vom Bock herunter. »Aber so bleib doch!« schrie der Winzer und stolperte hinterdrein, entschlossen, ihr nun endlich das Gute zu tun, trotz atmosphaerischer Sensationen, die allzu gefährlich nicht schienen. Er hätte sie fraglos niemals eingeholt, wäre sie nicht in der Tat, unerwarteter Weise, stehen geblieben, um, mit dem Ausdruck von fast grausamer Freude, in eine ganz bestimmte Richtung zu blicken.

Der Bauer erstarrte.

Von den schwefelgelben Horizonten über der See bis zu der pechschwarzen Wolkendecke hinauf drehte sich, saugend und kreiselnd und gegen das Land zu wandernd, ein grauer Trichter von Wasser. Pfeifend, sirrend, mit gleichsam schmatzendem Zischen, wie wenn die Menschen, weil Schmerz sie peinigt, den Atem durch die Zähne ziehen und er durch lauter zerplatzende Speichelbläschen strömt, ein Quirlen und dann ein Prasseln von emporgerissenen Zweigen, Sträuchern, ganzen Bäumen, die dahersegelten, als habe die Faust eines Riesen sie gepackt und zerknickt und wieder davongeschleudert: so kam die Wasserhose über Land gegangen, ihr Rüssel suchte am Boden nach dem, was der Himmel vielleicht gebrauchen könnte, Zaunlatten, Caninchen, Rehkitzen – oder gar nach einem Menschen, der etwa noch auf den Feldern wäre! »Wirf dich hin!!« schrie der Bauer und warf sich, während die Magd, erstaunt, der Vernichtung entgegenblickte, in den nächsten Schlamm-Graben, von Entengrütze bedeckt – und wirklich, die Wasserhose gab sich zufrieden mit dem schleimigen Grün, dem eklen Morast: sie raste über ihn hin, saugte ein wenig an ihm herum und tat ihm nichts Böses.

– »Du siehst nun wohl, Lamprenos«, bemerkte die Magd Mariana, als er sich wieder aufgesammelt hatte, »daß ich unter dem Schutze der Götter bin.« Sie sagte das so schlicht, als wäre es eine Selbstverständlichkeit für die Götter, als brauche sie nur mit der linken Hand zu winken, man möge ihr, leihweise, ein kleines Natur-Phaenomen schicken – worauf es prompt geliefert ward. Der Winzer, noch immer mit Zittern beschäftigt, nickte deprimiert, er troff von klebrigem Schmutz. »Ja«, erwiderte er kleinlaut, »du bist wohl gut angeschrieben dort oben«, es ärgerte ihn nicht wenig, mit welch unbekümmertem Hochmut sie allen Fährlichkeiten entging. »Und was das Übrige betrifft, so will ich davon ablassen, da du es nun einmal nicht zu mögen scheinst, aber ich wiederhole dir, du kannst meine Hausfrau werden, dann ist es ja sozusagen legitim.«

– »Ich ziehe es vor, souverän zu bleiben«, entgegnete Mariana. »Was ist denn da hinten? so viele Lichter ..«

»Das hört sich an wie durchgehende Pferde. Natürlich, das *sind* durchgehende Pferde – weg! Weg von der Straße! den Wagen, hilf mir doch, schnell schnell schnell, noch weiter!« Und sie zogen das Maultier vollends aufs Feld, in den Schutz der Alleebäume, sie erhofften leidliche Sicherheit dort vor der donnernden Cavalcade, die mit Fackeln und Windlichtern, Vorreitern und Nachhut einhergesaust kam. Es mußte schon ein sehr großer Herr sein, der so über Land fuhr, und Mariana beschloß, nach ihrer jüngsten Erfahrung mit dem König, sich beiseite zu halten. Eitle Entwürfe. Die Allee, leider, war lückenhaft, die Pferde brachen nach links hin aus, genau auf Lamprenos zu, der unter jaulendem Wimmern das Weite suchte, prasselten in die Melonen, die Kutsche tanzte, sprang, hoppelte, in der nächsten Secunde war der furchtbarste Salat zu gewärtigen – und ohne Besinnen warf sich die Magd dem Gespann entgegen, hängte sich in die Trensen, wurde ein Stück mitgeschleift – die Tiere bäumten, rissen das Mädchen empor, standen.

Schon waren auch die Windlichter und Fackeln zur Stelle, eine Allonge beugte sich aus dem Wagen. »Komm Sie her«, sagte eine harte, gleichsam geborstene Stimme, und eine vornehme Hand, von schönen Ringen beladen, reichte ihr die mit Silber bestickte Börse hinaus, die in dem flackernden, rauchigen Lichte aufglitzerte. Mariana gehorchte zögernd. Sie verschränkte die Arme über der nackten Brust, aber sie wich dem Blick nicht aus. Zwei wasserhelle, klare und scharfe Augen ruhten mit einigem Wohlwollen, einigem Spott in den ihren und ließen nicht ab, sich darin umzutun.

»Wer ist Sie?« fragte der Herr.

– »Eine Magd, Ew. Gnaden.«

»Eine Magd .. Ahah. Wie heißt Sie?«

– »Mariana.«

»Mariana«, sagte der Herr und zog die Brauen empor. »Ahah. Wie heißt Sie weiter?«

– »Weiter heiße ich nicht.«

»Sollte Sie nicht einen Vater haben, wie das unter den Menschen so üblich ist?«

– »Ihr Vater«, sagte Lamprenos, der nun, in seinem grün übersprenkelten Schlamm-Gewande, herangestapft war, und zog die Kappe bis fast auf die Erde, wo die Melonen, zertreten, ihr fauliges Fleisch boten, »ihr Vater ist ein alter Schäfer aus dem Kirchspiel Potamikali.«

»Er war durchaus nicht gefragt. Aber da Er nun einmal geredet hat, red Er weiter: ist Er der Herr dieser .. Magd?«

– »Ich kaufte sie vor einigen Tagen auf dem Markt, Ew. Gnaden, in Potamikali.«

»Das sind mir seltsame Sitten!« rief der Herr mit Schärfe. »Er kaufte sie! Wie heißt Er?«

– »Lamprenons, Ew. Gnaden.«

»Wer ist Er?«

– »Ein Weinbauer, Ew. Gnaden. Halten zu Gnaden ..«

»Schweig Er. Ich halte gar nichts zu Gnaden. Er weiß, daß es verboten ist für Leute Seines Standes, irgendwen, und sei sie die scheußlichste Vettel, leibeigen zu kaufen. Weiß Er das?«

– »Ja, Ew. Gnaden. Aber ..«

»Gar nichts Aber. Weiß Er, wer ich bin?«

– »Ich ahne es.«

»Dann ahnt Er richtig. Ich bin der Minister Graf Godoitis. Ich werde Ihn lehren, ein braver Untertan zu sein.«

– »Gnade«, wimmerte Lamprenos, »Gnade ..«

Der Graf lächelte aus seinen wasserblauen Augen auf den zerschmetterten Steuerzahler hinab, und es war nicht einmal ohne Güte, das Lächeln. »Nun«, sagte er, »ich scheine reichlich gefürchtet zu sein in diesem Lande. Wie steht es damit?«

– »Ew. Gnaden werden vom Volke geliebt.«

»Ein charmanter Lügner«, bemerkte Godoitis und betrachtete die Magd Mariana. »Was hält Sie von ihm? was hält Sie von mir, mein schönes Kind? Da schweigt Sie .. schön und klug und gewissermaßen wenig bekleidet. Nun, das findet sich. Immerhin, Sie hat Mut und Tapferkeit bewiesen, dafür danke ich Ihr. Ich hätte mir gar nicht träumen lassen – steh Er doch auf, Lamprenos, es ist doch ungemütlich in diesem .. Gemüse da unten – ja, was ich sagen wollte: diese .. gewissermaßen Magd erregt mein Wohlgefallen, mein lebhaftes Interesse, was kostet sie? Aber erschreck Sie doch nicht, mein Kind. Sie sieht gar nicht so aus, als ob Sie schreckhaft wäre. Sie hat den Mist gefahren und die Kuh gemolken bei diesem Bauern, wie? Eh bien, da wird Sie es bei mir besser haben, denn, was mich angeht, so steht mir ja, gottlob, das Recht auf Leibeigenschaft zu, in jeder Hinsicht steht es mir zu. Also: heraus mit der Sprache. Was hat sie Ihn gekostet, Lamprenos?«

– »Ich glaubte, Herr Graf, Herr Minister, halten zu Gnaden: Excellenz, wollten mir die Magd – eine sehr gute Magd, auf Ehre – ich meine, weil sie doch gegen das Verbot erworben wurde, wegnehmen ..«

»Ja, bin ich ein Räuber, bin ich ein Brigant und Wegelagerer? Oder glaubt Er, der Minister sei nicht an das Gesetz gebunden? Und außerdem – wir sind ja hier entre nous – weiß Er denn, ob mir nicht vielleicht gerade daran gelegen ist, diese, wie hieß sie doch, Mariana .. durchaus mir als Eigentum zu kaufen? als *Leib*-Eigentum – versteht Er .. Kurz und gut: was soll sie kosten?«

Lamprenos, lauernd und vorsichtig, schlug hundert Dublonen vor und hoffte, auf fünfzig mindestens zu kommen.

»Bon«, sagte der Graf, »hundert Dublonen. Er wird sich das Geld morgen in der Cameral-Cassa holen. Steig Sie ein, Mariana.«

Mariana wich trotzig zurück. »Nein«, sagte sie leise, »ich will bei meinem Herrn bleiben. Ich will nicht in die Stadt.«

– »Du albernes Weibsbild«, fauchte Lamprenos, »ich kann dich nicht mehr gebrauchen, das siehst du doch. Ja, wenn du meine Hausfrau werden wolltest ..«

»Das«, sagte der Graf, »wird sie wohl weniger wollen, wie ich sie kenne. Also, Mariana, nun zier Sie sich nicht länger, Sie gehört mir nun einmal, und wenn Sie mich contrecarriert, so werde ich Sie kurzerhand auspeitschen lassen. Sie kann wählen ..«

Mariana warf einen tiefen Blick des Hasses auf ihren neuen Besitzer, einen flüchtigen der Verachtung auf Lamprenos, dann bestieg sie die Calesche, in welcher der Minister zur Seite rückte, um ihr Platz zu machen. »Ich springe Ihnen aus dem Wagen«, teilte sie ihm sachlich mit.

»Das wird Sie hübsch bleiben lassen, mein Täubchen. Wir werden uns jetzt ein wenig Gehorsam angewöhnen, wir werden jetzt ein wenig in die Schule des Lebens gehen. Denn ich habe die Macht, und das ist keine Kleinigkeit. – Allez! Nach Santalba. Zum König ..«

XV. CAPITEL

Nun, sie kamen nicht bis nach Santalba. Es geschah ja ohne Unterlaß seit jener Nacht etwas Unerwartetes, aber man hatte sich inzwischen daran gewöhnt. Dem König erschien es durchaus verständlich, daß der Minister, nachdem er ihn einmal aus den Augen verloren, in der Dunkelheit den Weg zur Contrescarpe verfehlte, und der Minister, aus Princip, wunderte sich über nichts. Er mißtraute den Illusionen, liebte es gar nicht, fernen Zielen nachzujagen. Und wie er selten nach vorgefaßtem Plane verfuhr, sondern beflissen war, Alles aus der Distance auf sich zu kommen zu lassen, es von sich zu halten, indem er unbemerkt, scharfen Auges, das Gewebe studierte, um dann plötzlich, wenn die Stunde reif schien, wie eine Spinne lautlos auf feinem und schwankem Netze, mit kalter Schnelligkeit sich auf das Opfer zu stürzen – so auch hier.

Er war nicht zu seinem Spaß unterwegs in dieser Finsternis, nicht aus Lust, sondern aus Necessität, um mit dem Könige von Preußen zu sprechen, an dessen Hofe er, vor seiner Ministerzeit, accreditiert gewesen, aber im Augenblick machte es ihm Lust und Spaß, neben »dieser .. gewissermaßen Magd« im Wagen zu lehnen, die spitzen Kniee übereinander geschlagen, die Hände mit einer Art morbider Grazie auf der taubengrauen Seide des Beinkleides ausgestreckt, das schon etwas greisenhafte Kinn unverwandt nach vorn, gegen das kleine Fenster im Leder des Verdeckes gerichtet, durch das man die Rücken der Kutscher sah. Im Übrigen schwieg er, schwieg genießerisch, genoß es, den tausend Fragen, Befürchtungen und Beklommenheiten im Herzen der Schönen nachzuspüren, die in durchaus unministerieller Aufmachung den Fond mit ihm teilte und sich, wo nicht schämte, so doch unbehaglich fühlte. Und er hatte nicht umsonst so betont auf die Leibeigenschaft angespielt, so ausdrücklich auf rechtlichem Erwerb bestanden, nicht umsonst gezeigt, daß er wenig märchengläubig, wohl aber fähig sei, sie auspeitschen zu lassen, wenn es ihm beifallen sollte.

Welch eine Situation!

Diese Mariana .. sie würde schon noch den Mund auftun und sich verraten. Geben Sie mir etwas, um meine Schultern zu bedecken, würde sie sagen, Sie sehen doch, daß es mich geniert .. Na ja. Ziemlich ridicule das, und ein Mangel an Logik. Die Weiber auf dem Lande, jedenfalls, empfanden gar nichts dabei, vor wem auch immer, und wäre es der König selber, in ihrem natürlichen Zustand einher zu spazieren: ihnen genügte es, einen Rock zu besitzen, das Übrige hatte Gott in seiner Güte so geschaffen, daß man es nicht verstecken mußte, nachdem die Hofkleiderordnung so conciliant gewesen, dem Volke mit den Rechten auch die Pflichten vorzuenthalten, die sie den Privilegierten auferlegte.

Unterdessen hing Mariana nicht minder ihren Gedanken nach. Man würde ja sehen, dachte sie, wer als Erster den Mund auftat, sie hatte ja Zeit, war nicht notwendig angewiesen, ihr zwar durchschautes, doch sehr practicables Incognito voreilig zu lüften. So kämpften sie Beide einen stummen, lauernden, zähen Kampf, bis, am Ende, weder die Magd noch der Minister das Schweigen brach: er redeten die Ereignisse. Der Minister horchte .. er hob horchend die Finger der Rechten, als wolle er schwören. Auch Mariana wandte ihr Ohr in die Ferne.

»Hörte Sie etwas?« fragte er.

– »Man hat geschossen«, sagte sie, doch es war nichts mit Deutlichkeit zu vernehmen, Hufe und Räder übertönten Alles.

Graf Godoitis klopfte mit der Spitze des goldgeknauften Stabes, wie ihn gichtische Cavaliere lieben, gegen das Fenster im Leder, der begleitende Heiduck sprang vom Bock und öffnete den Schlag, was bei der hohen Federung ein rechter Umstand war. »Excellenz befehlen?«

»Halten«, sagte der Graf. Sie stiegen aus und horchten. Tiefer Nachmittag, schwarz und still. Die Feuchtigkeit hing in den Bäumen, man hörte keinen Laut, es war wohl eine Sinnestäuschung gewesen. Von den Ästen tropfte es, die Pferde peitschten sich mit dem Schweif, trostlos fiel der Abend herein. Da blitzte es am Horizont, dort, wo das Meer sein mußte; an vielen Stellen blitzte es auf, ein gelbliches, von braunem Rot untermaltes Zucken. Der Minister beobachtete aus den Lidwinkeln das Verhalten der Magd. In ihren Augen lag ein gewisses Erstaunen, lag ein Zug von Kühnheit und Hochmut und von der Lust am Gefährlichen. Nach einer Weile scholl dumpfes, grollendes Donnern herüber.

»Es donnert«, sagte Godoitis, obwohl er es besser wußte. »Scheint ein Gewitter zu sein. Fahren wir also weiter.«
– »Das ist kein Donner«, erwiderte Mariana, indem sie angestrengt dorthin blickte, wo es von Neuem brandig aufflammte. »Das sind Canonen. O .. sehen Sie doch: der König.«

Fern über den Wäldern zur Rechten stieg eine Rakete in das düstere Firmament, zersprang, teilte sich in drei rote Sterne, die langsam herabsanken und anzuzeigen beliebten, daß die Majestät an diesem Orte zu finden war.

»Sie hat ausgezeichnete Kenntnisse, mein Kind. Intime Kenntnisse gewissermaßen. Will Sie nun immer noch behaupten, daß Sie Mariana heißt und von einem Schafhirten gezeugt wurde?«
– »Ja«, sagte Mariana. Ein kurzes, helles, abgerissenes Ja, gegen das es keinen Einwand gab.

»Wie dem auch sei«, fuhr der Minister fort, »nach Santalba ist es zu weit. Wir müssen ans Meer. Aber diese Burschen kennen sich nicht aus. Weiß Sie vielleicht einen Weg ans Meer?«
– »Ja.« Und ohne noch weiter Worte zu machen, ohne Umschweif oder Ziererei, trat Mariana an das fraglos schönste Pferd aus dem Viererzug, ein isabellfarbenes Halbblut, vom Stand her schwang sie sich flach auf den ungesattelten Rücken, und der Graf, wie gesagt, wunderte sich über nichts. Herrensitz, constatierte er bei sich, indem er einstieg, aber vielleicht ritt man auf dem Lande allgemein so, auch wenn man vom Geschlechte der Weiber war. Im Übrigen zweifelte er durchaus nicht. Sein erstes Gefühl hatte ihn vortrefflich beraten. Mit welch arroganter Resolution sie ihn durch die Heide kut-

schierte! Daß der Wagen mehr flog als fuhr! daß die Räder durch Sandfurchen rutschten, über Steine klirrten, daß die Achsen ächzten, der Dreck spritzte und die Lakaien auf dem Bock sich festklammerten, um nicht Kabolz zu schießen. Ja, um Gottes*willen!* und dann schossen sie schon. Federbruch! Speichen und Kleinholz wirbelten durch die Luft, krachend legte sich die Calesche zur Seite, und das wilde Mädchen, nachdem es gesehen, was es da angerichtet, sprang vom Pferde, um mit betörender Selbstverständlichkeit, hochatmend und glücklich, zu sagen: »Verzeihen Sie.«

Die Cartaunen auf See donnerten noch immer, noch immer schwiegen die Batterieen von Myrrha.

»Eine reizende Bescherung«, bemerkte der Minister, indem er, wie weiland Don Johann, senkrecht aus der Ruine emporkam, und rückte die Allonge zupaß, die es übel genommen, daß er so plötzlich aussteigen mußte, aber eigentlich hatte er schönes Haar, Mariana war nicht die Erste, der es auffiel.

– »Wir können ja reiten«, schlug sie vor, »es ist nicht mehr weit.«

»Wie Sie befiehlt«, erwiderte scherzend der Graf. »Wohin gedenkt Sie mich denn zu führen? Zur Nymphen-Grotte? A la bonne heure!« Und er wandte sich seinem Stallmeister zu: »Ausspannen. Zwei Chasseurs von der Nachhut absitzen. Er selber reitet, aussi vite que possible, zur Residenz, nimmt sich eine Equipage und ist, binnen Kürzestem! an der Küste entlang bei der Nymphen-Grotte. Bring Er eine Decke mit, einen Umhang, ganz gleich was. Der Wagen bleibt hier, Ihr könnt ihn morgen zusammenklauben, und Er da, steh Er nicht so faul herum, helf Er mir auf das Pferd, folg Er mit der Bagage. Proviant, Windlicht, mein Glas.« Und ein infamer Schmerz, im ungewissen Licht der Fackeln, ließ, während er aufsaß, die Muskeln seines Gesichtes zucken.

»Sie scheint sich, Mariana, inzwischen besonnen und die Farce aufgegeben zu haben, partout als Magd –«

– »Ich bin eine Magd.«

»Na, ja. Vielleicht hat Sie Recht, unterstellen wir es. Ungewöhnliche Situation immerhin: ein Minister, der, während der König nach ihm verlangt, mit seiner Leibeigenen über Land trabt, in der Nacht, und weitgehend décolletiert ist sie außerdem. Von der Prinzessin Danae hat Sie mir wohl nichts zu vermelden .. Wie?«

– »Die ist doch tot.«

»Nun, die ist wohl nicht ganz so tot, als daß man sie nicht mit gewissen Mitteln wieder zum Leben erwecken könnte. Was hält Sie zum Beispiel, Mariana, von einem kleinen Embrassement entre nous deux?«

– »Ein Embrassement, was ist das?«

»Sie spricht einen so ausgezeichneten, einen so .. classischen diphtongue – ich glaube, wir sparen die Übersetzung. Aber ich muß Ihren Herrn Vater, den göttlichen Sauhirten oder was er sein mag, ich muß ihn für einen ungewöhnlich capablen Kopf ansehen, daß er seine Tochter Französisch parlieren lehrte. Enorm .. Eine Magd also – superbe.«

– »Ja«, sagte Mariana.

»So halte Sie doch nicht immerfort an dieser albernen Fiction fest. Welch ein Eigensinn. Wir wissen doch Beide recht gut, wer Sie ist, nicht wahr?«

– »Wer sollte ich denn sein?«

»Eine zukünftige Königin, das sollte Sie sein und sich danach betragen.«

– »Es regnet«, sagte Mariana.

»Ja«, erwiderte der Minister mit seiner geborstenen Stimme. »Scheußlich. Das kommt von den vielen Schüssen, die man gelöst hat, das hält so eine Wetterwand nicht auf die Dauer aus, es geht über ihre Nerven, und wie nervös ist nicht ohnedies die Natur seit einigen Tagen. Ah .. sehen Sie: das Meer. Heda, Lakai, mein Glas!« Er war plötzlich ganz lebhaft, aber man sah auch ohne Glas genug: Fern auf der Scheidelinie zwischen Himmel und Wasser, vor dem schwefelgelben Horizont, über welchem die schwarze Wolke lagerte, schwamm unter der Kimm eine gewaltige, locker auseinander gezogene Flotte, die

Schiffsrümpfe halb verborgen, ein graues, dunstiges Filigran von Masten und Segelwerk – und wieder blitzte es aus tausend Schlünden wunderbar und gefährlich auf.

»Wenn es Polycrates ist«, sagte Godoitis, das Glas vor den Augen, »sind wir verloren .. erledigt gewissermaßen. Es wäre freilich ein Bubenstück, uns im Unglück zu überfallen, und ohne Kriegs-Erklärung.«

– »Dann würden wohl«, erwiderte Mariana, »unsere Batterieen antworten.«

»Würden sie das, Königliche Hoheit? Nun, es ist nicht dieser Herr Bräutigam aus Samos. Sehen Sie selbst, betrachten Sie das Flaggschiff, das justament aus der Kiel-Linie schert.«

Er reichte das Glas hinüber; ohne Zittern nahm sie es, um kurz hindurchzuschauen.

– »Venedig.«

»Ja .. der Löwe von Venedig. Was soll man davon halten? Vielleicht eine Vergeltungs-Maßnahme. Merkwürdiges Bombardement ..«

– »Könnte es nicht ein Salut-Schießen sein? Vergeltungs-Maßnahme – was meinen Sie damit?«

»Zum Salut bestünde wohl kaum der Anlaß. Im Gegenteil, sehr im Gegenteil, teuerste Prinzeß.«

Die Prinzessin blickte weiter durch das Glas. »Ein Bombardement jedenfalls ist es nicht!« sagte sie, »dafür ist es viel zu steil. Also kann es auch keine Repressalie sein.« Sie setzte das Glas ab. »Ich bin in Ihrer Hand, Graf«, erklärte sie mit leicht verschleierter Stimme und wandte sich durchaus nicht um, sondern sah vor sich nieder in den Sand, in den sie, mit der Spitze ihres Fußes, zwecklose Kreise schrieb.

Was für ein schöner Rücken, was für schöne, genierte Schultern. Weinte sie?

– »Königliche Hoheit werden von so viel Liebe getragen und haben sich sehr klug, sehr tapfer zur Wehr gesetzt ..« Er versuchte, seiner Bewegung Herr zu werden, indem er sich räusperte. »Nur .. verstehen Sie: ich konnte schwere Canonen auffahren, da war keine Gnade .. Sie erlauben, daß ich in der

Princesse Royale eine talentierte Hoffnung der Diplomatie erblicke, eine Hoffnung, auf die das Land zählt.«

Danae antwortete nicht sogleich. Aber sie löste sich endlich aus ihrer Versunkenheit, und dann umfaßte sie fest die von Sonne und Seewind atmenden Schultern, eine Geste, mit der sie sich gleichsam völlig verschloß und bekleidete. »Obwohl ich die Farce aufgab, Herr v. Godoitis: ich gehe nie wieder an den Hof zurück.«

– »Nun ..«

»Nein.« Und sie wandte sich voll herum, die Arme auf der Brust verschränkt. »Sie wissen nicht, was vorgefallen ist. Ich erkläre Ihnen: Prinzessin Danae ist tot, dies Volk wird ohne mich glücklicher werden, und ich ohne das Volk. Denn wenn ich zurückkehre, so werde ich, früher oder später, nachgeben müssen in dem Puncte, in welchem *nicht* nachzugeben ich entschlossen bin. Man würde es von mir erpressen. Im Übrigen, Graf: denken Sie an ein gewisses Confidenz-Schreiben, denken Sie an die Freie Hand, die Sie dem Botschafter von Venedig, höchst liberaler Weise, ließen, um mich in eine Lage zu bringen, über die ich nicht weiter sprechen will, über die wir aber sprechen *werden,* wenn Sie mich zwingen.«

– »Nun ..« sagte der Minister, sagte es ganz nebenbei, »dies sind interessante Perspectiven. Wenn Sie in die Geheimnisse der Politik etwas näher eingedrungen wären, teuerste Prinzessin, so würden Sie mir concedieren, daß ich an jenem Tage, daß ich in jener Secunde, auf die es ankam, die Freie Hand geben mußte, damit Venedig, gegen seinen eigenen Willen und ohne noch einmal Rückfrage halten zu können, den tödlichen Stoß von Samos auffing. Sonst wären Sie heute die Königin des Herrn Polycrates, oder wir hätten den Krieg, was Ihnen zweifellos Beides weit weniger agréabel wäre als jene Lage .. Und Sie verstehen, ich mußte mich da vollkommen heraushalten, mußte sogar diese Frau v. Lambda zurückziehen, weil derlei Dinge, wie sie der Botschafter Ihnen, vermutbarer Weise, zu sagen wünschte, normaliter nicht für dritte Ohren gemacht sind. Ich rechnete allerdings auf den guten Geschmack des Herrn v. Legua; daß er wissen würde, wie weit er bei einer Prinzessin .. gewissermaßen gehen konnte, und ich rechnete mit Ihren tactischen Talenten, Königliche Hoheit, mit Ihrer quasi .. Strategie. Sollte ich befürchten müssen, daß er zu weit .. daß er – Irreparables? Nun, Sie lächeln, es ist das Lächeln einer Neigung, einer zarten .. Aber: n'en parlons plus. Wie gesagt, es geschah nicht aus Lust, sondern aus Necessität. Und Sie wollen also nicht zurückkehren .. tiens tiens.«

»Nein.«

– »Gut ..« sagte der Minister, sagte es conciliant und gemütlich. »Gut .. ich lasse die Prinzessin, durch die Zeugenschaft des Bauern Lamprenos und der Magd Mariana, für gestorben erklären. Das hat zur Folge, daß die Königin, da weit jünger als der Monarch, noch mehr an der ersten Stelle des Landes figuriert. Sie wird nicht mehr zu umgehen sein, auch mit der größten Kunst nicht. Weil das Gegengewicht fehlt, das man bisher gegen sie ausspielte. Sie wird ihre Herrschaft erweitern, sie wird regieren, wie sie bisher nicht regieren konnte, ihre Macht wird wachsen und wachsen, und immer tiefer werden wir in die Fänge der Geldbarone geraten, in den Schuldturm mit einem Wort. Warum kommt denn mein Wagen nicht .. Kurz und gut: es sind erfreuliche Perspectiven.« – »Ich bin daran nicht mehr interessiert«, entgegnete die Prinzessin.

– »Das sollten Sie aber! Und es gibt Dinge, an denen Sie sogar sehr interessiert sein werden, schönste Mariana. Sie wissen ja, daß Sie mir nach Recht und Gesetz gehören, ich betone: gehören, und zwar zu Eigen, und zwar mit Ihrem Leib, mein Kind. Ich erkläre die Prinzeß für gestorben, ich nehme, was von ihr lebendig bleibt, in amouröse Benutzung, lasse sie auspeitschen, wann und wie oft es mir Spaß macht, und auf diese Weise befördere ich sie, streng legal, wirklich vom Leben zum Tode. Es könnte uns sonst das Mißgeschick unterlaufen, daß eine reumütige Magd eines Tages von sich behauptet, sie sei die Prinzessin Danae, und das Volk, mein süßes Kind, der Finanzbarone überdrüssig, würde sich an deine Fahnen hängen und seinen König erbarmungslos vom Throne stoßen! – Wollen Ew. Königliche Hoheit gnädigst bedenken, daß tausend solcher staatsrechtlicher Probleme auftreten in dem einen Augenblick, in welchem Sie bei Ihrer Weigerung beharren und dem Hof Ihr Renonce geben.«

»Das Alles«, sagte Danae kühl und eigensinnig, »kann mich nicht hindern, jetzt einmal Magd sein zu wollen, wozu ich gar nichts habe tun müssen: ich wurde gekauft und weiterverkauft, und niemand fragte, ob es mir recht war – insofern ist der Unterschied minimal. Ich könnte Prinzessin bleiben, ich könnte auch abdanken, aber das würde die Sache nur complicieren. Vestehen Sie mich, es handelt sich nicht darum, daß ich wissen will, was das ist: dienen, müde sein, Armut und Verachtung fühlen, die Großen in ihrer glanzvollen Scheinwelt vorüberfahren sehen .. ganz so romantisch bin ich wohl nicht. Und natürlich kann ich mir Angenehmeres denken, als Kühe melken und Ställe ausmisten und ähnliche niedere Arbeiten. Ich will bestimmten Consequenzen entgehen, die leider Zusammenhang mit dem Erdbeben haben, daher muß ich vermeiden, daß Andere über mich beschließen, Sie zum Exempel, das Cabinett, der König, die öffentliche Meinung. Darum besteht auch keine Gefahr, ich würde eines Tages behaupten, die Prinzessin zu sein. Anonym will ich sein, ein Irgendwer. Bei wem ich da diene, ist einerlei, aber Sie haben mich nun einmal gekauft, da macht es mir meinerseits Spaß, abzuwarten, was daraus wird. Ich könnte Ihnen échappieren, glaube nicht, daß jemand schneller reitet als ich. Jederzeit könnte ich fort, selbst wenn Sie mich auf Ihren Gütern verstecken, selbst wenn Sie mich einsperren, in Ketten legen: es gibt immer Menschen, die bereit wären, dem König Nachricht zu bringen. Vergessen Sie nicht, daß Sie Feinde besitzen, Ihre Carrière würde mit einem éclat sondergleichen enden. Nicht *Sie* also haben *mich* in der Hand, sogar als Magd wäre ich immer die Überlegene. Und wenn es Sie dennoch gelüsten sollte, mich, wie Sie es ausdrückten, in amouröse Benutzung zu nehmen, ich verspreche Ihnen, eher erwürgte ich Sie in Ihrem Bett, als daß ich mich einem *Zwang* fügte. Sie werden mich auch nicht auspeitschen lassen, denn Sie sind, das sage ich, obwohl ich Sie hasse, Sie sind ein Grandseigneur und werden niemals gegen Ihre Welt handeln. Nein, Sie können mich nicht schrecken. Aber wir können uns jetzt Adieu sagen, da kommt Ihre Equipage.«

– »Ja, da kommt meine Equipage, und ich kann Sie nicht schrecken, sagen Sie. Ich kann Sie nicht auspeitschen lassen und nicht zu der Meinen machen. Sehr richtig beobachtet, Prinzessin. Weil ich ein Grandseigneur bin, ein Royalist bis in die Knochen. Weil ich nicht gegen meine Welt handeln kann – was noch dahin steht, denn als Lenker eines Staates muß man Vieles können, was gegen die eigene Natur läuft. Aber Sie: Sie wollen es, gegen Ihre Welt handeln. Sie wollen Volk spielen, um auch einmal zu wissen, wie das ist. Ja, ich sage Spielen. Das ist ganz hübsch, sicherlich: für ein, zwei Wochen oder auch drei ist es hübsch. Dabei steht ein Universum zwischen Ihnen und der Masse. Belügen Sie sich nicht, Prinzessin. Die Masse, mit ihren brutalen Instincten, würde das Fremde wittern, das Unzugehörige, ach was: das Ungehörige, denn es gehört sich nicht, daß Fürsten sich gemein machen. Und überdies, ich erinnere Sie .. ja, wenn du meine Hausfrau werden wolltest .. ridicule, ridicule, aber im höchsten Grade normal. Die Masse, Prinzessin, ist normal, ist Natur, die Democraten irren, indem sie glauben, das Volk lasse sich gerne von seinesgleichen beherrschen. O nein, das Volk verlangt nach Abnormem, nach dem Unnatürlichen und Überlegenen verlangt es, und mit tiefem Sinn ist die Welt des Hofes künstlich, eine gewollte und gemachte, mit vollem Willen sich distancierende und erhöhende Welt. Ich will Ihnen auch sagen, warum: die Idee des Volkes läuft auf das Ziel, beherrscht zu werden, und die Idee des Staates, in die Spitze zu münden, in den großen Solisten. Man muß den Mut haben, ein Solist zu sein, mit der Waffe in der Hand, selbstverständlich, denn obwohl man jemanden wünscht da oben – nicht gerade uns vielleicht –, so rennt man doch Sturm gegen ihn, unter allen Umständen, sogar wenn der Weichherzigste oben stünde, ein Mann ohne Knochen, ohne Gesicht, man würde ihn wegfegen, *weil* er mehr ist als die Masse da unten. Curios und abstrus .. Man muß es nur *ein* Mal durchschaut haben, dies rasend

Unlogische im Verhältnis von Staat und Volk, diesen animalischen Undank, dies Gewimmel von Winzigkeiten, wie sie sich aufplustern und krähen und Macht wollen. Ich persönlich finde Vergnügen daran und begreife nicht ganz die Nervosität gegen Ihren Beruf, aus welchem Sie, nackt gesprochen, desertieren. Sie sind doch sonst so überlegen! Warum nicht Ihrem Amt als Prinzessin? Sehen Sie zu, wie Sie die Consequenz überlisten, die Ihnen das Erdbeben vorbrockt, statt daß Sie warten, was der Graf Godoitis mit seiner Leibeigenen anstellt. Es wäre ehrlicher .. Dieser Regen ist wahrhaftig abscheulich. Steigen Sie ein, Mariana. Ich gebe Ihnen mein Wort als Edelmann, Sie können vor der Stadt anhalten lassen, um noch ein paar Tage Volk zu spielen. Als homme d'Etat, der ein wenig in Ihrer Seele zu lesen gelernt hat, sage ich Ihnen voraus, daß Sie zurückkehren werden, weil Ihre *Natur* Sie zwingt, die Art Ihres Geistes, eines Solisten par excellence .. Heda, Lakai. Allez. Zum Schloß. – Ja .. bereits vor der Stadt werden Sie nicht mehr den Wunsch haben, auszusteigen. Darf ich Ihnen übrigens diese Decke offerieren ..«

Danae nahm das Tuch, schweigend, und hüllte sich darin ein.

Sie fuhren dahin. Wind und Regen warfen sich in groben Stößen gegen die Equipage.

– »Sie schweigen«, sagte der Minister.

Es war das keine Frage. Man fuhr lange so, die Hufe klapperten, von den Anis-Feldern drang betäubender Duft in das Coupé.

»Sie stellen mich vor furchtbare Wahrheiten«, äußerte die Prinzessin endlich, ganz leise, ganz rauh. »Ich fühle, daß Sie Recht haben.« Sie verstummte. Das Wasser rann an den Scheiben herab. Graf Carlo, unter vornehmem Räuspern, schloß die Augen. »Und ich fühle auch, daß Alles, was Sie sagten von der Masse und vom Solisten, ein kaltes Nein enthält, bei dem das Volk friert. Vielleicht gibt es doch einen Weg zum Ja und zur Wärme, auch für den Solisten, auch für mich. Aber dazu ist es nun zu spät. Ich *kann* nicht mehr die Prinzessin Danae sein. Diese ganze Catastrophe, die über Myrrha gekommen ist ..«

– »Sprechen Sie nur weiter.«

Er hatte die Augen wieder aufgeschlagen, sie bemerkte es nicht, Beide sahen sie vor sich hin. »Dieses Erdbeben .. nein, es läßt sich nicht sagen.«

– »Der Goldene Regen ..« sagte der Minister und blickte streng geradeaus, während der Wolkenbruch über das Verdeck rauschte. »Man wünscht von Ihnen zu erpressen, was Sie mit Fug verweigerten.«

Danae nickte. »Sie wissen es?«

– »Ja .. quasi wußte ich das. Ich weiß Vieles, bin es gewohnt, aus Andeutungen zu lesen und die Menschen zu beobachten, scharf zu beobachten.«

»Was soll ich nur tun?«

– »Das will ich Ihnen secieren. Sie bringen da eine private Offerte etwas vorschnell in ursächlichen Zusammenhang mit einem allgemeinen Désastre. Unterstellen wir, daß Sie Recht haben. Erste Möglichkeit: Mariana, die Magd; der Liebe Gott dürfte sich wenig an Ihrem Incognito stören. Zweite Möglichkeit: emigrieren; das Unwetter würde Ihnen folgen. Ergo: es hätte nur Zweck, Sie hängen sich auf; die Kirche verbietet es. Ergo: Sie bleiben die Prinzeß Danae, bagatellisieren die Geschichte und handeln nach Maßgabe allfälliger Entwicklungen. – Sie müssen sich auch nicht in Ihr Unglück hineinbrüten ..«

Die Prinzessin antwortete nicht. Sie starrte in trübe Eventualitäten und war für Trost nicht zugänglich. Offensichtlich kämpfte sie mit den Tränen, mit übergangslosen Entschlüssen, mit Angst, ja, mit Panik – was den Grafen nicht Wunder nahm. Dann wurde sie vollends kopfscheu. »Befehlen Sie jetzt, daß gehalten wird«, bat sie. »Ich möchte aussteigen ..«

Man fuhr schweigend, wäßrig glitten die Schemen der Allee-Bäume vorüber, der Minister saß wie eine Statue.

– »Sie haben sich«, sagte er endlich, »wie so viele qualitätvolle Persönlichkeiten auf Myrrha, angewöhnt, in mir einen gewissenlosen Mann zu sehen, der mit der Macht spielt. Und Sie Alle glauben, ich fürchte mich davor, eines Tages abtreten zu müssen. Aber verkennen Sie mich nicht: ich fühle das Alter kommen und das Ende, und es bedrückt mich ein wenig, daß ich dauernd gegen Widerstände regieren soll, weil niemand sich die Mühe gibt, in *meinem* Herzen zu lesen. Ich brauche mitunter ein wenig Verständnis. Der Haß ist kein Ding, das froh machen könnte, und doch muß man den Mut haben, Haß auf sich zu laden, den Mut, ungeachtet dieses Hasses, fühllos und wesenlos, praecis wie eine Maschine, vor sich hin zu regieren. Ich kenne ihn nun an die zwölf Jahre, den Haß, bin mit ihm groß geworden. Als Ambassadeur hatte ich es gemütlicher. Sie waren damals eine süße kleine Person, pardon, ein bezauberndes kleines Mädchen mit einer Glockenstimme und unschuldigem Herzen. Und Sie wußten nicht mit Ihren drei ein halb Jahren, wie es um den Staat bestellt war und wohin er getrieben wäre, wenn ich nicht den Mut aufgebracht hätte, den König zu zwingen, daß er von seiner Abdankung zurückstand. Und heute, mit Ihren nahezu sechzehn Jahren, kaufe ich Sie als meine Magd, um *Sie* zu zwingen, daß *Sie* nicht abdicieren. Jawohl: zwingen! Trotz Ihrer Aversion gegen das Wort. Auch Sie haben einer Raison zu gehorchen, welche höher ist als private Launen und privates Glück. Sie sehen, ich kann auch hart sein. Wäre ich ein kluger Minister, so würde ich mich hüten, mir meinen künftigen Souverain zum Feinde zu machen, und wäre ich der Spieler, für den Sie mich halten, so würde ich ganz anders handeln. Vergessen Sie, wenn wir in der Residenz sein werden, was hier entre nous deux vorgefallen ist, ich werde nicht mehr darauf zurückkommen. Sie dürfen sogar vergessen, daß ich als Mann keinen Finger gerührt habe, mich Ihrer zu bedienen, wie es mir zustünde. Ich rechne nicht mit Dankbarkeit. Kurz: ich bediene mich dieser Situation als Minister, und genau so weit, wie es nötig ist – um Sie vor einem Fehler zu bewahren, der Ihnen selbst, Prinzessin, keine Freude, dem Staate aber das Verhängnis bringen wird. Ich warne .. und manchmal prophezeie ich auch, denn wer den Staat lenkt, den macht er zum Propheten, da ist keine Kunst. Im Übrigen verbitte ich mir, daß Sie mich hassen, ich erlaube das vielleicht denen, die nicht capabel sind, das

Wesen des Staates, der Krone, der Politik zu verstehen. Sie: *sind* capabel. Sie sind etwas mehr und für Höheres da, als nur schön zu sein und geheiratet zu werden. Seien Sie also eine wirkliche Prinzessin, eine Figur, eine Macht, eine handelnde Person .. denn was, wenn ich tot bin? Wer kommt nach mir? Ich sehe Keinen, der regieren könnte – außer Ihnen, Königliche Hoheit, und von einer Königlichen Hoheit verlange ich, daß sie königlich ist in ihren Taten. Mögen Sie dienen, Mariana, aber dienen Sie nur Ihrem Lande. Und sehen Sie zu, daß nicht die Princesse Royale, wei sie die Caprice hat, Gemüse zu putzen, der eigenen Frau Mutter das Jeu macht .. Sie schweigen?«

»Ja.«

– »Sie sind verwirrt in Ihrem Herzen? Ihrem jugendlichen und feurigen, romantischen Herzen?«

»Ja.«

– »Und Sie wollen immer noch desertieren, der Pflicht zum Trotz, die Ihrer wartet?«

»Ja.«

– »Dann will ich Ihnen etwas erzählen, Mariana, ich erwähnte wohl schon, daß Sie, wenn wir vor der Stadt sind, nicht mehr den Wunsch haben werden, auszusteigen. Wir werden uns nicht Adieu sagen und dem Abgrund nicht entgegentreiben, es sei denn, ich hätte mich völlig in Ihnen geirrt. Diese Canonade da draußen auf See ist kein Salut-Schießen, wie Sie annehmen durften, sondern, im besten Fall, eine bewaffnete Demonstration, die Antwort auf ein Attentat – aber das haben Sie freilich nicht mehr miterlebt, Sie waren ja schon davongesprengt, um sich dem Goldenen Regen zu unterziehen. Ja. Es hatte *mich* treffen sollen. Man verstand nicht, Wappen zu lesen, so traf es den Falschen. Er kann nicht mehr leben, seine Wunden sind allzu schrecklich, er kann auch nicht sterben, denn .. er meint, er müsse Sie, Prinzessin, vorher noch einmal sehen, und wenn er Sie sieht, meint er, in diesem Augenblick würde er sterben können. Das ist sehr romantisch gedacht, und er sagt es nicht, aber ich lese in den Seelen der Menschen, da ich sie ja regieren muß, und Haß macht hellsichtig, glauben Sie mir das.«

»Don Giovanni ..«

– »Ja. Don Giovanni. Wir werden jetzt in die Stadt kommen, Sie werden sich umkleiden .. und dann werden Sie den Botschafter von seinem Leben erlösen. Um die Wahrheit zu gestehen, so möchte der Ausdruck Leben subtiler Hohn sein und das Wort Folterung eher am Platze. Nun, man kennt Beispiele von Willensstärke, kennt Herren-Naturen, die ekeln sich vor sich selbst, wenn sie nicht täglich den Rock wechseln, er wechselt ihn also täglich, es sind das entsetzliche Qualen. – Mir scheint leider, ich habe Sie in der Tat erschreckt, Königliche Hoheit ..«

»Wenn Ihnen das einen kleinen Triumph gibt: ja, das haben Sie.«

So fuhr die Prinzessin, tief vermummt in ihrer Decke, zur Residenz zurück. »Er hat sterben müssen«, sagte sie noch, »da war keine Gnade. Die Götter strafen schlimm. Und sie denken sich nichts dabei. Gar nichts.«

Aber das Letzte war nur noch ein Flüstern.

XVI. CAPITEL

Nein, die Götter waren nicht sehr liebenswürdig, das mußte man schon sagen. Kein Scrupel kam ihnen, mit vollen Händen zu wüten, sie dachten sich nichts dabei, und hatten sie einmal angefangen, so wollten sie nun auch gründlich sein. Es war nicht die Rede, daß es je wieder aufhören würde.

Dennoch gab es Menschen, die das mit vornehmer Mißbilligung ignorierten. Menschen der höchsten Schichten, die es für unter ihrer Würde befanden, diese Ausbrüche eines fundamentalen Mangels an Erziehung überhaupt zur Kenntnis, geschweige als ein Schicksal zu nehmen, dem man sich seufzend zu fügen habe. Es gab Menschen, in deren Gesellschaft das Wort Gott nicht fallen konnte, ohne daß der ganze Apparat von Skepsis, Blasphemie und Dünkel, von boshaften und moquanten Bemerkungen, Aperçus und Bonmots in Bewegung geriet und eine Woge von Spott sich über die pathetischen Anstrengungen der Himmels-Bewohner ergoß. Denn man war irreligiös bis zum Exceß, sobald es um Ansprüche ging, um die Frage von Rang und Vortritt zumal. Wenn Gott sich beschied, als eine decorative Persönlichkeit in seinen Kirchen angebetet zu werden, so wollte man gerne hin und wieder zierlich das Knie beugen, Tyrannei aber war man zu dulden unter gar keinen Umständen gesonnen, und Götter, die es an Tact gegenüber dem Vertrags-Partner fehlen ließen, durften kaum erwarten, von ihm anerkannt zu werden. Man wollte nun doch einmal sehen, wer die Kraftprobe länger aushielt.

In den Räumen, über die der sterbende Botschafter, im Gästeflügel der Residenz, zu verfügen gebeten war, rüstete man eine Soirée dansante .. Man nahm keine Notiz vom Tod, man wollte tanzen, wünschte nicht geschmälert zu sein an dem, was das Leben lebenswert machte, und rüstete eine Soirée .. Welch ein Affront! welch ein Beweis der Verachtung gegen die erhabenen Inscenatoren des Unwetters. Ja, man kannte noch nicht einmal den Ausgang, den das Débarquement des Löwen haben, wußte nicht, ob er je den sieggewohnten Fuß auf den Boden der Insel setzen würde, aber man verschickte die Einladungen. Reitende Boten, Spiegeltelegraph, Brieftauben, Musik, ein Strom von Hoflieferanten – und die Tafel wurde gerichtet, als gäbe es nichts auf der Welt, was geeignet sein konnte, die Hoffnungen und Entwürfe des Menschen aus ihrer Bahn zu werfen. Man hatte dem Botschafter gemeldet, das Cypern-Geschwader kreuze auf der Reede von Myrrha, der Botschafter entschied, der Botschafter befahl – nun, das durfte genügen.

In der Tat, es genügte. Man mußte nur wollen, nur am gewünschten Programm mit aller Hoffart festhalten, nur keinen kleinsten i-Punct opfern – und es genügte, die Parzen zum Schweigen zu bringen. Die guten alten Parzen .. sie schauten auf Don Johann hinab, der dort unten, mit dem Tode ringend, ein pompöses Dîner gab, sie blickten sich an, fanden ihn fabelhaft, köstlich, hinreißend fanden sie ihn, denn, was man immer von ihnen halten mag, sie waren *Damen,* steinalte, verknitterte Damen – und ihre Scheren sanken in den Schoß. Was meint Ihr? schienen sie einander zu fragen, unfähig, ihre Rührung zu verbergen: man könnte ihn noch ein wenig leben lassen .. Und sie ließen ihn noch ein wenig leben.

Er lag da ganz allein in dem riesenhaften Saal, am Ende des von polierten Intarsien schimmernden Parquettes, in welchem sich das Cuppel-Oval mit Palisander und Mahagoni, Ebenholz, Ahorn und Kirsch wiederholte. In einem hellblauen Frack von ausgesuchter Eleganz, schön, männlich und etwas steif, lehnte er, dem Feste in eigener Person zu praesidieren, auf dem Paradebett, umrahmt von Paravents, deren Brocat, venezianisch rot, sich vorteilhaft von dem waldgrünen Damast der Tapete abhob. Die hohen und prächtigen Türen funkelten von Gold, der Baumeister hatte daran so wenig gespart wie an den kostspieligsten Schnitzereien – machten doch sie erst das Gold zu dem, was es war: zu einer stolzen und gelassenen Demonstration des Kunstverstandes, zur Selbstdarstellung des in aller Verschwendung überlegen planenden Geschmackes, zur Augenweide und Lustplantage. Und wie bereitwillig kam es seinen Functionen nach, das Gold, einen Ocean von Licht hin und her zu werfen, mit ihm zu spielen, ihn zu spiegeln, ihn zu brechen! Denn das Alles – die tausend Kerzen, auf Lüstern und Wand-Armen symmetrisch gereiht, tausend Cristall-Prismen, jedem Lufthauch anmutig ergeben, auf der Tafel die weißen Couverts, geschweifte Porcellan-Leuchter und figürliche Gruppen, aufsteigend aus dem Rosa von Blumen, die sich um Teller und Gläser und silberne Bestecke rankten – das Alles, indem die Flammen sich leise im Windzug bewegten, funkelte auf das Wunderbarste in und durch einander, eine einzige, glitzernde Conversation.

Nein, man ließ sich durch so düstere Phaenomene da draußen nicht schrecken, selbst noch abnormere Anstrengungen einer unfreundlich gewordenen Natur hätten keinen der Eingeladenen abhalten können, dem süßen Kitzel zu folgen, den zwei Sensationen zugleich ihrem Nerven-System mitteilten. Den Göttern Tort anzutun, war wohl schon Kitzel genug; nun aber, im Vorsaal, unter Scherz und Geplauder, fühlte man sich von Neugier schlechthin zerrissen: Neugier einerseits auf den großartigsten Botschafter, den man jemals erlebt – Wenige hatten ihn erlebt, er war ja ein homo novus auf Myrrha – und den man durch die geöffneten Türflügel, am Ende einer Gasse von bestickten Livreen, in tadelfreier Haltung sterben sah; Neugier andererseits auf Otello, den Mohren, den ruhmbedeckten Admiral der venezianischen Flotten. Don Diego di Otello, Gouverneur der Insel Cypern, General-Lieutenant der Republik in den Gewässern des Orient und Kaiserlicher Majestät Feldmarschall – dies seine Titel – ein wahrer Fürst der Wogen! und ihn sollte man versäumen, nur weil es der Erde beliebte, schlechtes Theater zu spielen? Es hieß, der Seeheld gefalle sich in etwas robusten Manieren, er sei nicht gerade das Feinste vom Feinen, Dieser und Jener kannte ihn, doch Herr v. Gheotta, des Königs gewesener Hofnarr, wußte die Besorgnisse, vornehmlich der Damen, schnell zu besänftigen. *Herr*

v. Gheotta, jawohl .. Don Pasquale di Alberoni-Gheotta, wie er sich neuerdings wieder nannte, er machte die Honneurs, die Uniform eines Botschaftsrates zierte ihn bedeutend, und als habe er dies von Jugend auf getrieben, so übte er, in vollkommener Distinction, seit einigen zwölf Stunden die Stellvertretung seines mit dem Hinscheiden beschäftigten Herrn aus. Wollte er Botschafter werden? über die Leiche des noch nicht einmal gestorbenen Chefs hinweg? Freilich, es waren die Alberoni eine sehr vornehme Familie, mit den Sinigallia verschwägert, mehrfach obendrein, mit den Tiepolo, Dandolo, Loredan, sie gehörten zum engsten Kreise der Oligarchen, da brauchte man durchaus nicht vom Fache zu sein, in Windeseile erklomm so ein Buckel, weil tatendurstig, den Rang von Bevollmächtigten Minister-Residenten, denn seit dem Eintreffen der Taube, welche die Kunde gebracht, daß jener gehörnte Ehemann nicht am Duell verstorben, sondern nach einigem Siechtum genesen sei, war in dem Weisen die Wunde der Eitelkeit aufgebrochen, die schmerzte nicht wenig, und Don Giovanni, zu seinem Teil, kümmerte sich weder um Schicklichkeit – sie hätte ihm verbieten müssen, einem Schellenkönig die Carrière, einem Schnabelschuh das Avancement zu öffnen –, noch störte er sich an möglichen Entscheidungen einer hohen Signoria, die über die Nachfolge vielleicht anders verfügen würde, wenn man sie fragte. Don Giovanni, niemand konnte es leugnen, war eine ausnehmend eigenwillige Persönlichkeit, bis zum Letzten, bis zum Momente, in welchem er seine Seele Gott befahl. Und wieder warf man einen langen Blick der Bewunderung auf den fernen point de vue, den hellblauen Granden der Serenissima, ganz dort hinten am Ende des Saales ..

Wo aber blieb nun der Seeheld, der Fürst der Wogen? tilgte er noch, in allzu ausgiebiger Toilette, die Strapazen der Überfahrt aus einem Antlitz, das, wie böse Zungen behaupteten, zu matt gebräunt war, um nicht den Eindruck zu erwecken, als sei es einfach schlecht gewaschen? Frau v. Lambda behauptete es, die verabschiedete Hofdame der vermutlich toten Prinzessin, sie erschien sans gêne zu dieser Festivität, legte sich keine

Zurückhaltung auf und beschrieb maliciös, wie altväterisch doch der große Mann sich trage: saffianlederne Stulpen, vorgestrig, einen Brocatrock, dunkelrot, unter dem Gürtel breit ausladend, unmöglich mit einem Wort, Schädel wie ein Bullenbeißer, das Haar coiffé à la brosse, ein Borstentier sozusagen, ein Kinderschreck, ein Nußknacker mit gewaltigen Kiefern. Sie wolle zwar nicht leugnen, daß er ein Held sei, ein Held durch und durch, aber wenn er lächle, erscheine rosiges Zahnfleisch in einem Gesicht von Chocoladen-Pudding, es sehe ungehörig aus ..

So sprach sie, die Dame, und dann verschluckte sie sich. Fröhlich und lärmend trat der Geschilderte in den Salon, wo eine summende, angeregte, erwartungsvoll sich drängende monde sogleich mit wahrer Bestürzung zu schweigen begann, quasi vor seinem Ruhm auf die Kniee sank. »Buona sera!« verkündete er kurz und imperatorisch, schon war er vorüber, man sah seinen Nacken, der wuchtig aus dem vorbereitenden Massiv der Schultern aufstieg, und glaubte es nicht, daß solch ein Älpler sich auf den Planken des Flaggschiffes, bei Sturm, Seeschlacht und Wogenbraus, mit der gebotenen Wendigkeit sollte bewegen können. Pasquale, der Narr, umflatterte ihn: »Darf ich Herrn General bitten ..«, und auch ohne dies hätte Don Diego mit angenehmer Selbstverständlichkeit die Tête der Hereinströmenden genommen, die er gut um Hauptes Länge überragte – um welchen Hauptes Länge! Ein Gebirge verneigte sich unter dem Architrav der Entrée, während der Botschafter, am anderen Ende des Saales, die wohlgeschnittene, schlanke Hand erhob, um müde zurück zu grüßen. Und hier, ehe er sich neuerdings in Bewegung setzte, lächelte der Coloß sein mit Spannung erwartetes Lächeln, das, in der Tat etwas ungehörig, hinter dem nußfarbenen Teint der Wangen ein rosiges Zahnfleisch sehen ließ und aus schneeweißem Gebiß erfolgte.

»Buona sera, Eccelenza!« rief er, überquellend von Herzlichkeit – ein Tubastoß, der den Leidenden nahezu in das Jenseits beförderte –, und gleich einer Fregatte stampfte er durch die spiegelnde See des Parquettes, um dem Botschafter, mit zerschmetternder Kraft, die Hände zu schütteln.

Don Giovanni litt. »Piano, piano«, konnte er noch flüstern, »maresciallo«, dann verließen ihn die Sinne.

Der Feldmarschall erschrak, so hatte er das nicht gemeint, es war ihm recht peinlich. »Eine Ohnmacht hat ihn angewandelt«, sagte er erschüttert, »was nun?«

– »Eau de Cologne«, entschied Gheotta, und so geschah es.

Don Giovanni, aus dem Jenseits zurückkehrend, schlug die Augen auf, die schönen, blauen Augen, die voll Ironie und zärtlicher Untreue in die Welt blickten. »Scusate, amico«, sagte er gewinnend, »ich bin ein wenig blessiert. Pasquale, Sie übernehmen wohl die Honneurs .. Zu Tische. Marschall, wollen Sie gütigst zu meiner Rechten ..«

Der Feldmarschall wollte. Man servierte ihm als Erstem, denn er war es, nachdem die Majestäten, begreiflicher Weise, die Einladung in den urbansten Formen zurückgewiesen und auch die Prinzessin sich, da verschollen, nicht wohl hatte einfinden können. »Es war abenteuerlich«, verkündete er mit seiner gewaltigen Stimme, der Stimme eines Befehlshabers, während die Hände, nicht ganz amusische Hände, den Schlegel eines vergoldeten Pfauen zerlegten, dem noch soeben, bevor er tranchiert wurde, lebende Ortolanen entflogen waren, »abenteuerlich im höchsten Grade. Ich empfing Ihr Billet, Don Pasquale – wo ist er? – ah, dort unten .. Hören Sie, Don Pasquale!«

– »Piano, piano, maresciallo ..«

»Ma parlo piano, Eccelenza!«

– »No, parlate con tutta forza ..«

Und Don Diego versuchte pianissimo zu sprechen, obwohl es schwer fiel. Er verzichtete sogar darauf, Don Pasquales Ohr zu erreichen. »Ich empfing dies verteufelte Billet .. Herr v. Legua auf dem Fuße zu sterben .. die Erde bebt .. ein verläßlicher Wundarzt von Nöten .. ha: Blitz und Wetterschlag, bei uns war das schönste Sonnengefunkel, der Pfau ist ausgezeichnet, und ich befahl das ganze Geschwader. So segelten wir bei gutem Winde dahin, aber als wir auf der Höhe von Rhodos

Curs Westsüdwest nahmen, kam Sturm auf, ein Stürmchen erst, dann immer stärker, immer wilder, immer bösartiger. Poseidon und die Seinen bliesen aus vollen Backen, wunderbar dieser Pfau, delicat, köstlich, wir wurden abgetrieben, die Sonne schien, die Wogen türmten sich, und fern am Horizonte sahen wir, da wo Myrrha liegen mußte, eine extravagant kohlpechrabenschwarze Gewitterfront über dem Meere lagern. Schon war Anaphe in Sicht, heda, lauf Er mir doch nicht immerfort davon, heda, Lakai! als achteraus ein ansehnlicher Flottenverband aufkreuzte, und was glauben Sie, wer es war: die gesamte Streitmacht von Samos. Auf dem Flaggschiff wehte der Stander des Königs. Wir jagten ihm eine Breitseite vor den Bug, und der Kerl, ja selbstverständlich will ich noch Sauce, der Kerl, ich kann nicht an ihn denken, ohne meine Galle zu strapazieren, hat nicht einmal Contresalut gewagt – er drehte ab. *Er drehte ab!* Na also, nun noch etwas Wein, kurz und gut: so pirschten wir uns von Ost zwischen widrigen Böen an Eure vemaledeite Insel heran« – in der Tat, er sagte: »isola maledetta«, einigen patriotischen Damen blieb der Bissen im Halse stecken, die Tafelrunde erstarrte – »pardon, jawohl, gieß Er nur ein, aber es wollte uns, zum Henker, nicht gelingen, wir gerieten unter die schwefelgelben Ränder Eures Taifuns, und – weiß der Teufel, warum – es war plötzlich ganz windstill, wir machten nicht mehr zwei Knoten in der Stunde, eine verflixte Zuckelei. Ja, natürlich, Signora. Da dachte ich mir, was dem Himmel recht ist, muß dem Löwen billig sein, ich beteiligte mich an dem Seegewitter, das zwar im Augenblick, als ich zum Gruß an Eure tollgewordenen Götter die Canonade gegen die Luft eröffnete, noch nicht donnerte, aber donnern sollte, denn ich wollte dieser Luft zeigen, daß Otello nicht mit sich spaßen lasse, sondern Fahrwind wünsche. Außerdem – tausend Dank, nein, es geht ihr glänzend – außerdem konnte es ja nur vom Guten sein, wenn Eure Myrrhonesen glaubten, es geschehe als Antwort auf das Attentat, und ein wenig Angst bekamen, wie, keine Angst gehabt, meine Gnädigste? Nachdem wir uns solcherart an die fünfzig Minuten bombardiert und contrebombardiert hatten und es zunächst einmal vom Himmel goß, daß es seine Methode hatte, gefiel es dem aufgeregten Element, zu Kreuze zu kriechen vor mir, der ich mit Lust meinem Berufe oblag, wir erreichten den Sog, er hätte uns bald gegen die Küste geschmettert, sodaß ich nach allerlei manovere mich entschließen mußte, das Débarquement mit nur drei leichten Corvetten auszuführen. Wie man das macht? Oel, schönes, dickes Oliven-Oel, fässerweise auf die See gegossen und dann hindurchgesegelt. Ja, billig ist das nicht, aber wer fragt nach Recht und Billigkeit bei Kriegsflotten! Die Flotte .. ein Luxus-Instrument, das Perlencollier der Großmächte, nur noch gefährlicher. Nein, Sie sind zu reizend, gefährlicher als ein Perlencollier kann nichts sein .. Sie müßten halt sehen, wie der Staat Oel aufbringt, das wäre doch einmal eine lohnende, wirklich anthropophile Aufgabe für Banquiers und Minister, und ich gestehe, dieser Seitengedanke war es eigentlich, der mich bewog, mein ganzes Geschwader zu befehlen, für mich hätten ja auch ein paar Brigantinen genügt oder ein Ruderboot, Sie glauben das nicht? Signora, Sie wären nicht die Erste, die den Mohren trockenen Fußes, bei Sturm und Seegang! aus einer offenen Jolle steigen sähe. Wie belieben? Nun, an zweitausend Menschen könnte ich wohl aus Myrrha davonschaffen, es sieht ja nicht nach dem aus, als sollte diese Abnormität demnächst ihr Ende finden. Was meint Ihr, Excellenz?«

Aber Excellenz war totenbleich, und als Otello seine Hand ergriff, indem er Ragoût Ragoût sein ließ und das Mundtuch hinter sich warf, da war sie kalt und schlaff. »Don Pasquale!« rief er mit seiner Donnerstimme, »Don Pasquale!!«

Man sprang erschrocken von den Sitzen, Alles drängte sich um das Sterbebett, Alles empfand jäh die Hinfälligkeit des Vollkommenen in der Welt – das schöne Fest! Ob er nun endgültig hinüber war, der Botschafter? Man glaubte es noch nicht recht, obwohl er so unsympathisch fremd in den Kissen ruhte. Voller Mißtrauen verfolgte man die Manipulationen Gheottas, der sich, auf dem Puncte, selber eine Excellenz zu werden, zum Interpreten der allgemeinen Zweifel machte, indem er Don Johanns Stirn – die Stirn war eisig –, Don Johanns Puls befühlte

– der Puls schlug nicht mehr – ja, sogar eine Kerze vor das Gesicht des voraussichtlich Toten führte. Und man versuchte, den Atem festzuhalten in der Brust ..

Dann ward es Gewißheit: dies männliche, starke und heftige Leben war auf immer dahin.

Es wurde sehr still im Saal. Der freundliche Gönner .. tot. Und nicht einmal die Augen konnte man ihm, wie versprochen, mehr zudrücken, denn diese Augen, in deren bläulichen Senken nun schon die schwarzen Schatten des Abgrundes lagerten, hatten sich, als die Ermattung kam, von selber geschlossen, inmitten der Lichterpracht. So begnügte Gheotta sich, zu nicken, es war ein definitives Nicken, und ging, während Otello nach dem Wundarzt verlangte, der dem Geschwander attachiert war, mit langsamem, undiplomatisch erschüttertem Schritt hinaus, es war auch höchste Zeit, sich umzukleiden, denn nun galt es, letzten Pflichten nachzukommen – diesmal als Abbé.

Ein vielseitiger Mann.

Kaum aber hatten die Responsorien begonnen, an denen die ganze Tafelrunde – geniert, weil in Ball-Toilette, und verstört ohnehin – sich murmelnd beteiligte, so ward, am Ende des Saales, die große vergoldete Flügeltür aufgerissen, der Ceremoniar der Botschaft verkündete: »Sua Eccelenza, il capo del governo Reale!« – und herein schritt, von Alter an die fünf und fünfzig Jahre, auf dem Haupt eine pompöse Allonge, die allmächtige Gestalt des Grafen Godoitis.

Er schritt, indem er gemessen nach rechts und links grüßte, auf die höchst öffentliche, höchst großartige Scene zu. »Man stirbt?« fragte er mit seiner gleichsam geborstenen, harten und wasserhellen Stimme.

– »Don Giovanni ist bei seinen Vätern«, entgegnete der Vielseitige und unterdrückte nicht ganz den Vorwurf, der ihn am Platze dünkte.

»Bei seinen Vätern?« rief der Minister mit Schärfe. *»Ach was!* Man stirbt nicht, wenn eine Königliche Prinzessin im Begriffe steht, ihren erhabenen Besuch abzustatten. Sagen Sie das der Excellenz des Botschafters.«

Don Pasquale sagte es.

Da, in der Tat, schlug Herr v. Legua noch einmal die Augen auf, die schönen, blauen Augen, in denen der Tod schon Umschau gehalten hatte trotz aller zärtlichen Untreue, und äußerte, voll skeptischer Ironie: »Mir scheint, hier findet eine Gebets-Stunde statt.«

XVII. CAPITEL

Man tanzte.

Die Musik spielte, die Kerzen brannten, die Paare schritten gegeneinander, verneigten sich, Hände lagen in Händen, Augen ruhten in Augen, Atlas-Schuhe beschrieben ihre Figuren auf dem Parquett, die Lippen bewegten sich in artigen Gesprächen, bebten in zarten Confidenzen, vergessen waren Unheil, Tod und Verderben, vergessen Alles außer der Schönheit wundervoller Damen und wundervoller Roben, glänzender Cavaliere und glänzender Rockstickereien.

Man tanzte, der Gastgeber wünschte es so, und man selber wollte es. Ach, man verstand ihn so gut, den Sterbenden, der von der Süße des Lebens Abschied nahm. Man verstand seinen Haß auf das Schicksal, seine wilde Hingabe an diesen letzten Schimmer von Welt, den man ihm tanzend darbrachte. Und hin und wieder, bei den leiseren Klängen einer Chaconne, einer Gigue, einer Réjouissante, horchte man, über den Scheitel der Damen hinweg, flüchtig nach jenem Cabinett hinüber, in welchem der Feldscher des Mohren Don Johanns Wunden betrachtete. Man hoffte im Stillen – so seltsam sind die Menschen –, man würde ein Stöhnen hören, ein Schreien, und wäre es nur ein Einziehen der Luft durch die Zähne, man hoffte es zu erleben, daß dieser beherrschte Mann die Gewalt über den Schmerz verlor, daß er sich einmal gehen ließ .. ja, man hätte es ungehörig gefunden, wenn er nicht endlich doch sterben würde. Um so heller mußte das Leben strahlen für diejenigen, die es behalten durften, es war ihnen das schuldig zum Ausgleich dafür, daß es den schönsten Cavalier des Jahrhunderts aus ihrer Mitte nahm .. Aber man horchte vergebens. Die Violinen fiedelten, Celli und Contrabässe mischten gewaltige Passagen darunter, Pauken und Cimbeln plauderten auf das Anmutigste mit Hörnern, Oboen und Flöten, und dazwischen eilten die Galonierten, Sect in cristallenen Kelchen zu reichen.

– »Sie armer Mann«, murmelte der Arzt und wusch sich die Hände. »Champagner für Seine Excellenz«, befahl er dem aufwartenden Diener, der das kunstvoll getriebene Becken hielt und sich nun eifrig entfernte, denn der Anblick des vielen Blutes hatte ihn erbleichen gemacht. Der Chirurg wandte sich zurück zu seinem Patienten. »Das Herz ist schwach«, sagte er. »Ich verstehe nicht, wie Sie auch nur drei Tage haben leben können mit diesen entsetzlichen Blessuren.«

Der Botschafter biß die Zähne aufeinander, während man ihm den Frack wieder anlegte. Er blickte angestrengt auf eine Relief-Gruppe in den Wandungen des Camins, dessen Flammen unruhige Lichter und Schatten warfen, und siehe, es war Diana, die grausame Göttin, die in der Haltung einer Königin zuschaute, wie ihre Hunde den Actaeon zerrissen. Dann schickte er die Lakaien hinaus, den General zu suchen. »Ist keine Rettung?« fragte er kühl. »Keine«, bestätigte der Arzt.

»Können Sie mir das Leben um dreimal vierundzwanzig Stunden fristen?«

– »Nein, Excellenz. Die Macht des Menschen und seine Kunst haben hier längst ihre Grenzen überschritten. Ihr Herz ist ungewöhnlich stark und gesund von seiner Natur her, aber es kann nicht mehr leben, es ist so schwach geworden, daß es in einigen Stunden aufgehört haben wird zu schlagen. Wenn Gott Ihnen das Dasein nicht fristet – ich kann es nicht.«

»Verstehen Sie«, sagte der Botschafter, »es ist nicht um *mich,* ich habe nichts mehr von dieser Welt, vielleicht noch den Abglanz hinter den Türen. Ich möchte dem Mörder den Triumph nicht lassen, das ist es, non voglio lasciare il trionfo a questo trucidatore.«

– »Excellenz selbst füsilierten ja Ihre Mörder – wo wäre da ein Triumph?«

»Dieser Mörder, Signore, lebt noch. Er soll nicht sagen können, ich sei durch seine Hand gestorben. Eine andere Hand .. wird es vollbringen. Geben Sie mir dreimal vierundzwanzig Stunden.«

– »Champagner, Excellenz.«

Und der Ball nahm seinen Fortgang. Soeben tanzte man ein Rigaudon – als die Türflügel sich auftaten. Der Ceremoniar erschien. Dreimal stieß er den kugelgekrönten Stab auf das Parquett, dreimal öffnete er den Mund, um den Namen des späten Gastes zu nennen, dreimal versagte ihm die Sprache den Dienst. Ein Schreck sondergleichen hielt ihm ersichtlich die Kehle zu. Unbegreifliche Pflichtversäumnis! Der Minister persönlich, indem er das Sectglas heftig auf einen Guéridon setzte, beeilte sich, sie wett zu machen. »Ihre Königliche Hoheit«, rief er mit Force, »die Prinzessin!«

»Aah«, sagte der Held der Wogen, und Alles ging in beklommene Verbeugung.

Am Endes des Saales stand die Prinzessin Danae, tief ernst, tief schwarz gekleidet, ein lebendes Lichtermeer! Geisterhaft bläuliche Flammen wiegten sich auf dem Haar; um den Reifrock, wie ein Feuerkreis, schwebte Irrlicht neben Irrlicht; durch den Raum wehte eisiger Luftzug; Kerze nach Kerze verlosch.

»Schließ Er doch die Tür!« befahl der Graf schneidend. Die Lakaien gehorchten, das Wehen hörte auf.

Bleich und geringschätzig, wie neulich, als man den Botschafter niederstach, schritt der Kgl. Myrrh. Premier, durch eine lange Gasse schweigender Menschen, der Thronerbin entgegen. Es wurden keine Complimente gewechselt. Er empfing ihre Hand in der seinen – verneigte sich – einladende Geste der Linken .. und während man freier zu atmen wagte, führte er den erhabenen Besuch, mit durchaus gemessener Würde, zu einer Möbel-Gruppe, die an der Längswand die Mitte einnahm. Dort, ungeachtet feuriger Phaenomene, ließ Otello sich vorstellen, indem er so rücksichtsvoll, daß er unmöglich amusisch sein konnte, die Luft über den Fingerspitzen der Dame küßte.

– »Welch charmantes Elmsfeuer, Königliche Hoheit!« rief er aus. »Gestatten Sie mir, einem Seemann, dem solche Dinge geläufig sind, den ersten Tanz.«

Er war ein Held durch und durch, doch wenn er lächelte, so erschien rosiges Zahnfleisch in seinem gebräunten Antlitz, und bei einem Mohren, man mußte es zugeben, sah es ein wenig ungehörig aus.

»Ich möchte nicht tanzen«, sagte Danae, »es ist mir nicht danach zumute. Aber nehmen Sie doch Platz, plaudern wir ..«

– »Königliche Hoheit sind in Schwarz sind in Trauer, ich verstehe das, Sie haben Schweres erlebt, bei Gott, ich verstehe es.«

»Bei welchem Gotte, Don Diego ..«

– »O bitterer Sarcasmus, teuerste Prinzessin! Gibt es einen Zweifel an der ehrwürdigen Dreifaltigkeit?«

»Ich habe Anlaß, daran zu zweifeln, General.«

– »Königliche Hoheit sollten sich ein wenig erholen. Trauer zerstört, dies ist eine stichhaltige Erkenntnis der Weisen. Ein Luftwechsel, eine andere Atmosphaere, ein milderes und freundlicheres Clima als das hiesige, das sich im Augenblick wenig liebenswert beträgt .. Ich proponiere Ihnen das, warum sollte nicht die Prinzessin des Regierenden Hauses den Anfang machen, denn wir gedenken, etwa zweitausend der Unglücklichsten schon morgen außer Landes zu bringen.«

Danae schüttelte leicht den Kopf. »Wo ich bin, da ist das Verderben«, sagte sie. »Ich würde das Wetter nur mit mir ziehen. Und Sie sehen« – ihre Hand vollführte eine hoffnungslose Bewegung –, »ich bin gezeichnet. Aber warum spielt die Musik nicht? Man soll sich nicht stören lassen ..« Damit winkte sie dem Capellmeister, eine Bourrée hob an, man war wieder im Element der Freude.

Derweilen trat aus dem Durchgang zum Cabinett der Feldscher und suchte mit seinen Blicken den Saal ab. Otello befahl ihn herbei, worauf die Prinzessin ihn ins Gespräch zog. Er selbst, da der Botschafter nach ihm verlangte, entschuldigte sich.

Gleich einer Fregatte stampfte er dahin, an ihren Masten flatterten Ruhm und Sage.

»Haben Sie Ihr Testament gemacht, mein armer Freund?« fragte er fast fröhlich.

– »Piano, piano, maresciallo. Wie nett von Ihnen, mir so deutlich zu sagen, daß ich mein Leben verloren habe.«

»Ja, wissen Sie, Giovanni, ich bin General, da sieht man das Sterben mit kühlen Augen an. Wir verteilen den Tod ja quasi, wir halten ihn für ausgesprochen normal.«

– »Ich weiß, Don Diego .. ich ängstige mich auch nicht. Aber ich habe so gern gelebt.«

»Vielleicht, mein Freund, ist noch Rettung, wenn wir Sie nach Cypern bringen. Die Luft hier ist ja wahrhaftig zum Umkommen. Wir werden Sie einschiffen, wie denken Sie darüber?«

Herr v. Legua schüttelte leicht den Kopf. »Wo ich bin«, sagte er, «da ist das Verderben. Ich würde das Wetter nur mit mir ziehen.«

Dieser Ausspruch erheiterte den Mohren über die Maßen. Er entblößte nahezu alles Zahnfleisch und lachte aus seiner vollen Natur so übergewaltig, daß ihm die Kinnladen bebten. »Ausgezeichnet!« rief er unter Tränen. »Genau das Nämliche sagte mir soeben die Prinzessin. Also auch Sie, mein armer Freund, wie spaßig – und wem gilt das Verderben nun in Wirklichkeit?«

Don Johann schloß die Augen, eine Woge von Schmerz zerfurchte seine erblassende Stirn. »Holen Sie die Prinzessin«, bat er, »ich möchte sterben.«

»Welche Zusammenhänge!« rief der General. »Sterben Sie, wenn Sie die Prinzessin sehen?«

– »Ja, Don Diego. So ist es ausgemacht. Ich lebe, bis ich sie sehe, ich sterbe, wenn ich sie sehe, und jetzt möchte ich sie sehen.«

»Sie sind ein stolzer Mann, Giovanni. Aber haben Sie Ihr Testament gemacht? Wer wird Sie beerben?«

– »Gheotta.«

»Wie?«

– »Gheotta. Er war mir ein Freund, und ein treuer Freund dazu, ein hilfreicher ..«

»Gheotta .. è una questione di gusto. Mag er erben, das ist Ihre Sache. Wer dagegen soll Ihre Nachfolge übernehmen? Die

Republik ermächtigt mich, in solchen Fällen nach Lage der Dinge zu entscheiden. Ich habe die Vollmachten, aber ich sehe nur mediocre Köpfe. Ihren Vorschlag ..«

– »Gheotta«, wiederholte der Botschafter.

»Come?«

– »Gheotta. Sie hörten richtig, Marschall. Er ist der Einzige. Ein majorer Kopf ..«

»Ah! Che gusto estremamente personale! Credete in effetto?«

– »Es ist mein Credo und mein Amen, Don Diego. Er kennt die Absichten meiner Politik, er ist ein kluger, ein unabhängiger, ein verschlagener Geist, und er war der Narr dieses Hofes, vergessen Sie das nicht, er kennt die Geheimnisse der Alcoven ..«

»Hören Sie, das ist ein starkes Stück.«

– »In nessun modo. Diesem Hof kann man Alles zumuten, Venedig kann es, Venedig braucht man, und hier, Don Diego, nur hier liegt jetzt unsere Stärke, hier ist der Hebel, der uns Aegypten aufschließt, hier der Riegel, der uns den Türken vom Leibe hält. Versprechen Sie mir, Don Diego, daß Sie Don Pasquale zum Minister machen werden. Er wird reich sein, er wird auftreten können, er weiß mehr, als dieser Hof ahnt .. Man fürchtet ihn. – Was gibt es, mein Herr Feldscher? Wollen Sie mir doch noch das Leben verlängern?«

– »Zu Diensten, Excellenz«, erwiderte der Arzt. »Ihre Königliche Hoheit hat befohlen, die Augen Ew. Excellenz zu bedecken, sie will erst dann hier erscheinen. Darf ich veranlassen, daß man die Tücher serviert, auf Eis .. wir erreichen damit angenehme Linderung des Schmerzes.«

Der Botschafter lächelte melancholisch. »Nichts von Sterben also ..« bemerkte er und schloß in Erschöpfung die Lider. »Nun gut, ich füge mich. Gehen Sie nur.« Er wartete, bis er hörte, daß die Schritte sich entfernt hatten. »Sie dürfen mir glauben, Don Diego, in zwei Minuten ist es vorüber. Denn selbst, wenn die Schöne den Mut nicht aufbrächte: ich zittere nach dem Wiedersehen. Daß einem alten Galan dergleichen zustoßen konnte! Maraviglia ..«

Und der Ball nahm seinen Fortgang. Die Haut der Damen

blühte, in ihren Augen leuchtete das Feuer der Jugend, Verlokken und Gewähren, Gewährenwollen und wieder Verlockenmüssen. Man brauchte kein Feldmarschall zu sein, kein rotes Brocat-Gewand und kein vergoldetes Damascenerschwert zu tragen, man mußte nicht von draußen kommen, von der tobenden See und aus der düsteren Untergangsnacht, um zu spüren, wie dieser Adel, ungebrochen in seiner Kraft, gegen Gott und alle Teufel zu sich selbst stand. Die Paare schritten aufeinander zu, der Champagner perlte in den Gläsern, er rann aus den Kelchen über die plaudernden, schweigenden, scherzenden Lippen, er stieg als Geist wieder aufwärts in den Adern, beseligend und lähmend zugleich, und süß wie die Sünde. An der Wand aber, in der Mitte der langen Wand, auf zierlich geschweiftem Möbel, sah man, so oft der Anstand einen verstohlenen Seitenblick erlaubte, die Prinzessin einsam an ihrem Sectglase drehen, sah man die bläulichen Flammen, die das weiche, etwas widerspenstig sich scheitelnde Haar einer in Trauer – man beklagte es – ungesellig versinkenden Jugend umspielten.

Ja, sie war ungesellig – das feurige Diadem isolierte sie vollends. Dabei hatte man niemals vorher deutlicher empfunden, bis zu welchem verstiegenen Grade ihre Schönheit alles Vergleichbare unter sich ließ: aphrodisisch mit einem Wort .. und bei aller Süße sehr abweisend. Aus der dunklen Umrahmung schimmerten die zart pfirsichfarbenen Tönungen ihrer Haut dermaßen wundervoll in den Saal, kühl und duftig wie Rosen-Marmor, der Ansatz des Halses, Schultern, Arme, Wangen und Brust, all die schwellenden Buchtungen, von unruhigen Lichtern und Schatten weich modeliert, daß zumindest die Herren sich, halb vergiftet von so viel Reizen, am liebsten in Anbetung hingekniet hätten – aber sie wagten es nicht. Lag doch der höchste Zauber ganz in den Augen, und diese Augen, erfüllt von Wehmut, Unschuld, nachdenklicher Klarheit, diese Augen, leider, geboten Distance .. Worüber wohl dachte sie nach? das hätte man doch gerne gewußt!

Darüber, daß Gedanke und Geist die Essenz der Liebe sind .. und daß, wenn die Trennung, der Schmerz, die Aussicht auf ein ewiges Adieu hinzukamen, der Sterbende wohl fähig sein durfte, mit den Kräften des Willens den Untergang so lange hinzuzögern, bis das Wiedersehen ihm ein beruhigtes Scheiden gönnte .. Darüber, daß Don Giovanni, nur indem er noch lebte, ihr seine Liebe wortlos gestand, ein »Vi adoro« von entsagender Art, wie Musik war es zu ihr gedrungen in des Grafen Coupé, während der Wolkenbruch rauschend an den Scheiben herabfloß .. und indem er jetzt nach ihr rief, klang todverlangende Sehnsucht heimlich in all dem Lärmen des Festes mit, eine verzehrende Melodie, als bäte er flüsternd: dammi il paradiso ..

Hin und wieder aber, ganz selbstvergessen, blickte sie auf und sah, in den Figuren des Rondòs, all Jene mit discreter Betonung vorübertanzen, die von ihr etwas wollten und besorgt waren, sie möchte vielleicht einen Wink geben, Platz zu nehmen: Frau v. Lambda, die man davongejagt; Pasquale, den Narren, in zügelloser Verehrung; Marchese Continalto, praesentable Nachkommenschaft schon in Reichweite haltend; Otello, den bräunlichen Feldmarschall, mit höchst eloquentem Gesichtsausdruck um die Rettung des Botschafters flehend; den Minister mehrmals, aus wasserhellen Augen den suggestiven Befehl schleudernd »Gehen Sie töten!« – endlich den Arzt, der, zurückkehrend, sich durch die Gruppen derer hindurchwand, die hier, ohne Absicht scheinbar, flanierten.

Ja, man benachrichtigte sie, Herr v. Legua sei nun bereit; und diejenigen, die es hörten, glaubten ihn lächeln zu sehen, Cavalier noch im Tode, als es hieß, der Botschafter hoffe, sie werde ihm dennoch das Vergnügen bereiten, ihn jetzt sterben zu lassen ..

XVIII. CAPITEL

Admiral v. Borromeo, von befohlener Audienz beim Monarchen kommend, gab in der Entrée seine Einladung ab. Er verbot, daß man ihn ankündige, schlüpfte beweglich durch die mit Vorsicht geöffnete Tür und erspähte auf den ersten Blick die Prinzessin, die am anderen Ende soeben den Saal verließ. Das Gerücht beruhte auf Wahrheit, sie ging in Flammen. Der zweite Blick belehrte ihn über die Persönlichkeit dessen, der ihr da nachstürzte: Otello, der Mohr. Mit dem dritten jedoch, da die Gasse, die ihr Abgang gebahnt, sich sogleich im Fluten des Tanzes verschloß, mußte er seufzend erkennen, es werde schwer halten, sie einzuholen, an die der königliche Auftrag lautete. Immer wieder den Curs ändernd, wozu die chassierenden Paare ihn leider zwangen, immer wieder behindert von fröhlichen Gästen, die ihn begrüßten, brauchte er gut seine acht oder zehn Minuten, um auch nur in die Nähe des Durchganges vorzudringen, durch welchen die hohe Verschollene entschwunden war. Immerhin erfuhr er bei diesen bruchstückhaften Conversationen, sie sei wohl zum Botschafter, der Botschafter liege auf den Tod, ernstlich, man habe ihn in das Leder-Cabinett verbracht .. und Borromeo, mit kurzem Händedruck, empfahl sich.

Da erfolgte neuerdings unliebsamer Aufenthalt. Der Löwe von Venedig trat aus dem Durchgang. »Ammiraglio!« rief er freudig, breitete die Arme aus und eilte mit fliegendem Damascenerschwert, den Freund zu embrassieren. »Don Diego«, erwiderte con sordino der Admiral, »grandissima gioia«, und dann schwoll es auf ihn ein: »Sie müssen mir helfen, mio caro amico, geraden Weges komme ich von Ihrer vermale- .. ich finde keine Worte, Ihrer Prinzeß, habe ihr vorgestellt, daß Herr v. Legua, wenn sie hineingeht, binnen Secunden den Geist aufgibt, Venedig braucht diesen Geist, und da Legua selber der Ansicht ist, er würde leben können, bis er sie wiedersieht, darf sie ihn eben nicht sehen. Ich habe ihr gesagt, Sie werden ihn doch nicht töten wollen, ich beschwor sie, bringen Sie ein Opfer, wir würden ihn nach Cypern schaffen, es handelt sich um einen ungewöhnlich bedeutenden Diplomaten, von der größten Wichtigkeit, durch Niemanden zu ersetzen ..

– »Was«, warf Borromeo ein, »entgegnete sie?«

»Kein Wort fand sie für nötig. Von oben bis unten mich angeschaut hat sie –«

– »Erstaunt vermutlich ..«

» .. und impertinent durch die Nase gepustet!«

Er schien gefährlich gereizt.

Der Admiral lachte. »Nehmen Sie es nicht tragisch. Sie meint es so böse nicht. Addio für jetzt, ich berichte Ihnen später, mobilisieren Sie indessen den Grafen Godoitis.«

Wieso starb der Botschafter, wenn die Prinzessin bei ihm eintrat? Höchst rätselhaft .. sollte Liebe im Spiel sein? Bei einem ausgemachten Roué unwahrscheinlich. Beschleunigt durchschritt er den schönen Loggien-Porticus, der, unter umlaufender Galerie her, den Durchgang zur Spiegel-Rotonda öffnete, einem zierlich ovalen Vorraum. Es war freilich als sicher zu erwarten, daß sie längst, trotz compacter Démarchen, sich mit dem Botschafter besprach, sein eigener Auftrag demnach, vorerst, unbestellbar blieb.

Mitten in solchen Gedanken erstarrte er. In den Spiegeln sah er die Prinzessin stehen .. Sie stand mit dem Rücken zu ihm, ein tiefes Décolleté in schwarzer Umrahmung, atmend, sonst aber regungslos, quer über dem Scheitel sieben durchscheinende Flammen, über dem Parquett, rings um den Reifrock, ein weitgezogener Kreis von sicherlich einem halben Hundert Irrlichtern, und all dies wunderbare, zart bläuliche, geisterhaft fremde Licht vervielfältigte sich tausendfach in den geschwungen decorierten Facetten des Böhmischen Glases .. Ihr Auge weilte in unendlichen Fernen, die Hände bewegten sich rastlos ineinander, ein feuchter Schimmer lag auf den unruhigen Lippen, er sah die Brillanten glitzern an ihrem Mieder, und dann sah er, in den Spiegeln: die Prinzessin fixierte ihn.

»Haben Sie schon einmal getötet ..« sagte sie mit dunkler Stimme.

Der Admiral verneigte sich. »In der Seeschlacht beim Cap Valmarano, Königliche Hoheit.«

»Wie viele waren es, die Sie umbrachten?«

– »Zwei junge Officiere und zwei Bootsleute.«

»Mit dem Degen?«

– »Mit dem Degen, im Handgemenge ..«

»Fiel es Ihnen ein wenig schwer?«

– »Hinterdrein wohl, es war keine Zeit, zu überlegen.«

»Ich soll töten, weil ich liebe. Erinnern Sie sich, Admiral, daß ich immer das Außerordentliche herbeigesehnt habe? Jetzt ist es da. Was morgen von Ihnen verlangt werden wird, sagten Sie, darüber machen Sie sich keine Gedanken ..«

– »Sagte ich das?«

»Ja. Es läßt Sie gleichgültig, sagten Sie, was man von Ihnen denkt. Soll ich Ihnen verraten, wie man denkt? Ich habe vorhin recht gut das Flüstern gehört. Man verzeiht mir nicht, daß ich mit dem Botschafter allein war, vor einer Woche, man hat bereits einen Reim gefunden, warum ich, diese eine Woche, fortblieb; und indem ich hier erscheine, sanctioniere ich, was alle Welt für geschehen annimmt. Geschehen .. Als ich mit *mir* allein war, da ist etwas geschehen, bis dorthin war es Lappalie. Ich hätte nie geglaubt, daß ein solches Nichts, eine Erinnerung, sich dermaßen steigern und wandeln, das Herz so überwuchern kann – nur weil es gezwungen wird, aus dem Gewesenen zu leben und mit den Augen der Seele zu sehen ..«

– »Kann ich Königlicher Hoheit helfen?« fragte der Admiral nach einer langen Pause des Schweigens.

»Ja. Sagen Sie meinem Vater, es sei sehr liebevoll von ihm, daß er mir, unter all seinen Ratgebern, gerade Sie schickte, der Sie zu vornehm sind, mich in solcher Lage mit Ihrem Auftrag zu behelligen. Sagen Sie ihm, daß ein Sterben den Vorrang hat vor einer ceremoniösen Umarmung, er soll seiner Tochter ein gutes Angedenken bewahren.«

– »Was wollen Sie tun?«

»Heineingehen .. Töten .. Denn selbst, wenn ich den Mut nicht hätte: er wird das Tuch abnehmen. Dammi il paradiso ..«

– »Und danach?«

»Danach .. bringe ich mich um. – Sie dürfen mir Ihre Hand geben. Die Flammen sind kalt. Sagen Sie dem König, er möge es mir leicht machen. Ihnen aber, Admiral, möge Gott den Zartsinn lohnen, den Sie mir vielfach bewiesen.«

Admiral v. Borromeo trat hinter der Prinzessin bis nah an ihre Schulter und küßte die Fingerspitzen, die sie, ohne sich umzuwenden, mit Grazie emporhielt. Er verneigte sich knapp. In dem fernen Stimmengewirr des Balles hörte sie ihn, festen Schrittes, davongehen. Und leise, indem sie die Rotonda verließ, drückte sie den vergoldeten Türgriff nieder.

Das Cabinett war nur undeutlich erhellt. Eine tiefe Nische bildete den Eingang. Auf dem dunkel olivfarbenen Leder der Tapete brach sich, in geheimnisvollen Glanzlichtern, der Schein dreier einsamer Kerzen, die zur Seite des Diwans, ein beklemmender Vorgeschmack von Aufbahrung, in hohem Bronzefuß brannten. Einzig die Saalmitte zeigte scharf erkennbare Umrisse, alles Übrige verlor sich in trüben Schatten. Über das silberne Eisbecken hing eine lange und schlanke Hand herab, die Nägel sorglich poliert. Untadelig die Frisur, untadelig der hellblaue, bestickte Frack mit dem weißen, kostbar gekräuselten Jabot, lag Venedigs Minister unter ponceauroter Seide, mit dem Ausdruck moquanter Müdigkeit um die eingefallenen Wangen – die Haltung eines Herrn, der ein Herr blieb auch vor dem Letzten. Ein zusammengefaltetes Tuch bedeckte die Augen .. Schlief er? wachte er?

– »Sie sind gekommen, grausame Jägerin«, sagte der Botschafter spöttisch ins Leere.

Die Prinzessin ging langsam durch den großen Raum auf das Paradebett zu, wo sie melodiös Platz nahm. Sie legte ihm die Hand auf die Stirn, hinter welcher letzte Gedanken vibrierten. Es herrschte Abendluft in seinen Zügen, mit einer fröstelnden Ahnung von der Kälte der Nacht. »Giovanni«, sagte sie zärtlich, und dann küßte sie ihn leicht auf die Schläfen, der Duft ihres Halses war ihm nah.

Als er endlich sprach, geschah es mit fast unhörbarer Stimme. »Vi prego«, bat er heiser, »togliete questo fazzoletto dai miei occhi.«

Die Prinzessin umarmte ihn fester. »Nicht an den Tod denken«, flüsterte sie. »Es ist viel dunkler dort drüben als unter dem Tuch. Sie sollen nicht sterben ..«

– »Non deploratemi, Madonna. Che amore in questo mondo indifferente!« Die Prinzessin nickte. Welch eine Liebe in dieser gleichgültigen Welt.

– »Come un romanzo«, vollendete er skeptisch, »e pieno di ironia.« Die Prinzessin richtete sich auf. »Ironie?« Sie war ehrlich erschrocken.

– »Ja, Diana. Ironie .. Das Sterben läßt von der Welt nicht viel mehr übrig als ein ironisches Bedauern. Vollbracht zu haben das Wenige, das man vollbringen durfte von dem Vielen, das zu vollbringen man angelegt war von der Natur, der Verschwenderin .. und dann dahinzuwehen wie ein Nichts, das kaum gelebt hat und dem Leben nicht übermäßig wichtig gewesen sein kann .. in tausend Menschen gelebt zu haben, sie noch einmal zu spüren, und dann .. Adieu .. und zu wissen, man wird vergessen werden .. glauben Sie mir: darin liegt viel Ironie. Vergessen .. welch ein Geschenk an die Menschen, die noch ein wenig bleiben dürfen.«

»Überschätzen Sie nicht die Süße des Lebens, Giovanni.«

– »O nein, Diana, ich habe es beendigt, ich will es nicht länger bemühen. Es hat sich ja erfüllt, es war süß bis auf die Neige, die immer bitter ist. Einmal hat es mich nach Ihrem Pantherfell gelüstet, und jener seltsame Botschafter einer anderen Welt nahm das zum casus belli. Eine etwas massive Diplomatie, mit der er mich da überschüttete. Aber ich gedenke nicht um Gnade zu betteln. Jetzt, an der Schwelle des Jenseits, weiß ich, daß eine Prinzessin mich adoriert und keinen Unterschied des Ranges mehr machen würde, wenn ich ihr sagte: datemi la Vostra mano ..«

Die Prinzessin nahm seine Hand in die ihrigen und legte ihre Wange darauf.

– »La Vostra svelta mano«, fuhr der Minister Venedigs träumerisch fort. »Jetzt, an der Türe, die aus dem Leben hinaus in das klare Nichts führt, weiß ich, was Liebe sein könnte – und kann sie nicht mehr kosten. Es ist Alles zwecklos geworden, und darum doppelt schön, doppelt mit dem Gifte der Skepsis durchtränkt. Ich eigne mich nicht zur Reue. Ich habe gelebt, wie ich zu leben wünschte, bin ganz zufrieden, daß es so hat geschehen sollen. Und ob es gleich ein wenig weh tut, Danae: der Schmerz, den wir ertragen haben, ohne zu jammern, der ist unsere Freiheit vor Gott. Aber nun ist es genug. Ich möchte nun vor diesen Herrn hintreten und ihm bezeugen: hier bin ich, ich, Giovanni Legua, Botschafter einer Macht, die Ja gesagt hat zur Welt des Menschen und nicht nach dem Lohne fragte. Ich habe gelebt in großen Verhältnissen, ich bin gestorben in großen Verhältnissen. Und wenn er mich zermalmt: ich werde die Erde nicht verraten an den Himmel. Hier auf Erden liegt unser Feld und unser Acker, und wenn er sie beben läßt bis an den Jüngsten Tag: mag sie beben!«

»Nein«, erwiderte Danae leise und atmete tief. »Er läßt sie nicht beben bis zum Jüngsten Tag. Er läßt sie so lange beben, bis ich ihm zu Willen bin.«

– »Sie ihm zu Willen .. und ich glaubte, er sei ein Gott. Die Menschen sagen, göttlich sei jene Liebe, die nach dem Leibe nicht verlangt – es ist wahrhaftig der Ironie noch nicht genug. Der Goldene Regen .. Also doch. Hat Ihrem Herrn Vater also doch richtig geahnt. Aber mögen die Götter nun nicht von ihren Canzeln predigen lassen, menschlich sei jene Liebe, die auf den Wolken dahinfliegt und bei den Sternen wohnt. Ich hätte das Zeug in mir, die Götter ad absurdum zu führen und selbst ein Gott zu sein, um ihnen zu zeigen, welcher Art Götter dem Menschen not tun. Nun will ich gerne gehen: denn die Partie ist ausgeglichen. Kämpft Ihr dort oben nur mit den Degen gekaufter Mörder, ich will es zufrieden sein, Euch waffenlos unter die Augen zu treten und dennoch nicht zu unterliegen, sarò contento. La pioggia d'oro – è ridicolo ..«

»Ja, Giovanni. Der Goldene Regen. Und das ist gar nicht zum Lachen. Ich wollte, ich dürfte statt Ihrer die Türe hinter mir schließen und diesem Allen Adieu sagen. Die Götter denken sich nichts dabei, auf die Seele eines Menschen, der das nicht ewig tragen kann, den Tod von tausend Unschuldigen zu laden und immer neuen Tod darauf zu legen, bis er sich endlich fügt, weil es zu viel wird, das anzusehen.«

– »O, man kann .. Sie werden es schon auch noch lernen. Und dennoch haben Sie ihn refusiert?«

»Woraus schließen Sie das?«

– »Ich bin nicht blind, Prinzessin. Glauben Sie mir, ich sehe Sie ganz gut, trotz des Tuches, das mir Ihren Anblick verwehrt. Sie sind so jung und schön – wäre ein Fleck auf Ihrer Seele: Sie hätten sich nicht zu mir herein gewagt. Ich spreche als ein Sterbender, für den es nur noch die Wahrheit gibt. Sie *sind* wahr, es ist kein Lügen in Ihrem Herzen. Soll ich Ihnen verraten, was Sie nicht wissen können? Gerade *solche* Herzen sucht das Schicksal auf. Denken Sie an mich, wenn ich tot bin. Ich hätte Ihnen gerne ein wenig leichter gemacht, was da an Schwerem auf Sie zu kommt. Aber im Grunde, Diana, ist es nur gerecht, daß ich gehen muß. Wer etwas geleistet hat, steht immer vor dem Tode und soll sich nicht verbinden mit Menschen, die vor dem Leben sind. Versprechen Sie mir, Alles ganz allein zu tragen, nie einen Ratgeber zu nehmen, und immer zu sich selbst zu halten, auch wenn Sie lügen müssen, denn das werden Sie.«

»Möcht ich doch nicht ..«

– »Oft werden Sie lügen. Ihr Beruf .. Aber lügen Sie nie als Mensch, ich bitte Sie. In keinem noch so schlimmen Augenblick – o .. perdono ..« Er wurde schneeweiß.

Die Prinzessin legte ihm die Hand auf die Stirn, eine kühle und leichte Hand, die sie ihm entzogen hatte, als sie die pioggia d'oro mißverstand, und sie schwiegen lange. Dann sagte sie träumerisch: »Ich habe gelesen, das Gold sei die Sonne der Metalle.«

Und wieder versank sie in Nachdenken.

Aber plötzlich, als habe eine furchtbare Erinnerung sie gepackt, mit überwältigendem Ruck, stand sie auf, kerzengerade. »Ach, Giovanni!« rief sie verzweifelt, »ich *will* nicht mehr! ich kann das nicht mehr, diesen Zwang und diese Unfreiheit überall, dies Gemeine und Gewöhnliche, die Götter selbst sind ja nicht besser, was *soll* dann diese Welt! Wenn er mich haben wollte, warum nahm er mich denn nicht! Soll ich wieder und wieder nicht ich selbst sein, wieder und wieder bis zur Schande fühlen, wie ich nur da bin, Anderen zu gehören, wie sie befinden über mich, der Hof, der König, mein abscheulicher Beruf, das Volk, und jetzt auch noch Gott? und was, wenn ich nun doch unterlegen wäre? wenn ich in all diesem Aufgebot von Lähmung und Gold und Zauber nicht Ihrer gedacht hätte? Was wäre denn, Giovanni, was wäre aus mir geworden, wenn Sie mich nicht hätten ahnen lassen, welch eine Macht das ist: zu lieben ..«
– »Setzen Sie sich wieder zu mir«, murmelte der Botschafter. »Danke .. Wollten Sie nicht das Außergewöhnliche, das Ungemeine und das Abenteuer?«

»Ich war so friedlos, Giovanni. Daß man sich nicht entfliehen kann! Daß man nur immer tiefer hineingerät in sein Schicksal! Aber in jener Stunde am Meer, da glaubte ich in den Sternbildern einen liebevollen und gütigen Plan zu lesen, glaubte noch an einen Weltenvater, der wohl auch mein Schicksal hielt und lenkte. Jetzt glaube ich nichts mehr. Oder halten Sie es eines Gottes für würdig, daß er die Freiheit eines Kindes – denn das *war* ich doch! – durch ein hinterlistiges Zauber-Kunststück vergewaltigt? Ja. Auf lauter zärtlicher Brise, schlafend, Giovanni! trug er mich in seine Grotte.«
– »Darüber müssen Sie gar nicht sprechen. Ich verstehe es Alles sehr gut, und er wird es recht poetisch gemacht haben. Die Unsterblichen können es sich leisten, splendid zu sein in ihren Mitteln, wir dagegen müssen die Sonne der Metalle mit einem Vermögen bezahlen.«

»Nun spotten Sie wieder, Giovanni. Darf ich daraus schließen, daß es Ihnen besser geht?«

– »Ich spotte nicht. Ich überlegte nur, welch ein Heimweh nach der Erde in diesen Göttern sein muß .. Und der ganze Himmels-Apparat nutzt ihnen nichts, ein kleines Menschenherz zu bezwingen, obgleich doch auch wir ein so verzehrendes Heimweh haben – nach dort oben. Verwunderlich ..«

»Verwunderlich?«

– »Ja. Verwunderlich, daß man trotzdem so an der Erde hängt und hierbleiben möchte. Ich denke mir, der Zauber war nicht menschlich genug – darum sagten Sie Nein.«

»Sagte? Giovanni: ich *schrie!* Es war ein tausend, tausendfaches Nein – und die Sphaeren-Musik verhallte, und der Goldregen löste sich auf, ein letztes, tiefblaues Licht zog durch die Gewölbe, und ich war wieder allein mit meinem gehaßten Leben. Dieses Leben .. Es ist wohl nicht so süß, wie Ihnen scheinen will. Sie lächeln. Aber lächeln Sie nicht, Giovanni: denn ich hatte bestanden.«

– »Das haben Sie«, sagte der Botschafter. »Und dann baten Sie Ihren Goldverschwender, er möge Sie zerschmettern.«

»Ja. Kommt es Ihnen pathetisch vor? Denken Sie, ich bin sogar eine Magd gewesen seither, aus freiem Wunsch – was sicher schlecht in Ihr ironisches Weltbild paßt. Meines ist dunkler. Und ich war es noch nicht gewohnt, die Natur gegen mich zu haben, wie ich es jetzt gewohnt bin .. Im Übrigen war es nicht mehr als eine Herausforderung, daß ich zerschmettert sein wollte, und sie war nicht mehr als gerecht, denn ich fand es ungehörig, wie er sich betrug.«

– »Was sind Sie doch für ein merkwürdiges Wesen«, erklärte Don Giovanni. »Romantisch und gefühlvoll, daß es nicht zu sagen ist, und dann wieder eine ganz maliciöse Person, die sich selbst verspottet. Und siehe, da bebte die Erde, und Sie wurden eine Magd – was für sprunghafte Entschlüsse.«

»Ja«, erwiderte Danae, ein Ja, das in seiner Kürze den Punct setzte. »Und jetzt werde ich gehen. Sie sind heute zu ironisch zum Sterben.«

– »Vielleicht, Prinzessin. Und vielleicht kann man gar nicht ironisch genug sein, wenn man gehen möchte, ohne Tränen zu hinterlassen. Täuschen Sie sich auch nicht, Diana: was Sie für mich empfinden, ist besten Falles die Ahnung von Liebe. Erschreckt Sie das? Ich sage es, weil es wahr ist, sage es an der Schwelle des Todes. Es wäre schon viel, wenn Sie den Menschen erkannt hätten hinter der Maske des Diplomaten. Der, den Sie lieben, wird eines Tages da sein, wenn Sie mich längst vergessen haben, ein Character, auf das Größte angelegt, ein ernstes und einsames Herz, das nach Ihrer ernsten und einsamen Seele verlangt. Denn in mir, meine Allerschönste, ist sehr viel Malice und gar kein Gefühl, zum Unterschied von Ihnen.«

»Das lügen Sie, Giovanni. Sie wissen ganz gut, daß Sie Ihr Gefühl nur verstecken unter einem Schleier von Skepsis und Spott und melancholischer Selbstverhöhnung. Gute Nacht.«

– »Wie grausam Sie wieder sind, grausam ehrlich .. Und was gedenken Sie nun zu tun?«

»Ich weiß es nicht. Ich weiß nur, was ich *nicht* will. Und was ich nicht will, ist: nachgeben.«

– »Das ist ein weiser Entschluß, Principessa, und ich rufe brava. Bravissima. So gefallen Sie einem Sterbenden. Erlösen Sie ihn bald.«

»Gute Nacht«, sagte Danae traurig und erhob sich.

In der Türnische sah sie den König stehen. Er stand dort in Dunkel und Dämmerung gegen die Tapete gelehnt, in deren Leder blinde Ornamente gepreßt waren, hatte die Augen geschlossen und lächelte, wehmütig, tief und vornehm. Er streckte die Hand nach ihr aus, sie aber ging zögernd an ihm vorüber, wobei sie ihn anblickte aus Augen, in denen ein gewisses Erstaunen lag.

»Du hast mir nichts zu sagen, mein Kind?«

– »Nichts, was Sie nicht unterdessen schon wüßten, mein Vater.«

Und erhobenen Hauptes schritt sie hinaus in den Reigen des Balles, der selig sich selbst und die Welt belog.

XIX. CAPITEL

»Mein Herr,
es sind nun gegen vier Wochen vergangen seit jener Nacht, da Sie mit einem Antrag mich zu beehren die Güte hatten, dem ich, kindlich und nichtsahnend von meiner Natur, mich nie würde ausgesetzt haben, wären nicht die Formen, in denen er erfolgte, von so außergewöhnlicher Art gewesen. Ich werfe Ihnen vor, daß Sie als Cavalier sich in einer Weise betragen haben, wie Cavaliere unseres Zeitalters sich nicht betragen können, ohne gegen Stil, Geschmack und guten Ton zu verstoßen. Es war nicht vornehm gehandelt, sich in den Besitz von Vorteilen zu bringen, die Ihnen nicht geworden wären ohne Anwendung jener absonderlichen Mittel, die mich Ihnen für eine Minute ausgeliefert und meine Situation in höchstem Grade précaire gemacht haben. Wenn Ihnen ein voller Erfolg dennoch versagt blieb, so bedaure ich das für Sie, bin aber nicht willens, Ihnen erneute Audienz einzuräumen.

Sie wissen dies seit Langem, Sie haben mein unbedingtes und entschlossenes Nein, aber ich bemerke nicht, daß Sie Anstalten treffen, die Consequenzen daraus zu ziehen. Nicht genug, daß Sie mich selbst durch einen Cordon von Flammen umgeben, der mir lästig ist, weil er mich bei Hofe noch mehr isoliert, als mir lieb sein kann; nicht genug, daß Sie meinen Schlaf mit abscheulichen Träumen zu vergiften belieben und mich, meine Person wie meinen Besitz, täglich und stündlich mit den ausgesuchtesten Bosheiten, mit unerträglichen Repressalien verfolgen, so sind Sie noch am Abend des Ereignisses zu Methoden übergegangen, die aller europäischen Courtoisie und allen Begriffen von Göttlichkeit Hohn sprechen. Ich frage, warum, wenn ich bereits immédiatement nach der Zurückweisung Ihres Begehrens Ihnen ein vollkommenes und schrankenloses Opfer meines Lebens anbot, ich frage Sie, warum Ihr Zorn, anstatt auf dieses Anerbieten einzugehen, seine Zuflucht zu einem allgemeinen Erdbeben nehmen mußte, welches uns Hunderte von Toten, nicht zu zählende Obdachlose und ungemessenes Leid gekostet hat. Ich frage Sie, ob der Wirbelsturm, der eine gänzlich schuldlose Stadt wie Potamikali vernichtete; ob die Springflut, die im Norden unserer Insel die Seefestung Santalba überschwemmte und das Fruchtbarste, was wir an Feldern hatten, ins Meer riß; ob die Hagelschläge, mit denen Sie unsere Ernten verwüsten; ob die reichlich übertriebene Brandung, die unsere Häfen demoliert und unseren Handel zum Erliegen bringt, da kein fremdes Schiff mehr die Insel anzulaufen imstande ist ohne kostspielige Verschwendung von Oel; ob der Untergang unserer schweren Linienkreuzer und der königlichen Yacht mit ihrer ganzen Equipe an Bord; ob die Verzweiflung der Gemüter, Hungersnot und Seuche, die um sich greifende Rebellion des Volkes gegen seine gottgesetzten Lenker, die sich mehrenden Gewalttaten, Raubüberfälle, Kirchenschändungen, Lustmorde und das Auftreten von bewaffneten Briganten auf den kaum noch zu befahrenden Straßen, welche Vorkommnisse ausnahmslos aus der unnatürlichen Verfinsterung des Himmels einzig über der Insel Myrrha resultieren: ich frage Sie, ob all diese angehäuften Greuel keine Spur in Ihrem göttlichen Gewissen hinterlassen, und ob der Sturz der gottgewollten Ordnung in das gottlose Chaos noch in vernünftigem Verhältnis zu der Erbärmlichkeit Ihres Zieles steht, meine geringe Person zu einem Acte zu mißbrauchen, der eines Gottes nicht würdig scheint.

Indem Sie das Volk gegen Krone und Gesetz aufwiegeln; indem Sie solcherart die höheren Stände und die Regierenden mit der Furcht zu erfüllen suchen, daß eines Tages der von Ihnen, mein Herr, gequälte und mißhandelte Untertan sich gegen seine Lenker erheben könnte; indem Sie mein Herz, als dasjenige der angeblich Schuldigen, mit diesem zum Himmel schreienden Unrecht, mit diesem tausendfachen Leiden, Sterben und Entbehren belasten, hoffen Sie, ich würde endlich meinem Stolz entsagen und Ihnen das ausliefern, worauf Sie nun einmal Ihr Auge gerichtet haben. Sie täuschen sich. Denn wo ist hier Schuld? und setzt nicht die Bestrafung eine Schuld voraus? Jedes Tribunal würde mich freisprechen, jeder sachliche Beurteiler es als selbstverständlich empfinden, daß ich mich wehrte gegen eine durchaus schamlose Zumutung. Ihr Vorgehen entbehrt demnach aller Rechts-Grundlage. Ferner aber: erheben Sie schon den Anspruch, alleiniger Weltenvater und Herr der griechischen Erde zu sein – ein juristisch nicht haltbarer, durch die Existenz anderer Götter-Systeme de facto widerlegter Anspruch –, so wäre nach menschlicher Logik einzuräumen, daß dann auch ich von Ihnen so geschaffen wurde, wie ich bin, mir also nichts vergeben kann, ohne gegen meine Natur zu verstoßen, die ich von Ihnen empfangen hätte.

Sie stempeln mich zu einer Tragödin: tagtäglich darf ich in Ihrem Tempel beten, damit das Volk doch sehe, daß, außer ruinösen Spenden von Krone und Regierung, auch ideell etwas geschieht, um seine Lage zu bessern. Diese Gebete wollen Sie aber bitte nicht mißverstehen. Es fehlt ihnen immerhin das Entscheidende: die Andacht, die aufzubringen mir schwer fällt, da Sie mich mit dem erwähnten albernen Irrlicht-Candelaber beschenkten; da Sie, wo ich auch auftrete, das Parquett knistern, die Kerzen ausgehen, die Erde beben machen, und endlich sich nicht scheuten, durch einen Blitzschlag in den Königlichen Marstall mein Favoritpferd zu töten. Überdies bin ich catholisch – und in Zukunft mit doppelter Überzeugung. Legen Sie es doch geradezu darauf ab, den Glauben an die alten Götter, den zu stützen ein Fehlschlag unserer Politik war, durch Ihre Taten der Verfluchung preiszugeben. Ihre unfreundliche Aufführung und die reichlich dérangierten Formen Ihres Jähzornes, welche uns zeigen, daß Sie Rücksicht weder auf Recht und Eigentum noch auf die heiligsten Gefühle kennen, da Sie wissen, daß mein Herz liebt, werden jedenfalls nichts zuwege bringen als die Zerstörung der letzten Reste von Ehrfurcht, die sich an Sie und die Ihren noch heften. Keine Herrschaft erhält sich durch Gewalt, und keine Gewalt durch Rohheit, Machtrausch,

Brutalität, Gier, Eigensinn und Verächtlichkeit gegenüber dem primitivsten Bedürfnis der menschlichen Seele, die anzubeten und zu bejahen, nicht aber zu fürchten und sich zu verstecken wünscht.

Quittieren wir indessen getrost die Sphaere des Göttlichen, da Ihr tieferer Beweggrund ja derjenige zu sein scheint, nach so langer Entwöhnung sich neuerdings in dem schwierigen Métier eines Mannes und Liebhabers versuchen zu wollen. Vergessen wir doch nicht die Spielregeln, mein Herr! Wenn ein Gott mich so wichtig nimmt, daß er, um eines Vergnügens willen, welches zu gewähren mir nun einmal nicht conveniert, ein ganzes Königreich zu Grunde richtet, so erlaube ich mir, seine Aufmerksamkeit darauf zu lenken, daß es zum Wesen des Mannes gehört, zu handeln statt zu fragen, und zum Wesen der Frau, tausendmal lieber überwältigt zu werden, als auch nur einmal Ja zu sagen, wenn man sie bittet, sich doch liebenswürdiger Weise überwältigen zu lassen. Was zögern Sie? in früheren Zeiten waren Sie weniger scrupulös; die Geschichte liefert sogar Beispiele, daß Sie und Ihresgleichen, zu Übertreibungen seit jeher neigend – ich erinnere Sie an Niobe, an Andromeda –, sich kein Gewissen daraus machten, geringfügige Verfehlungen in einer wahren Orgie von Rachsucht zu ahnden. Desgleichen bietet die Behandlung die Hr. Prometheus, Hr. Tantalus, Hr. Sisyphus zu erdulden hatten, einen ungefähren Anhalt für den ausschweifenden Erfindungsgeist Ihrer Foltern, die wenig Courtoisie zeigen, was mich nach Allem nicht Wunder nimmt. Sie könnten mich also zwingen, die Ihre sein zu *müssen,* aber es zu *wollen* – dahin werden Sie mich nie vermögen. Ehe Sie mich zum Äußersten treiben: denken Sie daran, daß, je härter die Macht sich gebärdet, weil sie glaubt, es gäbe nichts außer ihr, ihr je sicherer auch ein Prometheus erstehen wird. Die Götter sterben aus in der Welt, wenn sie die Unklugheit besitzen, Titanentrotz und Menschenstolz zu züchten. Ein einziger Character, souverän genug, die Raserei des Despoten zu verachten und nicht vor ihr zu zittern, ruft, wenn er will, tausend Streiter auf den Plan, die einen kurzen Tod im Angesichte der Freiheit für wünschenswerter erachten als ein Sclaven-Dasein ohne Ehre.

Ich möchte mein Memorandum, an welchem die Minister der Krone, die bedeutendsten Rechtslehrer, Kirchenhistoriker und Moralisten Unserer Staaten mitgewirkt haben, nicht schließen, ohne noch einmal auf die Frage der guten Erziehung zurückgekommen zu sein, deren Sie in so beklagenswerter Weise ermangeln. Es gilt schon bei den Menschen, zum Wenigsten in meinen Kreisen, als unter dem Niveau, das Nein einer Dame von Qualität zu überhören und das gleiche Anliegen ein zweites Mal vorzubringen. Es gilt, vielmehr, als Zeichen feiner Lebensart, sich auf das Tactvollste zurückzuziehen, nachdem man, durch eine Geste der Ergebenheit, sich der Hoffnung vergewissert hat, daß die Gegenpartei conciliant genug sein wird, den für beide Teile so wenig erquicklichen Vorfall vergessen zu machen und den Schleier der Discretion darüber zu breiten. Diese Discretion vermisse ich ganz. Sie compromittieren mich, wo immer Sie können, Sie hängen unser Rencontre unablässig an die große Glocke und sorgen dafür, daß eine der intimsten und delicatesten Angelegenheiten, die es überhaupt gibt, ständig in Aller Munde ist. Was versprechen Sie sich davon? Ich möchte, in meiner bedrängten Lage, das Entscheidende erwähnen, daß ich, als sterbliches Wesen, auf eine Dauer der von Ihnen so hartnäckig gewünschten Liaison nicht rechnen kann, um so mehr auf die Folgen, die sie nach natürlicher Voraussicht und nach Auskunft der Historie haben wird. Die Conventionen der menschlichen Gesellschaft sind aber, unter Billigung der Götter, dermaßen eindeutig, daß dem zarten Geschlechte, mag es auch tausendmal und in jeder Hinsicht entschuldigt sein, nichts so verhängnisvoll zum Makel anschlägt wie ein versehentliches Wochenbett, zu dessen Füßen nicht ein befugter und geachteter Vater, nach Hingang der von Gott vorgesehenen dreimal drei Monde, mit stolzem oder geniertem Antlitz auf die Frucht legitimer Bemühungen blickte.

Ich gebe Ihnen dies zu bedenken, mein Herr, und bedenken Sie ferner, daß, wenn ich mich Ihrer Protection unterwürfe, mir jede Aussicht auf eine standesgemäße Mariage, deren das Land bei dem Mißstand seiner Finanzen nicht wohl entraten kann, sogleich und völlig schwinden würde. Auch ist es durchaus etwas Verschiedenes, ob man durch fremde Verzauberung, wie seinerzeit durch jene Vergoldung der Grotte, oder durch eigenen freien Willen in dergleichen hineingerät, ob man es hinzunehmen genötigt ist, wie gegenwärtig bei dem Treiben der Briganten hin und wieder vorgekommen, oder ob eine Liebende dem Geliebten mit einer gewissen Begeisterung willfährt – davon kann in unserem Fall die Rede nicht sein. Und sollten Sie, schließlich, auf das jus primae noctis hinauswollen: das ist reines Gewohnheits-Recht. Ein Bauern-Mädchen mag es vielleicht als Ehre empfinden, wenn der Regierende Graf oder Fürst sich unerwarteter Weise herbeiläßt, das premier lit tatsächlich auszuüben. Unter Souverains aber hat man von dergleichen nie gehört.

Kurz, ich bin entschlossen, allen noch so überwältigenden Phaenomenen zum Trotz, unerschütterlich zu meinem einmal gegebenen Nein zu stehen und eher mit meinem Lande unterzugehen, als eine schamlose Erpressung gutzuheißen. Wir Menschen sind weder so liederlich, unser Bett mit dem ersten Besten, den es danach gelüstet, zu teilen, noch so capriciös, einen Gott in der Rolle des Galans für etwas besonders Erstrebenswertes, geschweige für eine hinlänglich glückliche Lösung unserer amourösen Probleme zu halten. Und wären wir es: selbst dann hätten die Götter, auch die Götter, jenem Anstande ihren Tribut zu entrichten, der auf Erden unerläßlich ist, um in der Liebe zu réussieren. Wir, Prinzessin und Regierung von Myrrha, verlangen, daß innerhalb dreier Tage nach Überreichung dieser Note in Ihrem Tempel die Feindseligkeiten eingestellt und die ungleichen Waffen niedergelegt werden. Ehe das Erdbeben nicht aufgehört hat, Sonnenlicht, Wärme und Meeresstille nicht zurückgekehrt sind, kann an Verhandlungen, welcher Art sie immer sein mögen, niemals gedacht werden. Im Übrigen bleibt Ihnen unbenommen, in menschlicher Gestalt auf Myrrha zu erscheinen, sich in aller Freiheit zu bewegen, wohin Sie wollen, und als homme de qualité bei der Majestät des Königs, meines Vaters, um meine Hand anzuhalten, die ich Ihnen so wenig wie anderen Bewerbern verweigern werde, wofern ich die Überzeugung gewinne, daß Ihre Absichten die ernstesten, dauerhaftesten und freundlichsten sind.

Genehmigen Sie, mein Herr, den Ausdruck vollkommener Hochachtung und Wertschätzung.

Danae, Prinzessin zu Myrrha.«

XX. CAPITEL

Ein volles Mal hatte der Mond seinen Lauf vollendet, und unablässig seit jenem Tage, da er untergegangen, um nie mehr über Myrrha zu scheinen, belagerte die Menge das Palais des Königs: schwarze Fluten Volkes, träge und stockig wie Brackwasser, standen rings auf der Hafenfreiheit, düstere Gruppen, deren Seelen sich duckten. Sie Alle wußten, daß sie sterben konnten, eh man es recht bedacht; daß es sie treffen würde in dieser oder jener Form. Ein Blick in den pechfarbenen Himmel, ein Blick auf den schwefligen Wolkensaum, den brandroten Feuerhut am Vulcan – und sie waren ermahnt, ihres Todes zu gedenken, mit dem sie nun schon eine hübsche Zeit lebten und doch nicht lange genug, um ihn nicht immer noch zu fürchten und zu hassen.

Plötzlich aber kam Bewegung in die Menge. »Die Prinzessin!« rief jemand, so gellend ekstatisch, als könne sie das Wunder bringen – und wie wenn die ganze Stadt nur auf diesen Ruf gewartet hätte, begann aus allen Häusern, allen Gassen und Ruinen ein brodelnder Haufe hervorzuquellen, dickflüssige Ströme Menschen wälzten sich über den Platz, man stolperte, schrie, raste mit dem Nachbarn um die Wette dahin, Einige fielen zu Boden, rafften sich wieder auf, irre Augen, hängende Zungen, der Atem flog, und wie Wellen schäumte es um die Sänfte, die auf den Schultern vierer athletischer Träger ihres Weges schwankte. Da sah man sie sitzen, die Zukunft, in ihren tiefblauen Polstern, aufrecht, schwermütig und abweisend saß sie in einem Coupé, das man gewöhnlich zu Condolenz-Besuchen benutzte, schwarz war ihr Kleid, schwarz die Samtnelke in dem sehr hellen Haar, und unruhig, bläulich, geisterhaft, tanzten die Flammen. Neugierig drängte man näher – ganz Myrrha sprach von den Irrlichtern –, aber kaum, daß eine Nase sich an das Fensterglas drückte, sprang ein dreifacher

Cordon von Feuer aus dem Boden, mitten zwischen den Menschen, es versteinerte sie für Secunden, als blicke ein Basilisk sie an, dann winselndes Jaulen: »Es brennt!«, rücklings warf sich weichendes gegen flutendes Volk, ein wüster Strudel, Jeder fiel über Jeden her, und wieder zertrat und zertrampelte man Nachbarn, Brüder, Freunde – nur um Platz zu schaffen, nur um davonzukommen. »Rette uns!« schrie ein ausgemergeltes Mädchen, »Rette uns!« schrie es rings um die Sänfte, man hatte den Grund unter den Füßen verloren, das Ende der Welt stand bevor, da wollte man noch einmal an die Hoffnung sich klammern, säße sie auch noch so schwermütig, noch so einsam in ihrem schwarzen Coupé.

Die Prinzessin zog die Vorhänge zu.

Und überall, aus den Maulbeer-Pflanzungen, den Straßen der Vorstädte, aus den Parken und Lorbeer-Hainen, aus Häusern und unter Brücken hervor quoll neues Volk, schrie, tobte, gesticulierte, brauste und stampfte dem Zeus-Tempel entgegen. »Rette uns! Rette uns!« tobte man und ergoß sich, eine Sintflut von wimmelnden Lemuren, auf das Blachfeld.

Und dann erstarb jeder Laut.

Aus dem Krater des Vulcans, wallend, schoß eine steile Lohe empor, stülpte sich durch die Nachtwolke ins Firmament, und während aufblitzender Funkenfall neuerlich von der furchtbaren Heimsuchung eines Aschenregens kündete, griff der Himmel nach der Prinzessin Danae. Blendende Helle zuckte aus der Wetterbank, ein langer, weißgreller Strahl krachte in die Sänfte – Staub, Rauch, Entsetzen, und schon hagelte es glühende Lava. In dem Bersten des Donners knickten die Träger langsam ins Knie, noch im Sterben voll anerzogener Rücksicht, aus den Fenstern wehten brennend die Gardinen, und während das Coupé auseinander sank – säuberlich in Teilen, wie eine zerlegte Orange –, sah man die Prinzessin unverletzt stehen, totenblaß .. worauf sie, fast gleichgültig, durch den Steinregen auf den Tempel zu schritt. Dort überreichte sie dem Standbilde des Zeus ein von gewichtigen Siegeln beschwertes Schreiben, hörte höflich zu, wie der Erzpriester, fünfzehn Minuten lang, es dem

Gotte vorlas und verneigte sich. Man sah es deutlich in der erleuchteten Halle, deren Türflügel offen geblieben waren: sie verneigte sich knapp und ceremoniös, wandte sich um, verließ das Heiligtum.

Auf den Stufen zwischen den marmornen Säulen hielt sie an. »Einen Wagen«, sagte sie. Zum ersten Male erklang dem Volk die Stimme seiner demnächstigen Herrscherin, befehlsgewohnt, reinlich und angenehm, wie man es von sechzehn Lenzen erwarten darf. »Einen Wagen« – mehr sagte sie nicht. Und man gab den Auftrag weiter. Schneller als der schnellste Läufer setzte der Ruf über die Köpfe der Menschen hinweg; flügelschlagend von Gruppe zu Gruppe, flog er durch die Alleen und Vorstädte: »Einen Wagen für die Prinzessin«, brauste ins Schloß, in den Marstall, die Stallmeister eilten. Ja, man liebte sie, die Prinzessin, sie war die Rettung und die Zuversicht, und aufrecht stand sie im Untergang.

Eine Pause trat ein. Die Natur schwieg seit dem Blitzschlag mit ausgesprochener Andacht, aber es war klar, nicht lange würde dies dauern, nicht mehr würde es sein als ein kurzes Besinnen, denn die Stille, man fühlte es, braute neues Unheil. Vielleicht überdachte der Gott den Inhalt jenes Schreibens ..

Nun, wenn es sich derart verhielt, beim Zeus, so war er ein Schnelldenker, der Brief schien nicht von Pappe zu sein: ein Windstoß griff in die See, schmetterte sie hochauf gegen die Felsenküste, Gischt stäubte in Wolken über die Menge; der Vulcan spie einen puffenden Feuerstrom in den pechschwarzen Tag, flammenzüngige Lava rann kochend über den Abhang, tief unter der Erde grollte es von fürchterlichen Eruptionen, die ihren Ausgang nach oben suchten, unaufhörlich bebte es unter den Füßen der Menschen, die immer nur ihre zwei Worte zu schreien wußten: »Rette uns! Rette uns!«, über der Stadt waberten dicke Rauchpilze, und immer weiter fraß sich der Lavastrom hinab ins Land. Die Wälder begannen zu brennen.

Auf den Stufen des Tempels, ruhig und kühl, als stünde sie in ihrem Salon, schenkte die Prinzessin dem, was die Elemente ihr vortrugen, souverän gelangweilte Aufmerksamkeit. Auch das

Schreien nach Rettung war ein Element; sie ließ es tosen. Mit dem Fächer spielend, zeigte sie, wie man Haltung bewahrt – oder wünschte sie das Überpersönliche ihrer Sendung auszudrücken, indem sie so erkältend der schaurig erhabenen Pracht-Beleuchtung beiwohnte?

Müßige Speculationen. Natürlich wartete sie auf den Wagen – weiter gar nichts. Und dann fuhr sie davon.

Es war eine offene, vierspännige Carrosse mit ausgesucht schönen Pferden, Rappen, die Bereiter in Scharlach und Weiß, taubengraue Polster, Heiducken auf den Rücksitzen. Man nahm den directen Weg, ein Wagnis, das der Stallmeister verantwortete. Wohl kamen ihm Bedenken, als er den Rauch sich aufwölben sah, aber es hatte schließlich an zu vielen Stellen gezündet, und auf dem Herweg, jedenfalls, war die Vorstadt passabel gewesen – hindurch also! carrière. Er saß erhöht schräg hinter der Prinzeß, blickte auf ihre illuminierten Locken und verwunderte sich nicht wenig über die Irrlichter, die rings um die Robe, teils auf dem Fußteppich, teils auf den Kissen, Platz fanden, ohne sich ungebührlich, nach Art von normalen Flammen, zu betragen. Hübsche Spielzeuge, man sollte den Kinderlein ihrer einige mitbringen. Man sollte – oh là! und er blickte auf Anderes. Die Rauchwand! Bisher blutig untermalt, lohte sie plötzlich wütend in grellem Cinnober, der Wind schlug um, eine steife Bö fegte die Straße herauf, ah! ah! die Pferde –

»Stallmeister«, bemerkte die Prinzessin, »die Pferde gehen durch.«

– »Zu Befehl, Königliche Hoheit, ich sah es auch schon, bitte um meine Bestrafung.«

»Seh Er lieber zu, wenden zu lassen, wenn es noch Zeit ist.«

– »Halten! wenden die Pferde!«

Zu spät. Die Carrière artete in regellose Flucht aus, an Halten war gar nicht zu denken, das Volk stob aus der Bahn, die nächste Biegung mußte Roß und Rad gegen die Mauern schmettern, oder man raste in ein feuriges Grab.

Da endlich gewannen die Bereiter noch einmal die Herrschaft zurück, eine despotische Herrschaft, die aller Vorschrift

Hohn sprach, der Stallmeister litt – schreckliches Candaren-Gezerre – Aufbäumen, Hochreißen, Funkenstieben von sechzehn Hufen auf dem Pflaster, schon waren die Heiducken herab, sie hängten sich in die Trensen, ohne zu fragen danach, was sie taten, ein Etwas in ihnen tat es, die Pferde standen, nur für Secunden vielleicht, und in wilder Hast schirrte man aus, das Gespann trabte einzeln davon, feldherrngleich befehligte der Stallmeister den Rückzug, »Anfassen da! herum mit der Deichsel, Alles anfassen!«, aus den Türen huschten verstörte Einwohner, treppauf, treppab ging eine Gejage, Schleppen und Schleifen, aus allen Fenstern flog letztes Besitztum, Betten, Möbel, Ballen Wäsche, Gerätschaft, dummer Kram und sinnlose Andenken. An die Prinzessin dachte niemand, man durfte von Glück sagen, wenn man sich selber ins Kühle brachte. Es war ja ein Gebirge von Rauch, ein Ocean von donnernden Flammen, sengend und glosend fuhr der Atem Vulcans herauf, tobte die Straßen entlang, prasselte durch Sparren und Gauben, hüpfte auf Gesimse, Balcone, Portale, der Rote Hahn stand über Myrrha und schlug mit den prächtigen Flügeln.

Die ganze Vorstadt brannte.

»Sehr brav gemacht!« sagte der Stallmeister, »sehr brave Garçons, man wird es zu lohnen wissen .. O je, die Polster! das hat ja üble Löcher gesetzt.« Dann aber, heißer noch als die rotglühende Wand vorhin, schoß ihm der Schreck durch die Seele, nein, daß er so kopflos gewesen! ihm war sie anvertraut! »Die Prinzessin! Wo habt Ihr die Prinzessin gelassen? Ausgestiegen? ja, wann denn, wo denn, das kostet mich Kopf und Charge!« – und keiner Gefahr achtend, saß er auf, zurück! dem brodelnden Chaos entgegen. Wenn sie umkam, wenn er den Wagen leer nach Myrrha fuhr .. nicht vorzustellen, was ihm da blühte.

Nun, er war ein mutiger Mann, doch nutzte ihn das wenig, der Rappe wünschte kein derartiges Abenteuer, man hatte schließlich seinen Stil als Kutschpferd, und der Stallmeister glitt aus den Bügeln. »Lauf! Drecksgaul ..« Mühsam kämpfte er sich voran in dem Qualm, der ihm die Tränen ins Auge trieb – Gott

Lob und allen Heiligen: da vorne sah er sie stehen, die hohe Staats-Person, was wollte sie dort, in drei Teufels Namen? was tat sie? Buh: jetzt wurde es aber gräßlich, einen Augenblick mußte er anhalten. Er sah Menschen dort vorne, ach was! er *hörte* sie – wie sie schrieen! Schreie, daß Einem das Blut gefror – Menschen, lebende Fackeln, hingen über den Fensterbrüstungen – verkohlte Leichen, ganz zusammengeschnurrt, lagen vornüber im Schmutz und in der Gosse – auf den Treppen lagen sie, vor ihren Türen lagen sie, aus Dachstühlen wirbelten sie empor, Balken und Latten drehten sich, mit ihnen, brennend durch die Luft, die Luft sauste, heulte, und der Brandsturm, pfeifend, langte nach weiteren Opfern, Menschen, die hilfreich bemüht waren, zwei Kinder zu retten, ja, er langte nach ihnen, wie sie auch immer sich wehrten, sog sie in seine Lungen, am Boden hin, und sie wehten davon ..

Da wurde dem Stallmeister klar, was sie wollte, die schöne Dame, endlich begriff er: sie *wollte* umkommen, hier gab es nichts zu rätseln. Welche Vermessenheit! und ihn angehend, so änderte das keinen Deut an der Aussicht, daß er Amt und Brot verlor, wenn er sie nicht zurückbrachte.

In diesem Moment beugte sich die Prinzessin nieder, eine Person aufzuheben, die, ebenso starr wie sie, in das Feuermeer geblickt hatte, bevor sie lautlos zusammenstürzte. Inzwischen freilich bekam sie Leben: ein markerschütterndes, gellendes Kreischen »Meine Kinder!!« entrang sich ihr, »meine Kinder!« kreischte sie, schlug um sich, schluchzte, winselte »meine Kinder ..« Und die Königliche Prinzessin des Hauses Myrrha nahm die ziemlich gering gekleidete Frau so fest in die Arme, daß ihr der Stallmeister – er war nun keuchend heran – den gewaltigen Kraftaufwand ansah, den sie benötigte, dies zuckende Bündel Elend zu halten. »Königliche Hoheit« – er hustete. »Darf ich untertänigst bitten, ich bin ja selig, Königliche Hoheit gefunden zu haben.«

Es war übrigens weniger heiß hier, als angenommen. »Schon gut«, sagte sie. »Hat Er Angst gehabt um mich .. Helf Er mir jetzt die Frau zu meinem Wagen führen.« Und sie küßte nach

Art der Souveräne – ein wenig abwesend, wie die Tradition es vorschrieb – die Wangen der völlig Erschöpften, wobei sie, die Ruinengasse entlang, auf den fernen Vulcan blickte.

Fern an den Flanken des Berges hielt der Lavastrom ein, die Lohe sank zusammen, es donnerte nicht mehr, die Asche hörte auf zu fallen.

Die Prinzessin wandte sich zum Gehen. Man hatte den Wagen sehr weit abgestellt, eine halbe englische Meile gewiß mußte sie durch die Trümmer steigen, und viel Volk begleitete sie – mit stummem zwar, doch bitterem Vorwurf. Ja, während sie darauf wartete, daß man die Pferde einschirrte, trat ein Verwundeter an sie heran, ohne sich zu verneigen oder sonst ein Zeichen von untertäniger Gesinnung, trat dicht heran und sagte: »Machen Sie ein Ende« – in einem Tonfall, der nicht zu dulden war –, »Sie sind uns das schuldig.«

Auf ihrer Stirn erschien eine scharfe Falte. »Gar nichts bin ich schuldig«, erwiderte sie beherrscht. »Ich leide so gut wie Ihr und habe ein reines Gewissen. Wo kein Verbrechen war, kann keine Sühne gefordert werden. Und selbst *wenn* ein Zusammenhang sich finden sollte zu meinem Leben: es gibt eine Grenze, hinter der das Nachgeben zur Feigheit wird. Möge das Volk nicht verlangen, daß seine Fürsten sich erniedrigen.«

Ach, aber dem Volke gelten Tapferkeit und Würde nichts, wenn es umkommen muß. »Wir wollen leben!« schrie eine zahnlose Greisin, »wir wollen leben!« schrie man im Chor und stampfte dazu mit den Füßen, man drängte näher an die Carrosse, und fester umschlossen unter dem Geheul der Menge die Bereiter ihre Peitschen.

Die Prinzessin bestieg den Wagen, einen offenen, vierspännigen Gala-Wagen, von dessen Polstern, taubengrau, ihre Heiducken inzwischen Steine und Asche fortgeräumt hatten, die vergoldeten Schläge fielen zu, während sich, oben an den Hängen des Kraters, feuriger Schlamm aufs Neue in Bewegung setzte – so langsam und müde, als bedaure ein enttäuschter Gott, daß er nun wieder zu den erprobten Mitteln seiner Macht greifen sollte. Eh bien, ihr Character war nicht darauf angelegt, zu bereuen, auch gehörte es zum Beruf des Fürsten, enttäuschen und verletzen zu müssen.

Sie gab das Zeichen zur Abfahrt.

Ein ausgehöhlter, von Kummer, Zorn und Haß flackernder Mann, offenbar aus niedrigsten Ständen, sprang auf das Trittbrett und schrie ihr, verzerrt vom Geiste des Aufruhrs, mitten in die Augen hinein: »Opfere dich, schöne Hure, das Sterben tut dir nicht weher als uns!« Die Heiducken rissen ihn herab, er wurde von den Rädern zermalmt und war tot.

Die Prinzessin ließ nicht anhalten.

XXI. CAPITEL

– »Aber so beruhigen Sie sich doch«, sagte Don Giovanni. »Wenn Sie die Nerven verlieren, dann haben Sie verspielt.«

Seit Wochen schon hauste er nun in den düsteren Leder-Tapeten, reglos unter ponceauroter Seide, sein Gesicht war eingefallen, asketisch, er lächelte wächsern wie ein längst Gestorbener. Nein, wie ging es nur an! er *durfte* gar nicht mehr leben, die Wissenschaft protestierte mit Nachdruck und wünschte, daß er endlich starb. Kühl auf den Augen, die sich gewöhnt hatten, nach innen zu blicken, lag das gefaltete Tuch – waren es noch die schönen Augen, voll von Ironie und zärtlicher Untreue? Niemand wußte es. Denn selbst wenn Danae, selten genug, einmal fehlte, er öffnete sie nicht mehr, ohne Wunsch nach der Welt blieben sie bedeckt von den Lidern, deren Schnitt und deren leichter, flüchtiger Glanz die Frauen verwirrt hatte. Fast nur noch Linien zeigten die Hände, und auf die Innenfläche der Linken tropften heiße Tränen, die Rechte aber strich begütigend über weiches, ein wenig widerspenstig sich scheitelndes Haar, durch all die Flammen hindurch, die geschmeidig auswichen.

Diese Danae, da verlor sie also die Nerven.

»Einmal weinen ..« stieß sie hervor, »einmal weinen dürfen .. das muß doch auch einer Prinzessin erlaubt sein!«

– »Keinmal, schönste Diana«, murmelte der Botschafter.

»Nur bei Ihnen, Giovanni – *lassen* Sie mich hier weinen. Es wird zu viel für mich. Der Stolz ist eine furchtbare Aufgabe.«

– »Sie wissen nicht, wie ein ganzer Stolz aussieht, Prinzessin. Sie haben noch Mitleid, und Sie werden capitulieren, ich fühle es. Bitte bringen Sie mich vorher um.«

»Was ist das für ein Daemon in Ihnen, Giovanni«, flüsterte Danae, in seine Hand hinein.

– »Gott hat mich zu dem gemacht. Aus der Welt gehen und vergessen werden .. Verstehen Sie nicht: ich wollte etwas hinterlassen, was meinen Tod überdauert, eine Seele, die nicht zittert .. Ergeben Sie sich, der Haufe mag seinen Sieg haben. Ich werde ohne Ihre Hilfe verdämmern, die Wissenschaft, die es anstößig findet, daß ich noch lebe, wird keine Petition einreichen müssen, damit Sie mich endlich erlösen, und dieser unfaire Bursche wird Sie bekommen, wie er es wünschte.«

Indem hatte die Prinzessin längst zu weinen aufgehört, ihre Augen brannten, angestrengt blickte sie in das Dunkel der Türnische .. Kein König stand dort, den Geheimnissen seiner Tochter zu lauschen, kein zweites Mal würde er bitten, und kalt und einsam war ihr Herz.

»Es ist so grausam schwer«, sagte sie. »Eines hängt da im Andern. Wenn Sie gesehen hätten, was ich habe sehen müssen, Sie sprächen wohl freundlicher.«

– »Kaum. Ihr Mitleid wendet sich an falsche Objecte.«

»Sie sind ungerecht, Giovanni. Ich stand als Prinzessin dort und begriff mehr als ein Botschafter. Und wofern Sie meinten, Sie besäßen größeres Anrecht auf Mitleid, so ist kein Grund, sich zu beklagen. Nennen Sie es nicht lieblos, daß ich noch immer zögere, haben Sie mich doch auch ein wenig lieb .. Oder spüren Sie nicht, mit welcher Verzweiflung ich an Ihnen mich halte? wie jeder Atemzug von Ihnen mir Trost bedeutet? mich glücklich macht? Und wenn ich Sie nun tötete, damit ich es leichter hätte, mich aufzugeben? Aber selbst *wenn* ich mich aufgebe, Giovanni: er wird mich nicht bekommen. Ich werde Ja gesagt haben um meines Volkes willen, und ehe er mich nehmen wird, werde ich tot sein.«

– »Das hieße feige gehandelt, Prinzessin, und nicht ehrlich gespielt. Wollen Sie schon mit Fünfzehn anfangen, Verträge zu brechen? Königswort – parole d'honneur .. Ich breche mein Wort ja auch nicht. Ich brauchte ja auch nur dies Tuch aufzuheben, brauchte Sie nur anzuschauen – und wäre tot. Glauben Sie mir, es ist keine Kleinigkeit, so leben zu sollen, wie mein Stolz mir das vorschreibt. Seit viermal sieben Tagen, Diana, Tag für Tag dem Tode sich entgegenquälen!«

»Dann befehlen Sie doch!« rief Danae heftig. »Sie sehen ja, daß ich es nicht kann! Befehlen Sie, Giovanni, und ich will gehorchen ..«

– »Befehlen?« sagte Herr v. Legua. »Alle wahren Entschließungen sind schwer – weil man sie *leisten* muß! Gehorchen? Um zu gehorchen, braucht man nicht Königin zu sein, es verlangt keine Größe. Ich aber will, daß Sie die Freiheit aufbringen, mir den Tod und die Erfüllug zu *geben*. In Ihrer Härte, Diana, in Ihrer Härte gegen sich selbst –«

Man klopfte.

– »Ja!« rief heiser der Botschafter. Der Kammerdiener trat auf den Zehenspitzen ein. »Staatsminister v. Borromeo für Ihre Königliche Hoheit.«

»Bitte.«

Admiral v. Borromeo verneigte sich gegen die Prinzessin. Dann trat er an das Paradebett. »Excellenz leiden sehr?« fragte er höflich.

»Nein.«

– »Königliche Hoheit«, bat der Admiral mit möglichstem Zartgefühl. »Der Kronrat ..«

»Der Kronrat«, wiederholte Danae müde. »Ich wollte nichts sagen, wenn die Entscheidung wirklich bei *mir* läge. Liegt sie bei mir?«

Borromeo nickte, kurz und ermunternd, als fordere er sie auf, sich zum Kampf zu stellen. »Es wartet jemand im Saal«, erklärte er dann, »jemand Ausländisches. Er behauptet, Weisung zu haben, daß er nur mit der Prinzessin verhandelt.«

»Lassen Sie eintreten. Und der Kronrat mag immerhin ohne mich beginnen. Hat man meiner bisher nicht bedurft, so wird es auch heute nicht auf mich ankommen. Ich danke Ihnen.«

Der Admiral ging.

– »Datemi la Vostra mano«, murmelte Don Giovanni, »bellissima Diana. Addio .. e siete costante, Vi prego.« Seine Stimme verlor sich hinter Nebel und Nachtgrau.

Die Prinzessin fuhr in leidenschaftlicher Bewegung herum. »Nicht sterben«, flüsterte sie entsetzt. Er aber ergriff ihre Hand und führte sie chevaleresk an die Lippen, auf denen ein merkwürdiger, ganz jenseitiger Ausdruck lag. »Nein ..« sagte er und atmete tief. »Es ist erst die Antichambre. Ich warte ..«

Im Dunkel der Türnische ertönte gedämpftes Räuspern. »Wer sind Sie?« fragte die Prinzessin mit verletzender Kühle und versuchte die Gestalt des Fremden zu erkennen. Er trug einen flachen goldenen Helm, in welchem sich die drei Kerzen und ihre eigene Beleuchtung verworren spiegelten.

– »Ein Gott«, sagte der Fremde, leichthin, als sei das eine Selbstverständlichkeit.

»Guten Tag«, erwiderte Danae ungnädig.

– »Ich bin beauftragt, mit Ew. Königlichen Hoheit in Verhandlungen einzutreten über die Modalitäten Ihrer erlauchten Unterwerfung unter den –«

»Sind Sie accreditiert?«

– »Dessen bedarf es wohl nicht. Seine Majestät Ihr Herr Vater hat auf die uns berührenden Fragen keinen Einfluß.«

»Ich verhandle nicht mit Botschaftern, die es für unnötig befinden, ein Beglaubigungs-Schreiben zu überreichen.«

– »Wenn Sie wünschen: hier ist es, Königliche Hoheit.«

»Gleichwohl. Ich verhandle nicht über den Kopf meines Vaters hinweg. Ich bin noch nicht volljährig.«

– »In dieser Frage *sind* Königliche Hoheit majorenn. Bitte doch keine Ausflüchte zu machen.«

»Ihr Auftrag?«

– »Die Majestät meines Kaiserlichen Vaters bietet Ew. Königlichen Hoheit an, er werde von seinem Vorhaben abstehen, falls die Zusage erfolgt, daß die Prinzessin von Myrrha ihm die Excellenz des Botschafters überläßt. Eine Offerte zweifellos, die zu erfüllen Ihnen nach Allem, was Königliche Hoheit soeben mit diesem Herrn besprachen, nicht übermäßig schwer fallen dürfte, gemessen an dem Prae, über den irdischen Teil Ihrer Erscheinung künftig nach Belieben disponieren zu können ..«

Da schob Don Giovanni die Binde von seinen Augen, den schönen Augen voll Ironie und zärtlicher Impertinenz, und blickte den Götterboten, an der Prinzessin vorbei, mit flüchtiger Aufmerksamkeit an. »Ach ..« sagte er. »Hermes. Der Lakai Jupiters. Welch eine Fülle von Sensationen.« Und nach dieser Begrüßung, äußerst befriedigt, deckte er die Augen wieder zu. – »Es eilt nicht«, betonte der Gott in seiner Dämmerung, während Danae, mit einer Langsamkeit, die etwas Drohendes hatte, sich von der Kante des Paradebettes erhob. »Kaiserliche Majestät gestattet Ihnen«, fuhr er fort, »in Muße Abschied zu nehmen, wünscht aber dann freilich, daß die Prinzessin das Cabinett nicht wieder betritt. Excellenz v. Legua wird gleichwohl ruhig und ohne Schmerzen hinüberschlummern. Es handelt sich nur darum, daß seine Seele von derjenigen Ew. Königlichen Hoheit momentan leider gedeckt wird gegen einen göttlichen Willens-Act.«

So sprach der Gott der Briganten und lächelte verbindlich.

Nun, er sollte sich verrechnet haben, die Dame schien nicht geneigt, irgend welche Vorschriften zu acceptieren. »Geh Er«, befahl sie kalt. »Und sag Er Seinem Principal, daß auf der Welt noch Menschen sind, denen Freiheit und Ehre nicht zum Verkauf stehen. Geh Er!« rief sie heftig, griff nach dem Tuch und warf es ihm zerknüllt vor die Füße. »*Ich* gebe Herrn v. Legua den Tod!« Und ohne Laut, ohne Schritt, ohne die kleinste Bewegung, zerging der Namens-Pate des Barones Vampyrios – in Dunst, in ein Dämmerleuchten, in das Nichts. Die Prinzessin aber blickte mit verächtlichem Triumph auf die Stelle, von der ein besiegter Gott, der Gott der Händler und Boten, sich hinweg verfügt hatte.

Und als sie sich umwandte, da war Don Giovanni schon tot.

XXII. CAPITEL

Der Kronrat trat fast nie zusammen. Als Alphanios, das Kind, noch minorenn, aber bereits König gewesen, hatte man wohl hin und wieder getagt, seither jedoch nur karge drei Male, auch dies lange vor den Regierungsjahren des Grafen. Eine Spanne von fast zwei Decennien war ohne Kronrat ausgekommen, war nicht einmal sehr glücklich gewesen – und heute war Kronrat ..

Das veranlaßte einen Ebenisten, einen für die schönsten Fauteuils, Chaisen und Guéridons berühmten, fleißigen und braven Ebenisten, der es zu einigem Wohlstand gebracht hatte, das veranlaßte ihn, sich wieder einmal unter die traditionelle Menge Volkes zu begeben, eines Volkes, dem er wunschlos und königstreu angehörte. Er erwartete sich Großes vom Kronrat, er zweifelte nicht, man würde das Große am Ehesten auf der Schloßfreiheit erfahren, und versonnen behauptete er, mehr für sich als für die Anderen: »Nun werdet Ihr es ja sehen – nun wird es gleich passieren.«

Sein Nachbar, ein Fischhändler, auch er aus der Delphinsgasse, war entgegengesetzter Ansicht. »Armeleute-Theater«, sagte er verächtlich. »Mit oder ohne Hermelin – die beschließen deswegen nichts Besseres.«

Und doch, es lag etwas in der Luft. Man brauchte nur den Himmel zu betrachten, der noch immer so schwarz war, daß der Ebenist, weil ihm das Licht fehlte, die Werkstatt getrost hatte verlassen dürfen, auch die Gesellen waren auf und davon, und die Möbel trauerten im Dunkel. »Ihr werdet es ja sehen«, wiederholte er unbeirrt, sein Herz sagte es ihm, und mitten im Wort verstummte er. Denn in diesem Augenblick legte ein Anderer ihm die Hand auf den Arm, der Atem stockte, zehntausend Augen richteten sich schweigend auf den Fahnenmast des Gästepavillons – ein Schauern ging durch die Menge.

Am Fahnenmast des Gästepavillons, in welchem die Botschaft residierte, sank die Flagge der Republik knatternd halbstocks. Sie strebte gleichsam davon in der steifen Brise, die von See her wehte, es sah heroisch aus, wie wenn ein Kriegsschiff mit Mann und Maus in die Tiefe geht. Einige in der Menge bekreuzigten sich. »Gott sei der armen Seele gnädig«, hörte man murmeln, und leise, doch unaufhaltsam, pflanzte die düstere Zeitung sich fort. Wieder war ein Großer aus der Welt gegangen, ein blutbedeckter Zeuge jenes Tages, da das Unheil über Myrrha kam. Ja, dies war kein einfacher Tod – was würde er noch für Verwicklungen bringen? Es war ja ein Botschafter, den man ermordet hatte, aus Versehen zwar, aber was galt das: man hatte ihn ermordet, und eine gewaltige Flottenmacht stand hinter ihm. Ach, man würde es wohl nie vergessen, wie das gewesen war, als das Geschwader von Cypern draußen auf der Reede zu feuern begann und man erwarten mußte, der Mohr werde die Residenz in Brand und Asche legen .. Sicher gab es nun ein pompöses Leichenbegängnis.

Ein Leichenbegängnis! Man freute sich darauf – ja, man freute sich, so seltsam sind die Menschen, es war Prunk und Glorie dabei, und man bekam etwas zu sehen für sein Geld. Denn ob auch fremder Tod nicht wehe tat: daß man ihn würde bezahlen müssen mit neuen Steuern und neuen Zöllen, das fühlte man gut und verlieh dem beredten Ausdruck. Es war auch ein Zolleintreiber unter dem Volk, er wandelte da umher mit seinem Embonpoint und dachte sich nichts Böses, er verteidigte nur den Zoll, den man so heftig angriff. Als er aber gefragt wurde, ob er wohl glaube, die Perücke oder der Aasgeyer würden die Kosten tragen, und halb betreten, halb ignorant, zur Antwort gab, man möge sich deutlicher ausdrücken, wer das sei: die Perücke, der Geyer – da zeigte er vollends, daß es ratsam war, ihm aus dem Wege zu gehen .. Man kehrte sich ab, bildete ein Vacuum von Abscheu und Reserve um ihn, hielt ihn für einen Horcher eben dessen, den er mit heuchlerischer Unschuld verleugnete.

So also war es bestellt um das Ansehen der hohen Minister

beim niedrigen Volke, nicht gut war es bestellt, nicht zum Besten. Was für Ausdrücke! welch ein Mangel an Ehrfurcht vor Mitgliedern des Kronrates, auch wenn ihrer eines von armenischen Vätern stammte! Ach ja, es war Kronrat heute, man hatte es fast vergessen, weil es dem Tod beliebte, mit einer knatternden Fahne zu winken .. Ob jener Fischhändler nicht doch im tiefsten Grunde das Rechte getroffen hatte, als er vom Armeleute-Theater sprach? Denn was war ein Kronrat? Nichts Anderes doch als eine Minister-Versammlung, an welcher die Majestäten teilzunehmen geruhten und neuerdings auch die Prinzessin, als Erbin des Thrones; gar nichts Anderes also als sonst: was die Minister beschlossen, was der Graf, als einen Beschluß der Minister, dem Könige vortrug, das entschied ja ohnehin der Monarch, Gutes wie Böses kam durch ihn, geschah in seinem Namen, und so regierte er. Die Prinzessin aber .. da ging das Politisieren an. Man wartete stumm und feindselig, bis der Zöllner und sein Embonpoint sich entfernt hatten, und dann begann man zu politisieren.

»Sie hat uns in der Hand«, sagte Einer. »An ihr hängt es«, ein Zweiter. »Aber was!« rief ein Dritter, »habt Ihr sie gesehen, wie sie den braven Kerl unter die Räder fuhr, der ihr die Wahrheit ins Gesicht schrie? Pah .. sie fuhr über ihn hinweg wie über ein Stück Mist.«

»Der Kerl war verrückt, wie kann man so wahnsinnig sein?«

– »Der Mann war verzweifelt.«

»Deswegen brauchte er noch lange nicht Hure zu ihr zu sagen.«

– »Wenn sie es aber ist!«

»Sie ist es nicht.«

– »Woher willst du das so genau wissen?«

»Und woher du?«

– »Weil sie mit dem Botschafter gegangen ist.«

»Gegangen!«

– »Natürlich ist sie gegangen mit ihm. Tag für Tag hat sie auf seinem Bett gesessen. Sie wird schon gewußt haben, warum. War ja auch ein schöner Mann, Gott hab ihn selig.«

»Wer hat dir das erzählt, das mit dem Bett?«
– »Wer soll mir das schon erzählt haben? Ein Diener von der Botschaft, und der muß es schließlich wissen.«

»Ja, da hast du Recht. Aber eine Hure ist sie trotzdem nicht.«
– »Dann wird sie es demnächst werden.«

»Wieso?«
– »Weil sie muß. Ihr seht doch, was hier gespielt wird. Wenn der Liebe Gott sie nun einmal in sein Bett haben will!«

»Pst, bist du von Sinnen? Das ist Lästerung.«
– »A-hach .. Lästerung. Ich pfeif Euch was auf diese alten Schürzenjäger vom Olymp. Bin ich ein Heide?«

»Aber du kannst nicht leugnen, daß sie uns das Erdbeben geschickt haben.«
– »Nun, und wenn schon. Ich sag ja: sie wird halt müssen, die hübsche Kleine. Sonst kann sie mir als Königin gestohlen bleiben. Wenn sie ein Fetzchen von sogenannter Liebe zu dem Volk hat, muß sie halt.«

»Da kennst du sie schlecht«, mischte ein Anderer sich ein. »Die gibt nicht nach.«
– »Pfui Teufel, wenn sie es nicht tut!«

»Du bist ein comischer Mensch, Vasso. Erst schimpfst du sie eine Hure, was noch längst nicht bewiesen ist, und dann sagst du Pfui Teufel, wenn sie sich nicht zur Hure machen läßt. Schließlich ist sie eine Prinzessin und muß auf ihre Reputation halten.«
– »Reputation! Hält die Königin vielleicht auf Reputation? Na also. Und ich sage: hat es die Prinzessin mit dem Botschafter getrieben, soll sie sich jetzt nicht zieren.«

»Du siehst aber, daß sie sich ziert, und also hat sie es auch mit dem Botschafter nicht getrieben.«

Gewaltige Logik und tiefe Argumente.

Derart stritten sie sich, immer wilder und immer erbitterter, über das, was die Prinzessin tun sollte, müßte, könnte, was sie getan oder nicht getan hatte, tun durfte oder lieber nicht hätte tun sollen, und niemand wußte, was sie nun wirklich tun würde. Man wußte nur, wenn überhaupt es eine Rettung gab, dann durch sie. So königstreu war das Volk, so anhänglich und glaubensstark, so eigensüchtig, so ohne Maß und Rücksicht in dem, was es forderte, so gefühllos für die Schwere dessen, was es da verlangte, und es wäre vermutlich höchst erstaunt gewesen, hätte die Prinzessin etwa gefragt: ist es denn so selbstverständlich, daß ich das leisten muß? Aber das fragte sie freilich nicht.

– »Und schließlich«, sagte Vasso, jener Vasso, der von der Reputation der hohen Staats-Personen Geringes hielt, »schließlich ist ja auch der König noch da. Wenn sie nun gar nicht will – denn es ist ja klar, daß es nur an ihr liegt –, so wird der Herr Papa eben auch noch ein Wort mitsprechen müssen. Schließlich kann er ja befehlen, wozu ist er der König?«

»Still ..« sagte ein Anderer, »da ist sie ..«

Und wirklich, an dem erleuchteten Fenster, hinter welchem der Kronrat tagte, stand die Prinzessin: tiefschwarz gekleidet, bläuliche Flammen im Haar, wie ein Geist. Sie stand da an dem Fenster, dunkel und traurig, und weit, weit in der Ferne, da wo die schaumgekrönte See mit den schwefelgelben Horizonten verfloß, ruhte ihr Blick. Man sah die Königin an sie herantreten und ihr zureden, etwas wie Trost und Ermunterung und etwas wie ein frivoles Bonmot, sie lächelte maskenhaft, wie nur sie es konnte, die in der Liebe keine Illusionen mehr hatte, vielleicht sagte sie »Es ist ganz hübsch, das Lieben, glaube mir, mein Kind, ich weiß es ..« – aber das war natürlich nur eine Mutmaßung, verstehen konnte man hier unten nicht das kleinste Wort, man sah nur, wie die Lippen der Königin sich bewegten und die der Prinzessin sich nicht bewegten, dahinter ahnte man an dem kerzenbesetzten Tisch den König, wie er wissend, vornehm und voller Nachsicht wartete, ahnte die Minister, die steif und schweigend in ihren Sesseln lehnten, man ahnte Schreibmappen und Acten, wippende Federmesser in nervösen und gepflegten Händen, ein unterdrücktes Husten, einen Gänsekiel, der zwecklose Kreise und Figuren auf weißes Diplomatenpapier malte. Man ahnte die hohe, distinguierte Erscheinung des Admirals, der vielleicht das Bild der verstorbenen Königin Mutter fixierte, den fleischigen Teint eines östlichen Figuranten, nackt und rosig an seinen Fingern arbeitend, man ahnte die wasserhellen, verächtlichen und prüfenden Blicke des Grafen, wie sie umherzuckten unter der emporgezogenen Braue und unter den Haarlocken der Allonge – man ahnte das ganze Schweigen, indem man, wie gebannt, an der regungslosen Gestalt im Fenster hing, die ihre Hände, fest ineinander gepreßt, gegen die Brust drückte. Als aber die Königin sich aus der Nische zurückzog und es ersichtlich wurde, daß ihre Vermittlung gescheitert war, begannen erst Einzelne, dann Viele, endlich Alle mit geduldiger Hartnäckigkeit nach der Prinzessin zu rufen: »Daa-na-é! Daa-na-é! Daa-na-é!« – mit Pausen dazwischen, doch ohne wirkliche Unterbrechung, eine monotone Musik, die immer auf der gleichen Note blieb und ein vereinbartes Zeitmaß hielt, einen strengen, entnervenden Tact, der sich in die Gehirnbahnen grub und es unmöglich machte, irgend einen anderen Gedanken als diesen zu fassen: »Daa-na-é! Daa-na-é! Daa-na-é!«

Es war eine fürchterliche, triviale und tödliche Folge, so tödlich wie der Wassertropfen, mit welchem man, in den Folterkammern, Geständnisse erpreßt.

Die Prinzessin schien das wenig zu beeindrucken. Sie blickte in das Menschenmeer hinab, in welches sich aus allen Gassen neue Menschenströme ergossen, bis Alles versammelt war, was in der Hauptstadt noch Leben hatte und vielleicht nicht einmal mehr gehen, sondern nur noch humpeln, kriechen, sich auf Händen, Knieen, Krücken voranschleppen konnte, da hinein blickte sie, traurig und ruhig, in diesen Kessel von Überlebenden, die wild und bedenkenlos, starrsinnig und unnachgiebig auf ihrer Forderung bestanden, sie empfand als ungehörig, mit welcher Absicht man auf ihr Mitleid speculierte, und es wurde ihr klar, in welche Lage sie da geriet.

Dahinter ahnte man an dem kerzenbesetzten, großen und schönen Tische die Königin, deren Gesicht sich nachgerade verzerrte, – »Daa-na-é! Daa-na-é! Daa-na-é!« – man ahnte den Monarchen, wie er fror in seinem Zobel und es nicht wahr haben wollte, daß seine Glieder zu zittern begannen, weil es ihn erschöpfte, das mit anhören zu müssen; man ahnte den Admiral, der, als ein tapferer Soldat, den Goldrahmen am Bilde der in Gott ruhenden Regentin immer härter und verbissener ins Auge faßte, während die Kuppe des Ringfingers hin und wieder die Tischplatte anschlug, heftig, befehlshaberisch und doch gezügelt, als stünde er auf der Brücke seines Flaggschiffes, überrechnend, in wieviel Secunden sich der Abstand zum Feind so verringert haben würde, daß man die erste Salve lösen könne; man ahnte den Grafen, wie er mit wasserhellen Blicken hypnotisch den Rücken der Prinzessin umzuckte und die Schwärze des Mittags hinter den Fenstern zu durchbohren versuchte, aus der herauf diese schrecklichen Rufe drangen, wie er geringschätzig, haßerfüllt und mit knirschenden Zähnen sich dieses Volk als ein Magazin von Marionetten vorstellte, die mit den Holz-Gelenken knarrten, Arme und Beine nach Maßgabe der Fäden schlenkerten, welche ein diabolischer Maschinist emporzog und wieder fallen ließ, so daß sie klapperten mit ihren gesellschaftlich unmöglichen Kinnladen; man ahnte den Baron Hermes, Vampyrios Hermes, den Götterboten eines Zeitalters der Finanz-Scandale, der sich mit einem Spitzentuch den Schweiß aus der rosigen, von einer Allonge à la mode du ministre überprunkten Stirn wischte und in dem Hauptbuch seiner verängstigten Gedanken nachcalculierte, wohin es mit ihm kommen werde, wenn die Prinzessin Ja sagte, um eines Tages diesen immensen Saldo von Popularität einzulösen – man ahnte die ganze, erdrückende Last von Verantwortung, ein Gebirge von Verantwortung, das auf die einsame Gestalt am Fenster gelegt war, und sie ließ sich gleichwohl nicht überwältigen, sondern traurig und ruhig, mit dem Geist ihres toten Geliebten ringend, schaute sie hinab in ihr zehntausendköpfiges Schicksal, in die pechschwarze, erbarmungslose, nach Opfern lüsterne Welt: »Danae! Danae! Danae!«

Es wurde kein Pardon gegeben. Man schämte sich wohl hie und da, fühlte sich nicht mehr wunschlos einem Volke angehörig, das seinen Königen solche Dinge zumutete, fühlte sich königstreuer als sie, die da geiferten, und sehnte sich nach der stillen Geduld der Hölzer in der Werkstatt. Je nun – was half es? Wer sollte die Macht haben, dem Geschrei zu steuern, das wie die Hefe gärend aus den Tiefen stieg und nun einmal gären wollte, gleichgültig, was daraus entstand!

Doch siehe: jemand hatte die Macht. Ganz plötzlich schwieg man. Denn mit überraschendem Entschluß, ohne die Menge noch eines Blickes zu würdigen, wandte die Zukunft sich ab, trat der Geist der Jugend zurück in den Saal, den die Kerzen milde erleuchteten .. und nach einer Weile verloschen sie. Teufel: der Kronrat war also zu Ende? Diese Prinzessin! da konnte sie wohl nur Ja oder Nein gesagt haben, sonst wäre das Consilium nicht so schnell auseinander gegangen.

Aber *was* sie gesagt hatte, dort oben in dem prächtigen Saal, das hätte man doch gern noch gewußt ..

XXIII. CAPITEL

Es geschah etwas Ungeheuerliches. Etwas, das zu glauben man sich weigerte, ein Ereignis, dessengleichen die Welt noch nicht gesehen hatte, seit Gott sie stiftete und eine Krone von Myrrha auf Erden war: der König befahl Hoftrauer für den verstorbenen Botschafter der Republik, am kommenden Morgen sollten die Exequien sein.

Vielleicht war deshalb Kronrat gewesen .. Sicherlich, es war nur deshalb Kronrat gewesen. Man sah es so schmerzlich genau, man konnte weder zweifeln noch hoffen, es möchte anders sein, und dann ward es Gewißheit. Denn die Prinzessin, weit entfernt, capituliert zu haben, unternahm nicht das Mindeste, sich ihrem hartnäckigen Verehrer zu praesentieren. Sie fuhr *nicht* zum Tempel. Im Gegenteil: sie ordnete höchst persönlich das Leichenbegängnis des verblichenen Liebhabers, jede lächerliche Einzelheit wurde von ihr überwacht, es war nicht zu sagen, Abgründe von Sittenlosigkeit enthüllten sich dem Volke, das schwer an seiner Enttäuschung trug, ohne deshalb in der Schaulust behindert zu sein. Was! es campierte nun gleichsam für immer auf diesem Platz, trotz ewiger Düsternis, es hatte hier gewissermaßen sein Domicil aufgeschlagen, hier, wo ihm höchstens Aschensteine, nicht aber Ruinen auf den Kopf fallen konnten, hier, wo man die Regenten-Familie scharf im Auge behielt, und wo es sich trefflich demonstrieren ließ. Den ganzen Nachmittag und Abend, die ganze Nacht hindurch, arbeiteten alle Zimmerleute der Hauptstadt und ihrer Bannmeile an dem Castrum doloris, das man, entgegen der Usance, aus der geschlossenen Räumlichkeit hinausverlegen würde ins Freie, da ohnehin die Sonne nicht schien, die den Leichen abträglich ist, drinnen aber hätte man mit herabkommenden Plafonds zu rechnen gehabt .. Mitten auf dem Ehrenhof also wuchs es empor, und rundum, entlang der Hauptfront und den

Flügeln der Residenz, errichtete man eine gewaltige, hufeisenförmige Tribüne, bestimmt, dem Königlichen Hause, den Ministern und Staatssecretären, dem Diplomatischen Corps, der Admiralität und dem äußerst nombrösen Hofstaat ein Piedestal zu geben. Tausende von Fackeln wurden zu diesem Behufe verschwendet, sie tauchten die emsige Scene in ein prächtiges, wehendes und flackerndes, brandiges und rauchiges Licht.

Und gegen die Mitternacht kamen die Decorateure.

Sie kamen mit ganzen Warenlagern von schwarzem Samt und dicken Silberfransen, sie verkleideten das Schaugerüst, über dem obendrein ein riesiger Baldachin auf schlankem Gestänge errichtet wurde, und von ihm zu den Balconen hinauf befestigten sie eine lockere Folge von Bespannungen, lange Tuchbahnen, die nach unten schleppend durchhingen, eine Art Dach von Segeln und Schleiern, ein durchbrochenes Trauerzelt. Seit die Königin Mutter zu ihren Ahnen gegangen war, hatte man solche Pracht nicht mehr gesehen.

Und gegen die Dämmerung kamen die Fleuristen.

Sie kamen mit Gebirgen von Blumen, Oleander in Kübeln, Lorbeer, Taxus, Wolken von Hortensien, Cistusrosen, weißen und violetten, ja, sie brachten sogar Rasen, eine Unmenge von dichtem, tiefgrünem Rasen, eine Rarität dazumal im ziemlich verwüsteten Myrrha, den schichteten sie zu terrassierten Hängen, auf deren Stufen die Blütenfülle sich langsam zu formen begann: vier der größten Meister, Gartenkünstler von Rang und Namen, zauberten aus nichts als Kelchen und wieder Kelchen, Hunderten von Kelchen, das Löwenwappen der Republik.

Venedig .. als könne von daher die Rettung kommen, jetzt, da Don Johann bei seinen Vätern war, jetzt, da der schöne Herr auf seinem Paradebett ruhte, tot, kalt und stumm.

Im Übrigen verlautete doch Einiges. Einiges aus dem Kronrat wehte in das Ohr des Volkes, das ungläubig lauschte und gläubig zu hoffen begann. Ach, die Geheimnisse, so fest man sie auch verschloß, fanden immer ihre Adern und Gänge, um in die Welt zu sickern. Und flüsternd besprach man sich. Der Admiral, hieß es, habe .. der Admiral, hieß es, sollte – Dies und Jenes, dumpf unter dem Siegel der Verschwiegenheit weitererzählt. Ja, Admiral v. Borromeo hatte mit dem Grafen ein Rencontre gehabt, als der Kronrat begann und die Prinzessin noch fehlte .. Ein Fregatten-Capitaine sollte dem Minister hinterbracht haben, Borromeo und der Feldmarschall Otello .. nicht zu glauben! Und der König, tobte er nicht, als Borromeo ganz ruhig auf dem schlichten Abschied jenes Officiers bestand? Sie conspirieren gegen die Regierung, schrie er, obwohl man hätte wissen dürfen, daß Könige niemals schreien. Er erhielt aber sogleich die würdigste Antwort: ich habe keine Heimlichkeiten, lautete sie, mein Weg liegt klar, mich treibt die Sorge um das Land. Ja, dieser Admiral .. und die Marine stieg im Ansehen, als könne von ihr die Rettung kommen. Andere wußten noch Genaueres: »die Sorge um *mein* Land«, sollte der Admiral gesagt haben. Sein Land .. Welch ein braver Militär, welch aufrechter, mutiger, ritterlicher Mann.

Und gegen Morgen kamen die Feuerwerker.

Sie kamen mit Brandsätzen und Flammenschalen, die von hohen Pylonen herab den Pomp der Funebralien mit waberndem Licht übergießen sollten.

Was gab es nicht für Gerüchte! Der Narr Alberoni, der alte und traurige Philosoph in Schnabelschuhen, Gheotta, des Königs Spaßmacher, werde der Nachfolger des Ermordeten sein? Die Botschaft, so sagte man, habe eine längst vorbereitete, vom Feldmarschall Otello unterzeichnete Note überreichen lassen und um das Agrément nachgesucht. Gott, es war rein zum Lachen. Gheotta Excellenz? Gheotta Minister der Republik? Aber freilich, trug er nicht ohnehin seit jenem Tage den Frack des Diplomaten? Und er hatte, niemand konnte es leugnen, er hatte treu und tapfer den armen Don Johann aus der Sänfte gezogen, das adlige Blut war auch über ihn geströmt – dergleichen verbindet, über den Tod hinaus.

Und gegen die Stunde, in der die Sonne aufzugehen pflegte, als sie noch über Myrrha schien, kamen die Särge, viele Särge, es war ja ein Botschafter, um den es sich handelte, kein gewöhnlicher Mensch. Ein Sarg aus Blei, in den hinein würde man ihn legen, in seinem blauen, silberbestickten Frack, und würde das Blei verlöten, damit der kostbaren Hülle eines entflohenen Lebens nichts geschähe, bis man sie in Venedig bestattete, denn der Botschafter wollte heim. Ein Sarg aus Mahagoni, dem festesten und schönsten der Hölzer, und einer aus Zinn, auch ihn würde man verlöten. Einer aus der Rinde der Korkeiche sodann, ein leichter und schwimmfähiger Sarg – der Botschafter fuhr über das Meer –, und als äußerstes Behältnis ein solcher aus Cedernholz, ein übergewaltiger, breiter und reich mit Beschlägen gezierter Parade-Sarcophag. Diese fünf Särge, sinnvoll ineinander gepaßt, schwankten zur Frühe des Tages ins Schloß, und man weckte die Prinzessin.

Und nun ging also die Prinzessin hinunter, um Abschied zu nehmen.

Sie ging durch die dunklen Flure, selbsttätig beleuchteten die Elmsfeuer ihr den Weg, und eisiger Zugwind wehte, als sie den Saal betrat, der damals den Ball gesehen. Ja, das war damals .. Heute enthielt er nur Särge, Sarg neben Sarg, wie wenn es galt, fünf Tote zu bestatten, und die Handwerker zogen verlegen, bestürzt und voll heftigen Mitgefühls ihre Kappen, während die Erscheinung, halb traurig, halb freundlich, vorüberwandelte, um in dem Sterbe-Cabinett allein zu sein mit dem schönen, schweigenden Herrn, den sie wohl sehr geliebt hatte.

Da lag nun Don Johann, hingemeuchelt von zwei desparaten Gesellen, die ihre Degen in sein Blut tauchen durften, weil sie nicht wappenkundig, sondern nur Werkzeuge waren. Er lag auf seinem letzten Bette, hellblau und silbern, mit sorglich geordnetem Jabot. Das Eisbecken war fortgeräumt, nur die drei Kerzen erinnerten noch an vergangene Tage. Sie brannten unruhig, konnten sich gar nicht an den Tod gewöhnen, ihr Widerglanz spielte auf den Tapeten von olivgrünem Leder, melancholisch wölkte ihr Rauch zum Plafond. Es schien, sie betrachteten ihn, den Botschafter, wie er so skeptisch dreinsah, so hochmütig, so männlich, hinübergeschlummert in die Regungslosigkeit des erhabensten aller friedlichen Zustände.

Ob er wohl wiederum aufwachen würde nach seiner Gewohnheit? Ach, es stand kaum zu erwarten: das irdische Gebäude, von Gottes wundervollem Atem verlassen, ruhte erkaltet auf dem Paradebett, schon war die Seele droben am Firmament, weit über den Menschen, und die tiefe Selbstvergessenheit, die er zur Schau trug, zeigte an, daß eine Rückkehr nicht gewünscht wurde. Denn während die Lider sich über den Augen geschlossen hatten, während die Wangen anhoben, über den Knochen einzusinken, während Schläfen, Nasenflügel und Lippen sich in der Form vergeistigten, die Stirn reiner hervortrat, das Profil, voll geheimnisvoller Entschiedenheit, sich verschärfte, erschien Alles, was Don Giovannis Größe ausmachte, noch einmal in seinen Zügen – wie zu Besuch und ohne Masken: seine Klarheit; seine unbedingte Herrschaft über das Leben; die stolze Distance zum Schmerz; die Überwindung jeder Art Angst; der feudale Ton, in welchem er, herablassend, mit dem Schicksal verkehrte .. Und dieser Sieg eines Characters besaß so überwältigende Dimensionen, gemessen an der Banalität von Alltag, Dasein, Beruf, Unglück oder Glück, daß ein Mensch, dem der Alltag bevorstand, die paradiesische Lockung spüren konnte: wie sie geisterte und ihn dorthin zog, wo man gestorben war und vollendet.

Ja, er mußte wohl gern gegangen sein – daß er liebte, hatte ihn nicht gehindert. Siete costante .. seien Sie standhaft! Das sprach sich leicht. Sie war noch auf Erden, zurückgelassen in der verzweifelten Einsamkeit derer, die zu sehr lieben, um schnell zu vergessen – und das Leben wollte geleistet sein. Es wollte, daß auch die Solisten einmal Ja sagten, sich opfernd für eine Gemeinde, die sie verachten und meiden, doch nie aus der Welt schaffen konnten. Don Giovanni aber leugnete um des Leugnens willen. Vergaß er, daß er Botschafter gewesen? Denn ihr, der Prinzessin, war es unzweifelhaft, daß er, des Handelns gewohnt und das Grübeln nicht schätzend, in der einstmals so rastlosen Tätigkeit seines Amtes sich weniger schroff würde verhalten haben. Immer wieder gab es da Compromisse, gab es notwendige Conventionen. Durfte sie demnach urteilen, da sie ihn nur in den Wochen seines Sterbens kannte? Vielleicht wäre er, ohne das Attentat, gleich ihr an den Punct gekommen, wo man einsah, daß gerade die Welt des Menschen, die man verteidigte, im Chaos ertrank, wenn der Solist nicht in der letzten Minute den Degen senkte. Die Consequenz allerdings war fürchterlich. Man hatte ihr die Entscheidung buchstäblich in den Schoß gelegt, die Entscheidung über Zehntausende von Schicksalen, Zehntausende von gräßlichen Todesarten; Leiden, Qualen und Foltern von der allerblutigsten Sorte. Besaß man da noch ein Recht auf Starrsinn und Weigerung? Freilich: was es den Geist *kostet,* sich erniedrigen zu sollen, was es ihm bedeutet, dem Stolzen und Einzelnen, mit Bewußtheit und Vorbedacht und bohrender Überlegung sich mißbrauchen zu lassen für sie, die Animalischen und Vielen, und wie es ihn zerschneidet, freiwillig für sie unterzugehen, auf daß sie nicht umkämen – das würde niemand aus der Herde derer begreifen, die da »Rette uns!« schrieen, und noch in der Hingabe des Eigenen würde man ihnen unendlich fern sein, sie wußten ja nicht, was das ist: die Seele.

Unterdem klopfte es. Man klopfte an die Tür, und Prinzessin Danae erinnerte sich, in einem Cabinett zu sein, das einen Toten beherbergte. Diesen Toten wollte man bestatten, nichts war natürlicher.

In der dämmrigen Nische erschienen vier weiße Gestalten, würdige Leinen-Kittel, und die Instrumente, auf silbernem Tablett ihnen nachgetragen, blinkten kalt.

– »Um Vergebung, Königliche Hoheit«, sagte der Würdigste, nachdem sie sich Alle verbeugt und wieder aufgerichtet hatten: »Das Herz ..«

»Ja ..?« fragte die Prinzessin, unsicher, was davon zu halten sei.

– »Es soll entfernt werden .. Das Übliche. Es war der Wunsch Seiner Excellenz.«

»Entfernt ..« sagte die Prinzessin. »Ja .. Wenn es das Übliche ist ..« Und mit bedauernder Geste, als wolle sie anzeigen, sie verstünde es nicht ganz, ging sie hinaus.

Die Chirurgen aber bereiteten sich kühlen Herzens auf das Übliche vor. Sie consultierten einander, ob man den Botschafter entkleiden solle, oder ob es genüge, die Brust .. Nun, das Blut würde wohl keine Umstände mehr machen, tot und vergiftet, wie es war. Sie kannten den Tod, er stimmte sie nicht traurig, im Gegenteil, sie mochten ihn recht gern, er gab ihnen zu leben, ja, sie scherzten sogar ein wenig. Und dann wuschen sie ihre Instrumente.

Derweilen klopfte es. Es klopfte kurz und selbstbewußt, ein ausgesprochenes Herrenklopfen. »Herein!« rief der leitende Arzt, laut und fröhlich. Er zückte sein Scalpell, setzte es auf den Ort, an den es gehörte, zwischen die Rippen, und schickte sich an, die durchaus nicht schwierige Operation zu bewerkstelligen. Aber obwohl Complicationen bei einem Gestorbenen nicht zu befürchten waren, enervierte ihn das Bewußtsein, daß die Tür offen stand. »Bitte doch die Tür zu schließen!« rief er ungehalten, während der Ellbogen des Gehilfen, bei dem Bemühen, die Schnittstelle vollends zu entblößen, das Jabot weiland Sr. Excellenz zerdrückte, das duftige, sorglich geordnete. »Zum Teufel, machen Sie doch die Tür zu, wer ist denn da gekommen?«

»Ich«, sagte eine freundliche Stimme, und ein bärtiger Greis im weißen Leinen-Habit, begleitet von seinem Bedienten, der vor dem Bauche einen Kasten mit allerlei Fläschchen, Scheren, blitzenden Messern und Pincetten trug, schritt, ohne viel Federlesens, auf die Leiche zu, nachdem er seinen von Schlangen umwundenen, reichlich übertriebenen Spazierstock gegen die Tapete gelehnt hatte. Er rieb sich die Hände, als komme er aus frischer Schnee- und Firnenluft, lächelte gewinnend und etwas einfältig, schob den Collegen zur Seite und sagte nichts als: »Erlauben Sie ..« – worauf er seinerseits zum Scalpell griff, um es auf jenen Ort zu setzen, an den es gehörte, zwischen die Rippen.

– »Aber, aber!« wandte der Chirurg mit einigem Unmut ein. »Ich wüßte gar nicht – wer sind Sie denn, Herr College?«

»Aesculap«, sagte schlicht der Fremde. »Ich bin der Arzt.«

– »Gestatten Sie gütigst, der Arzt bin ich.«

»Sie irren, oder Sie wissen nicht, wen Sie vor sich haben. Sie sollten ins Knie sinken nach Recht und Billigkeit. Wissen Sie nicht, daß ich Ihr zuständiger Gott bin? Es erheitert Sie? Nun, dann will ich Sie fragen: sind Sie diesem Herrn überhaupt vorgestellt?«

– »Das allerdings nicht«, erklärte der Chirurg unter Tränen, und sein Bart, denn er trug einen solchen, bewegte sich auf und nieder, so sehr amusierte ihn die pathetische Unverschämtheit dieses Possenreißers, »das allerdings nicht, nein ..«

»Nun also«, sagte der Gott. »Sie können doch nicht einen Menschen operieren, dem Sie nicht einmal vorgestellt sind! Manieren ..«

Hier ließ der Gehilfe die Leibwäsche des Botschafters aus den Händen, sodaß vorerst nicht geschnitten werden konnte. »Was denken Sie sich eigentlich?« rief er erbittert. »Was gibt Ihnen ein Recht zu dieser unqualificierbaren Einmischung? Nehmen Sie augenblicklich Ihr Scalpell aus der Leiche!«

Aesculap blickte würdevoll auf. »Junger Mann, ich behandelte diesen Herrn«, sagte er stolz. »Ich erhielt ihm sein kostbares Leben um volle vier Wochen, und ich zweifle, ich zweifle daran, ob einer von Ihnen, meine Herren, sich mit mir an ärztlicher Kunst messen kann. Und jetzt halten Sie gütigst die Brust des Botschafters frei, es dürfte keine Frage mehr sein, daß ich als Einziger befugt bin, dies Herz zu demontieren.«

– »Kostbar!« rief der Assistent, mit Verve, da der Professor vergeblich nach Worten rang. »Nicht den Schatten von Befugnis haben Sie!«

Auch dem Vierten riß nun die Geduld, aber sie riß ihm exacter, er gehörte zu jenen, die scharf beobachten. »Im Übrigen«, bemerkte er trocken, »setzen Sie völlig falsch an, völlig unacademisch. Ich bitte Sie: auf welche Weise«, und er trat an die Stätte des Gemetzels, »auf welche Weise wollen Sie da jemals einen sauberen Schnitt führen, einen classischen und sparsamen, aesthetisch bezwingenden Schnitt?«

»Ich operiere nach *meiner* Methode«, entgegnete der Gott,

»und sie ist eine göttliche Methode, von der Sie lernen könnten, junger Mann!«

Inzwischen war der Chirurg wieder zu sich gekommen. »Antiquiert!« schrie er, »gänzlich antiquiert!«, und seine Stimme überschlug sich. »Der College hat absolut Recht: hier setzt man an, nur hier, und es wird ein Meisterschnitt. Meine Herren, das ist ungefähr das Eleganteste, was es an Herz-Extraction gibt, ich werde Ihnen diesen Schnitt jetzt vorführen ..«

Er versuchte, den lästigen Olympier fortzudrängen, doch Aesculap wich und wankte nicht. »Dem Toten tut es nicht weh«, erklärte er freundlich, »und mir macht es Freude, so zu schneiden, statt so« – und sein Scalpell fuhr docierend in die Kreuz und die Quer.

– »Aber uns tut es weh!« rief der Assistent, »uns macht es alles Andere als Freude, Sie operieren barbarisch, die Wissenschaft hat Sie längst widerlegt!«

»Ha-ach, die Wissenschaft, entschuldigen Sie vielmals, ich halte wenig von ihr. Die Erfahrung, meine Herren, die Erfahrung meiner zweitausend Jahre, die ich nun schon die Ehre habe, als Arzt und Wohltäter zu wirken –«

– »Sie greifen die Wissenschaft an? Herr!!«

Und immer wilder, immer erbitterter tobte die Schlacht um das Herz der Leiche, und keiner der Combattanten bemerkte das sardonische Lächeln des Toten ..

So wäre es fort und fort gegangen, das Kriegsglück hätte sich bald hier, bald dorthin geneigt, man wäre endlich dahin gekommen, sich gegenseitig das Herz aus der Brust zu montieren, um Wert oder Unwert von Wissenschaft oder Erfahrung zu beweisen, wenn nicht die Tür sich neuerlich geöffnet hätte. Nach einem erstaunten Blick auf diesen Hahnenkampf, der mit aufgereckten, rot geschwollenen Köpfen, mit beschwörenden Gesticulationen, mit quellenden Augen und flatternden Haaren ausgefochten wurde, warf die Prinzessin, kurz und klar und äußerst indigniert, das eine, vernichtende Wort in die Waagschale: *»Aber!«*

Da wandte sich Alles nach ihr um, vier zerschmetterte Hofärzte und ein fremder, tief genierter Greis.

»Wer sind Sie?«

– »Ich bin der Arzt, bin Aesculap, der Gott.«

Nun, die Wirkung war leider nicht die gewünschte, denn die Prinzessin erklärte kühl und verletzend: »Es nimmt kein Ende mit Göttern, und die Götter betragen sich in einer Weise, daß der Mensch sich schämt. Was wollen Sie?«

– »Ich will das Herz ..«

– »Er will das Herz«, rief der Chirurg voll hysterischer Heiterkeit.

– »Er operiert unacademisch«, bemerkte der scharfe Beobachter, »die Wissenschaft hat ihn längst widerlegt.«

– »So lassen Sie mich doch ausreden!« verlangte donnernd Aesculap und stampfte mit dem Fuß, was zumindest etwas ungehörig war. Und als man wieder ruhig geworden, fuhr er, zur Prinzessin gewendet, fort: »Ja, ich will das Herz. Im Auftrag meines Kaiserlichen Herrn Großvaters komme ich, das Herz des Botschafters zu holen.«

Don Giovanni lächelte sardonisch.

»Das Herz ist ein bloßes Organ«, sagte Danae, »es gehört der Erde, nicht dem Himmel oder Ihrem Herrn Großvater, der sich wohl kaum an Venen und geronnenem Blut wird rächen wollen, nachdem die Seele ihm échappiert ist. Herr v. Legua hatte es mir bestimmt, meine Herren, als testamentarisches Legat. Ich habe das weder gewollt noch gewußt, und nach dieser Scene wünsche ich einzig, daß Sie jetzt gehen. Bringen Sie das da wieder in Ordnung.«

Die Chirurgen gehorchten. Unter tiefen Bücklingen suchten sie zögernd einen Abgang, der ihrer Ehre nicht zu nahe trat, während der Gehilfe sich eilends über Wäsche und Jabot beugte, um die Spuren der Wissenschaft zu tilgen.

Aesculap, gleichwohl, ein Greis und eigensinnig, gab das Spiel noch immer nicht verloren. »Wollen Sie gnädigst bedenken, Prinzessin, daß ich es war, der dem Botschafter jedes einzelne Mal sein Leben verlängerte, wenn er Ihrer gedachte. Ich habe demnach einen Anspruch auf dieses Herz, einen Rechts-Titel ..«

»Sie haben sich nur zurückzuziehen«, sagte Danae. Und Pasquale Gheotta, der soeben – im Ornate, was den heidnischen Gott unverzüglich in die Flucht schlug – ganz unbemerkt hereingekommen war, fügte mit einem Schwermuts-Blick, doch würdevoll, hinzu:

– »Denn dieses Herz gehört der Kirche.«

Don Giovanni schwieg auch dazu, und sardonisch war sein Lächeln.

XXIV. CAPITEL

Vortrefflich war Alles geplant – nicht umsonst, das zeigte sich nun, besaß man Hofmarschall und Hofmarschall-Amt, besaß man einen Generalstab des Pompes, gewöhnt, minutiös zu arbeiten, und geschult in der schweren Kunst, verschwiegen zu sein. Um wessentwillen man draußen, vor den Toren der Stadt, den Tempel Jupiters so auffällig verwandelte, das wußte niemand. Man wußte nur, der Cardinal-Legat celebrierte die Totenmesse, danach sollte sogleich das Défilé erfolgen, aber man hörte nicht, daß von einem Leichen-Banquett die Rede war, im Gegenteil, es schienen ganz andere Dinge bevorzustehen, Dinge .. und man wunderte sich. Zum Exempel die Wagen, statt daß sie gewartet hätten, wo man sie brauchen würde, fuhren einfach hinweg, auf Umwegen irgendwohin – mysteriös .. Ja, in der Torhalle stand gar des Königs Staats-Carrosse, aus dem Parke, unter den Remparts hindurch, war sie hinein gerollt, was wollte sie dort? und die Pferde scharrten.

Lauter ungelöste Fragen, denn die Maschinerie verriet sich durch kein noch so leises Knirschen. Man ahnte nur, ein coup de théâtre lag in der Luft, tausend verschleierte Einzelheiten deuteten auf eine Schaustellung von beträchtlichem Ausmaß, virtuos musiciert, emporgetürmt zu gewaltigen Accorden. Und nicht nur, daß alle Scenen vorberechnet, Acteure und Actricen, ohne ihre Rolle zu kennen, voll auf dem Plane waren, Orchester und Dirigent, ohne geprobt zu haben, ihr Bestes leisteten: selbst das Irreale des Schicksals, welches die Herzen lenkt, hatte hingebungsvoll daran gewirkt, dem Inneren der Prinzessin jene Clairvoyance zu verleihen, die ihr nötig war, um den Solo-Part mit Bravour zu spielen. Nicht umsonst hatte es sie an das Bett des Toten gezwungen, sein starres Leugnen und seinen tyrannischen Willen zu überwinden, nicht umsonst ihr die verletzende Obduction der Leiche vorgeführt, auf daß sie einmal *hinter* die

Prunk-Oper von Ehrfurcht, Devotion, scheinbarer Berufung und geheuchelter Pietät schaue – mit jenem entlarvenden Blick, den diejenigen, welche den Menschen regieren sollen, nicht früh genug tun können.

Nein, das Schicksal meinte es gut mit ihr, indem es ihr hart und schnell das Glück, die Freude und all die großen Illusionen raubte, die dem Volke wohl anstehen mögen, nicht aber dem Throne .. Und es war Alles vorzüglich bedacht.

Der Monarch, in der Uniform eines Feldmarschalls, als Erster vor den düsteren Catafalk tretend, heftete auf das Ordenskissen des Botschafters das Commandeur-Kreuz der Krone von Myrrha, das der General-Adjutant ihm reichte, er grüßte straff mit dem Commandostab, während bei Trauer-Geläut und Largo-Canonade das Requiem zum schwarzen Himmel emportönte. Dann, während die folgenden Personen des Königlichen Hauses, Diplomatie, Großwürdenträger, Generale und Admirale, Geistlichkeit, Hofchargen und geringere Suite sich bereits in Bewegung zu setzen oder zu ordnen begannen, wandte er sich ab, nachdem er souveränen Pflichten genügt, die Torfahrt entzog ihn den Blicken. Majestätisch verschluckte sie Einen nach dem Anderen, Königin, Thronfolgerin, gichtische Grafen, streng denkende Militärs .. Doch eben, daß man den Zug recht wahrgenommen, der sich da langsam ins Dunkle bewegte, so entstand eine Gegenbewegung. Schweigende Trompeten erschienen im Mittelportal, Pferde unter schwarzen Schabracken, mit riesigen Augen melancholisch aus Masken schauend, und dann die goldene Carrosse, mit Flor behangen, denn es war Hoftrauer. Kurz, es erschien die Spitze jenes cortège d'honneur, den der Generalstab, gehüllt in Heimlichkeit, so exact zusammengestellt hatte, und nahm seinen Weg, durch eine freigehaltene Gasse des Ehrenhofes, hinter den Tribünen her. Hatten die Ahnungen doch nicht getrogen! Nun kamen wohl Dinge, die weit über ein Leichen-Banquett hinausführten ..

Aber welch eine Zeitung, welch eine erstaunliche, lief bald darauf durch das Volk! War es zu glauben: in der goldenen

Carrosse saßen nicht, wie es die heikle Frage von Rang und Vortritt verlangte, die Majestäten, um, wie überall, so auch hier, den höchsten Glanz auf die höchste Person zu concentrieren, sondern es saß in ihr – ja, konnte man denn das Protocoll so einfach umstoßen? – es saß in ihr, ohne vom Rückenpolster Gebrauch zu machen, tatsächlich, die Prinzessin, und ihre ganze Art zu sitzen drückte vollendete Ablehnung aus. Wie steif, wie hochmütig, wie verschlossen in ihrem Kummer, den sie nicht zeigte – nur die tiefe Verschleierung sprach davon. Nun, mochte sie Schleier tragen, so viel sie wollte, das galt dem Volke gleich: mit einem einzigen Blick in die Sensation, daß der Monarch den Vorrang, den er noch eben für sich beansprucht, der Tochter abgetreten hatte, begriff man, um was allein es sich hier handeln konnte, und mit dem zweiten Blick in den zweiten Wagen gewann man Gewißheit: das Protocoll *war* umgestoßen. Denn in diesem zweiten Wagen, unmißverständlich, folgten die erlauchten Eltern, sie absentierten sich nicht, gaben nicht durch ein Fernbleiben ihre Erstgeburt leihweise auf, sondern bewiesen es geradezu, welch einen Sinn sie dem Changement beizulegen wünschten. Und flüsternd, noch immer wallten Trauermarsch und Trauerflammen empor, trug man die Kunde weiter.

Wagen nach Wagen rollte langsam aus dem Portal, flanquiert von Cavallerie, die tänzelnd aus Seitentoren quoll, kein Ende schien abzusehen. Aber nach solcher Ouvertüre, ohnehin, kümmert sich Neugier nicht um das Ende: der Anfang war es, die Spitze, um die der Haufe sich drängte, vorn mußte man sein, mußte Schritt halten mit denen, die nach göttlichem Ratschluß die Weltgeschichte machten ..

So wälzte man sich, über Ruinenfelder, dem Tempel entgegen, und die, denen das Glück geworden, sich gleichsam an die Robe der Prinzessin klammern, mit ihr auf der gleichen Höhe bleiben zu können, erlebten nun, was zu erleben sie seit Wochen gehofft, in solcher Pracht freilich sich niemals auszumalen gewagt hatten, und sie erlebten weniger das bewegende Factum, danach ihre Seele dürstete, als das grandiose Schauspiel, das ihre Augen blendete, mochte Gott auch noch so viel Düsternis darum breiten.

Man war angekommen. Auf dem Blachfeld standen die Garden, ausgerichtet nach der Schnur standen sie in großem Carré, ein Ausdruck von Königstreue lag auf ihren Gesichtern, und so praesentierten sie ihre Piquen, Mousqueten, die Officiere den Degen.

Der Wagen der Prinzessin hielt, die Heiducken sprangen vom Rücksitz, um den Schlag aufzureißen und den Tritt herauszuklappen, während die begleitenden Chasseurs zu den Seiten ausschwärmten, ihre Pferde steigen, tänzeln, schweifschlagen ließen und sich, noch im Traben, zu plötzlich sehr wohlgeordneten Gliedern formierten.

Nun hielten die Majestäten. Auch dort sprangen die Livreen herab, rissen den Schlag auf, die Cavallerie trabte davon, der Wagen rollte hinweg, der König betrat die Scene .. Die Prinzessin aber, das Gesicht zum Tempel, verstand sich zu einer allerhöchst aufregenden, unübertrefflich einfachen Geste: sie hob, als mache ihr das gar nichts aus, den Flor vom Haar, überreichte ihn dem Oberhofmarschall, welcher ihn knieend empfing, und dann nahm sie Platz auf einem Sessel, der, vergoldet, unter rotem, besticktem Baldachin und weit von allen anderen abgesondert, eigens für sie bereit stand. Sie trauerte also nicht mehr? Das war ja schnell gegangen ..

Der König bedankte die Parade, indem er den Marschallstab ein wenig in die Luft hielt, er nahm den Sessel zur Rechten, die Königin den zur Linken, und während man die Königs-Hymne blies, rollte der Wagen des allmächtigen Ministers vor, die Heiducken öffneten den Schlag, der Graf allerdings wartete, bis die Hymne verklungen war. Dann erst entstieg er dem Fond, gestützt auf seinen goldgeknauften Stab, ein infamer Schmerz, bis hinauf in die Gegend der Nieren, durchzuckte ganz leicht sein Gesicht – welch ein Herr, trotz aller Gebreste! Des Grafen Sessel, im Übrigen, unterschied sich nur dadurch von denen der Souveräne, daß er, wo nicht auf den Teppich, so doch auf den Baldachin verzichten mußte, und immerhin, wie die Ereignisse beweisen sollten: es war schon wertvoll genug, daß man als Einziger, obwohl kein Prinz von Geblüt, einen Fauteuil hatte – denn was nach ihm eintraf, das stand.

Man überlegte, wie lange es dauern würde, bis Wagen auf Wagen entleert, Charge auf Charge gemäß einem strengen Protocoll postiert war. Alles, was Namen hatte auf der Insel, wofern es nicht leider bei dem Erdbeben umgekommen, erschien zu einem Kron-Act von höchster Bewußtheit, *feudaler* Bewußtheit – auch wenn ein bei Hofe nicht zugelassener Gott daraus den Fehlschluß zog, man huldige ihm. Und noch nie hatte Myrrha erlebt, daß die Mitglieder des Königlichen Hauses eher zur Stelle waren als der rahmende Hofstaat – dies durfte wohl Einiges bedeuten. Man betrachtete die Scene, den weißen Mondlicht-Tempel, den schwarzen Decor, gleich einer nach oben geöffneten Muschel über dem Eingang gewölbt, man bewunderte die Tapisserieen, die, von Fackeln gesäumt, den Stufen entgegenführten, und unterdrückte jede Reaction, als hinter den Bronze-Türen, die endlich aufgetan wurden, strahlende Helle hervorbrach. Denn da sah man nun, mit einer gewissen hochmütigen Befriedigung, daß selbst die Fülle von warmem Kerzenlicht, mit der Gott sich verwöhnte, gar keine Rolle spielte, sondern es hatte der marmorne Zürner, genau wie alle Anderen, zu warten. Stunden waren vergangen seit dem Beginn der Exequien, man hörte den Seegang donnern, der trotz Windstille die Insel umtobte, Podest und Sarg des Toten, dort unten in der Stadt, harrten des Schiffes, das unter großem Aufwand von Oel landen sollte, um nach Venedig zu bringen, was an Don Johann sterblich gewesen, und auf ein baldiges Dîner brauchte man nicht mehr zu rechnen .. Aber es mußte dem Gotte einmal gezeigt werden, wie es aussieht, wenn man sich vornehm aufführt: mit welcher Selbstverständlichkeit dieser Stil, ohne den man auf Myrrha nicht wohl réussieren konnte, hierselbst gehandhabt wurde.

So herrschte denn Schweigen, nirgends ertönte ein Seufzer, nichts war zu hören, außer dem Seegang, wie gesagt, der als ein dumpfer Contrapunct die Trauer-Musik untermalte – wofern diese nicht eben pausierte –, während das unablässige Rollen der Wagen den basso continuo abgab.

Es war eine harte Prüfung für den Gott, man mutete ihm sehr viel zu und beneidete ihn nicht um dergleichen Insultationen, die zu ertragen Humor und Geduld erforderte. Ach, es war so viel, was ihm da abverlangt wurde, daß er schneller als gehofft die Contenance verlor.

Er schmetterte einen Blitz herab, nicht zu glauben! einen einsamen, höchst ungezogenen Blitz, der irgendwo in der Stadt einschlug, wo man jetzt friedlich zu Mittag speiste, gesetzt, daß man nicht zu repraesentieren hatte. »Quel affront«, murmelten einige der Würdenträger, »Beklagenswert«, constatierten die Damen, »dieser Mangel an Geschmack!« – die Fürstlichkeiten aber äußerten sich nicht, und die feierliche Darstellung ihrer eigensten, hohen und menschlichen Cultur nahm, ungeachtet göttlicher Entgleisungen, ihren Fortgang.

Die Queue mußte wohl noch in der Vorstadt sein, jedenfalls lief schon nach Kurzem, vom Schloß her über Hunderte von Carrossen, in denen man sich langweilte, die Kunde bis hier auf den Schauplatz des Staats-Actes, jener einsame Blitz habe in den Catafalk des Botschafters geschlagen und den Cedernsarg in Brand gesetzt, es sei indessen sogleich gelöscht worden.

»Incroyable«, erklärten halblaut die Damen, »Welch ein Ausbruch von Rachbegier«, sagte verhalten der Minister mit seiner auch da noch geborstenen Stimme, »Berichten Sie der Prinzessin«, entschied der König. Doch die Prinzessin überbot sich in lästerlicher Geringschätzung: »Warum denn löschen?« fragte sie. »Herrn v. Legua wird es Vergnügen machen, verbrannt zu werden« – wobei in ihre Augen jener Ausdruck unschuldigen Erstaunens trat, der etwas dermaßen Aufreizendes haben konnte, daß stolze Grandseigneurs, in manchen Situationen, mit den Zähnen zu knirschen begannen.

Die Feierlichkeit nahm ihren Fortgang, man hatte noch nicht gespeist ..

Und dann endlich war es so weit.

Auf einen Wink des Hofmarschalls, die Trommeln wirbelten, setzte der Obersthofceremoniar, eine Ceremonien-Maschine, sich langsam in Gang. Er schritt, durch das Spalier von Fackeln, auf den Tempel zu, der weiß und gespenstisch – als scheine ein Mond über ihm, den Myrrha indessen nicht mehr kannte – unter der mittäglichen Nacht lagerte. Der Ceremoniar vermied den Teppich, vermied ihn als einem jungfräulichen Fuße vorbehalten, er schritt die Stufen empor, auf der letzten kehrte er sich um. Er entrollte ein Pergament, ein Beamter löste die Siegel, ein Bediensteter hielt die Fackel, und schmetternd, eine Suite von lauter Trompetenstößen, erfolgte die Verlesung eines Protocolls ohnegleichen.

»Wir, Danae«, trompetete der Cermoniar, ungerührt in steinerner Beamtenseele, »Wir, Danae, Francesca, Albertine, Carlotta, Sophia, Antonia, Clementine, Prinzessin von und zu Myrrha, Theodosia, Grusidos und Olympienlust, Souveräne Fürstin von Potamikali, Durchlauchte Fürstin im Hendekanes, Erlauchte und Markgräfin in Kaliakra und Gasarrhania, Gräfin zu Novaterra, Santalba, Terrani, Palarmos, Gelmion und Albazynthos, sowie zu Hennersdorf, Standesherrin auf Alt- und Neu-Kaledon, haben die Gnade gehabt, Uns, um eines allgemeinen Wohles willen, zu einer Antwort zu entschließen, in welcher Wir zu bekunden belieben, daß einer nicht näher zu qualificierenden, auf das Formloseste vorgebrachten Forderung in aller Form Genüge geschehen mag. Gegeben in Seiner Majestät Residenz zu Myrrha, gesiegelt und gezeichnet Danae, Prinzessin zu Myrrha, urkundlich contresigniert Alphanios Rex, Le Comte de Godoitis, Premier Conseiller du Roi, v. Borromeo, Admiral der Flotte, als Ihrer Kgl. Hoheit Gouverneur.«

– »Ha ..« sagte ein Grande in genüßlichem Grimm.

Aber der Ceremoniar war noch nicht am Ende:

»Der Minister des Kgl. Hauses, Ihre Kgl. Majestäten geben unter heutigem Datum die Verlobung Ihrer einzigen Tochter, der Erbprinzessin Danae, Kglr. Hoheit, mit Sr. Kaiserl. Majestät Jupiter Tonans, Chef des ehem. Souveränen Hauses der Chroniden, Ihren Staaten und Untertanen zu wissen. – Contrepage:

Ich, Zeus, habe die Ehre, meine unter heutigem Datum erfolgte Verlobung mit Ihrer Kgl. Hoheit, Danae, Prinzessin zu Myrrha, einziger Tochter Sr. Majestät, Alphanios, Regierenden Königs von Myrrha, und allerhöchst Seiner Gemahlin, Olympia, geb. Prinzessin Astypalaia, anzuzeigen. In absentia per procurationem: Papadakopulos, Metropolit. – Der Empfang wird auf den 21sten Tag, gerechnet vom leiblichen Erscheinen des hohen Bräutigams, im Thronsaal hiesigen Residenz-Schlosses festgesetzt. Alle Einzelheiten der Praerogativen, sowie des kirchlichen Übertrittes, regelt das Kgl. Département der Justiz- und geistlichen Angelegenheiten.«

Danae erhob sich. Heiducken eilten herbei, ergriffen den Baldachin. Zwei Ehrendamen, die eine von links, die andere von rechts, jede auf schwarzem Samtpolster ein weißes Etwas darbietend, traten an die Prinzessin heran. Die Prinzessin nahm von dem linken Kissen ein Myrthen-Diadem, von dem rechten einen Kashmir-Schleier, an dreißig Fuß lang, ein wahres Elfengespinst. Beides, alte Braut-Stücke des Hauses Myrrha, befestigte sie, wie das Herkommen es vorschrieb, mit eigener Hand auf dem Scheitel. Dort brannten zwar, wie man weiß, bläuliche Elmsfeuer, aber sie besaßen die Courtoisie, geschmeidig hindurchzutauchen. Königspaar und Minister-Praesident erhoben sich, standen steif vor ihren Sesseln, die Fackeln wurden gesenkt, man trug den Baldachin über der Prinzessin einher, bis sie, betont langsamen Schrittes, oben in der Vorhalle angelangt war, wo Ceremoniar und Erzpriester die Stirn auf den Marmor neigten.

Das Allerheiligste war erleuchtet: das gab der Scene besondere Poesie, zumal die Prinzessin, indem sie da hinein wandelte – in der Tat, man konnte es wohl ein Wandeln nennen –, auch nicht *ein* Mal zögerte oder zurück sah. Es fiel schwer, über der Pracht dieses lebenden Bildes nicht ganz zu vergessen, daß es Dinge gibt, die scheinbar poetisch sind, aber was darunter vorgeht, in den Seelen, davon macht man sich gar keinen Begriff. Und nun blieb sie einfach stehen, mitten vor der Statue des Gottes. Sie verweigerte ihm sogar die Reverenz, nickte nur kurz nach der Seite hin, wo der Ceremoniar auf das Zeichen wartete, und blickte für eine Secunde in den Text, den er ihr reichte.

»Angesichts all des Unrechtes«, sagte sie und betonte es nicht einmal sehr, aber man verstand es unten bis in das kleinste Wort, Wölbung und Wände trugen es hinaus in die Menge, die angespannt lauschte, »angesichts all des Unrechtes, das Sie, mein Herr, über die Welt gebracht haben, angesichts Ihrer Macht, die Sie mißbrauchen, angesichts des Elendes, der Gewalt, der Unterdrückung und der Finsternis, im Namen meines Volkes: verfügen Sie über das, was an mir sterblich ist.«

»Es wird mir ein Vergnügen sein«, erklärte die Statue, nur Danae hörte es, und sie zuckte so wenig wie der Marmor, auf dem sich, weil Marmor, kein Muskel gerührt hatte.

Im Volk hörte man Flüstern und Bewegung, manch Einer konnte nicht länger an sich halten, man fühlte die Stille wie eine Last auf der Brust. Der Hof aber schwieg eisig, denn es war Hoftrauer.

Und die Prinzessin, ohne noch zu warten, während doch jedermann nun unmittelbar auf das Wunder rechnete, ja, es geradezu als etwas schlechthin nicht mehr zu Verweigerndes verlangte, gewissermaßen darauf pochte, daß jetzt sofort etwas geschah, was die Situation entscheidend veränderte – die Prinzessin, kühl und vornehm, wandte sich davon. Ihre Hand, melodiös, hielt den Fächer, ihr Ellbogen, ganz leicht, lag auf dem Reifrock auf, Reifrock und Schleier, mit leisem Rauschen, schleppten über den Teppich, ihr Fuß erreichte die oberste Stufe, und dort, mit einem Erstaunen, das über jedes gewohnte Maß hinausging, hielt sie inne.

Der geneigte Leser wird nun auch an den Punct gekommen sein, wo es sich empfiehlt, den Atem anzuhalten. Gesetzt, es sei dem Chronisten gelungen, trotz hin und wieder ein wenig weit getriebener Skepsis, ihm die mindeste Vorstellung von dem zu übermitteln, was den Barocco heilig und was ihn wonnevoll dünkte, wird er sich noch einmal all die düsteren Umstände vor die Seele rufen: das Erdbeben, die vielen und unterschiedlichen Todesfälle, die in seinem Gefolge leider statthaben mußten;

Zerstörung allerorten, Grauen, wohin man blickte; die ausgebrannten Ruinen, das Verfaulte auf den Feldern; die Bäume von Ruß bedeckt, die Waldstücke voll von Briganten; Mord und Frevel, durch die Gehölze schleichend .. Er wird sich das schwärzeste Schwarz, aus dem jede Minute ein Blitz herabzukken kann, in einer Weise ausmalen, die, auch wenn sie allerübelsten Phantasieen entspränge, niemals, nicht einmal von ferne, jener Wirklichkeit entsprechen würde, welche das Reich weiland des Königs Alphanios heimsuchte: ein Schwarz, schwärzer als das der Raben, einen ganzen Himmel voll Pech, herabhängend bis auf die Erde, die es wie ein Ersticken ankommt, und dies Alles seit Wochen nun schon, kaum daß man noch wüßte, seit wann, einen widerlichen Schwalch von Wolkenteer, vor dem man sich ekelt, wie er Mund und Nase verstopft, Zunge und Gaumen belegt, den man ansehen muß Tag für Tag, ob man nun will oder nicht – wie das niederzieht, unerträglich, bis zur Verzweiflung .. Er wird an die Lust des Jahrhunderts denken, das ein Jahrhundert der Weltfreude war, und an die Verfinsterung dieser selben Welt, über der die Mächte des Bösen brüteten; an das geheimnisvolle Hinscheiden Don Johanns, bei welchem Götter ihre Hand im Spiele gehabt, an den Brandsturm in der östlichen Vorstadt, und wie die kleinen Kinder ins Feuer wehten .. Ja, er wird sich Mühe geben, der geneigte Leser, hoffentlich! auch wenn es ihm wenig bedeutet, weil er nicht, wie die Bürger Myrrhas, volle vier Wochen ohne Sonne und ohne jede noch so karge Seligkeit in lauter Vernichtung, Pest und schauriger Daseinsbedrohung hat leben müssen, er wird sich Mühe geben, sie zu verstehen, ihre Angst, ihr stumpfes Hoffen, ihr Schreien, Fordern und Schwatzen; er wird ihnen nahe sein, er, ein Unbeteiligter, den Gequälten und Geplagten, auch wenn er das nicht realisieren kann, was es heißt, dieses schon so gut wie verlorene Dasein plötzlich wieder en vue zu haben, weil eine jugendliche Prinzessin ihre Bereitschaft erklärt, den Leiden des Volkes die eigene Unschuld zu opfern: wie das ist, angesichts einer solchen Sachlage, die nicht die mindeste Aussicht zu bieten schien, und nun ist sie da, die

Aussicht, für Zehntausende von Menschen, die mehr als einmal den Wahnsinn über sich fühlten, nun steht sie auf der Tempelstufe, und es ist wie ein Schlag von innen her gegen die Lunge, sodaß man nicht Luft zu holen, geschweige denn ihren Blicken zu folgen wagt, weil man befürchten muß, man würde vom Schreck, mitten ins Herz, getötet, wenn man erführe, *was* die Prinzessin da unversehens versteinerte .. Aber selbst der Unbeteiligte, der noch die extravagantesten Dinge blasiert als auf der Hand liegend hinnimmt, selbst er wird zugeben, daß, wenn eine so kühle, in steter Contenance groß gewordene Dame plötzlich erstarrt, dies wohl Einiges bedeuten muß ..

Denn wirklich, dergleichen hatte noch niemand jemals an ihr wahrgenommen, und nun nahm man es wahr, seit mehreren Minuten, bei völlig stiller Welt; sie versuchte, den Atem festzuhalten, die Prinzessin Danae, und die Augen weiteten sich, und ihr Weißes leuchtete durch das Dunkel.

Nun: derart geschah es. Es war ein so wilder Moment, der vor der Türe stand, so herrlich und gewaltig, daß selbst der ungeneigte Leser verstehen muß, wenn selbst die leiseste Ironie daran zuschanden wird – und Alles geschah auf einmal. Ganz weit dort draußen, wo der Himmel, ein kleiner Streif Schwefelgelb, mit der See verschmolz, spielten Delphine, *das* war es, worüber die Prinzessin erschrak; und irgendwoher ließen sich Lerchen hören, das war es, was ihr den Atem benahm. In dem Moment aber, als nun auch das Volk, welches ja langsamer denkt als seine hohen Staats-Personen, bemerkte, daß da Lerchen waren oder jedenfalls Vogelstimmen, in diesem nämlichen Moment – es ging so schnell, daß man den Strahl überhaupt nicht begriff, welcher das Ereignis ankündigte, aus dem schwärzesten Schwarz herabstoßend, überfiel er die Dämmergestalt unter dem Architrav des Tempels, ein scharfer, schmerzender Strahl – in diesem nämlichen Moment: *brach* der Glanz auf der Prinzessin aus, schlug, wie eine lautlose Explosion, quer und rings durch das Himmels-Gewölbe, daß es den Menschen war, als glühe ein feuriges Messer ihnen die Augen aus den Höhlen, und sie stürzten, ohnmächtig, zusammen.

Da lagen sie nun Alle: der Hof, die Garden, Ceremoniar und Figurant, das Volk zu dichten Haufen, Cavallerie und Admiralität, Excellenzen, im Staube. In den Deichseln der Carrossen hingen die Pferde; auf ihren Fauteuils, willenlos, lehnten Graf und Königliches Haus, denn freilich, es war von Gottes Gnaden, es hatte sich nicht gemein zu machen mit denen, die das geblendete Antlitz dem Schmutz vermählen, und nur die Prinzessin, einsam und abweisend, stand.

Derweilen wurde es Sommer auf Myrrha, endlich kehrte auch das Leben zurück, und man begann, sich aufzusammeln: stöhnend, gleichwohl selig. Man taumelte, rieb die schmerzenden Lider, ehe man sie, furchtsam genug, zu öffnen wagte, ein wenig nur – und welch ein Schauer lief durch die Massen derer, die sich da, nach und nach, emporgetrauten, welch ein Glücksschauer, wie Weinen steigend, als das Wunder des Leuchtens anhielt, ohne daß noch einmal das feurige Messer gekommen wäre, ihnen die Augen auszustechen.

Ein Messer? Die *Sonne* kam .. Herrliche, flimmernde Sonnenpracht, und die Felder dampften. Die Wolken entschwebten, wie Nebel segelten sie flockig davon in den Aether, bläulich und zart, ganz dort oben .. Die Sonne, mit tausend Lichtpfeilen, fuhr über das Meer, die Wogenberge wurden zu Wellenkronen, immer kleiner, immer zierlicher, milliardenfach glitzerte der Spiegel der See, und die Delphine spielten wieder.

Da schlossen sich die Augen noch einmal für einen langen, seligen, tiefen Atemzug, es war auch ziemlich anstrengend, nach so ausgiebiger Düsternis plötzlich solche Lichtverschwendung ertragen zu sollen, man lernte das nicht während zweier Minuten, doch unterdessen hatte man Zeit, zu begreifen, langsam, ganz zaghaft zu begreifen: daß man gerettet war. So geschah es denn, nach reichlicher Weile, daß ein braver Bürger der braven Stadt Myrrha, Ebenist seines Zeichens, fleißig und königstreu – es war auch just, als der König auf seine so ungewohnt strahlende Tochter zu ging, vermutlich, um sie in ein ceremoniöses Embrassement zu ziehen –, so geschah es, daß er, versonnen nach seiner Art, aussprach, was nicht jeder fühlte: »Die *gute* Prinzessin ..« Und dann weinte er, wie es Alle taten. Sie heulten vor Glück und konnten sich nicht dagegen wehren, das Glück schwamm gewissermaßen mit ihnen davon, und sie ertranken darin, und dies weniger, weil sie nicht hatten sterben müssen, als weil es so schön war auf Erden. Doch während sie noch schluchzten, waren sie schon fröhlich, bald lachten sie und jubelten, und während sie noch begeistert nach der Prinzessin riefen, dachten sie bereits an das kommende Festgelage, so seltsam sind die Menschen.

Ja, es jubelt sich leicht, wenn der Solist seinen Part geendigt hat. Fragt man nach Lust und Necessität? Er tat doch nur, was seines Amtes war. Man zollt ihm Beifall, findet ihn großartig, und es gehört sich so, daß man ihm dankt.

Er aber möchte allein sein.

ENDE DES ERSTEN BANDES

WOLF v. NIEBELSCHÜTZ, geboren am 24.1.1913 in Berlin, gestorben am 22.7.1960 in Düsseldorf; aus schlesisch-böhmischem Uradel; studierte Geschichte und Kunstgeschichte in Wien und München, war Redakteur bei der Magdeburgischen und der Rheinisch-Westfälischen Zeitung; Soldat; nach dem Krieg Vortragsredner und freier Schriftsteller mit Auftragsarbeiten für die Industrie. Buchveröffentlichungen: *Die Musik macht Gott allein; Sternen-Musik* (Gedichte 1942, 1951) – *Der Blaue Kammerherr* (Galanter Roman in 4 Bänden, 1949) – *Die Kinder der Finsternis* (Roman, 1959) – *Freies Spiel des Geistes* (Reden und Essays, 1961) – *Gedichte und Dramen* (1962) – *Barbadoro* (Erzählung, 1982). Im Haffmans Verlag erschienen: *Auch ich in Arkadien* (Respektlose Epistel an die Freunde, mit Zeichnungen von Irene v. Treskow, 1987) – *Die Kinder der Finsternis* (Roman, Taschenbuchausgabe 1989) – *Der Blaue Kammerherr* (Galanter Roman in 4 Taschenbuchbänden, 1990).

WOLF v. NIEBELSCHÜTZ
IM HAFFMANS VERLAG

DER BLAUE KAMMERHERR
Galanter Roman in 4 Bänden.

Erster Band:
Der Botschafter der Republik
HaffmansTaschenBuch 61

Zweiter Band:
Der Reichsgraf zu Weißenstein
HaffmansTaschenBuch 62

Dritter Band:
Der Herzog von Scheria
HaffmansTaschenBuch 63

Vierter Band:
Die Bürgerin Valente
HaffmansTaschenBuch 64

DIE KINDER DER FINSTERNIS
Roman.
HaffmansTaschenBuch 33

AUCH ICH IN ARKADIEN
Respektlose Epistel an die Freunde.
Mit Zeichnungen von
Irene v. Treskow

NEUE AUTOREN
IM HAFFMANS VERLAG

Die drei Müllerssöhne
Märchen und Erzählungen
Franz Kafka verfilmt seinen ›Landarzt‹
Erzählung
Frau Killermann greift ein
Erzählungen und Bagatellen
Helmut Kohl
Biographie einer Jugend
Kleine Trilogie der großen Zerwirrnis
Beim Fressen beim Fernsehen fällt der Vater dem Kartoffel aus dem Maul / Der Neger (Negerl) / Wir standen an offenen Gräbern
Maria Schnee
Eine Idylle
Roßmann, Roßmann…
Drei Kafka-Geschichten
Standardsituationen
Fußballdramen
Sudelblätter
Aufzeichnungen
TV-Zombies
Bilder und Charaktere (zusammen mit F.W. Bernstein)
Wie Max Horkheimer einmal sogar Adorno hereinlegte
Anekdoten über Fußball, Kritische Theorie, Hegel und Schach
Was ist eigentlich der Herr Engholm für einer?
Ausgewählte Satiren und Glossen
Wir standen an offenen Gräbern
120 Nachrufe
Die Wurstzurückgehlasserin
Sieben Erzählungen

WOLFGANG HILDESHEIMER
Der Drachenthron
Komödie in drei Akten

NORBERT JOHANNIMLOH
Appelbaumchaussee
Erzählungen vom Großundstarkwerden

DAN KAVANAGH
Duffy
Krimi. Deutsch von Willi Winkler
Vor die Hunde gehen
Ein Duffy-Krimi. Deutsch von Willi Winkler

EGBERT KIMM
Das Mörderquartett
Krimi

HERMANN KINDER
Du mußt nur die Laufrichtung ändern
Erzählungen
Ins Auge
Roman
Kina Kina
Eine Geschichte
Die klassische Sau
Das Handbuch der literarischen Hocherotik. Herausgegeben von Hermann Kinder
Liebe und Tod
25 schöne Geschichten von A bis Z
Der Schleiftrog
Ein Erziehungs-Roman

HANNS KNEIFEL
Das brennende Labyrinth
Science-Fiction-Roman

AXEL MARQUARDT
Sämtliche Werke
Band 1: Die frühe Prosa
Standbein Spielbein
Gedichte

GERHARD MENSCHING
Der Bauch der Schönen Schwarzen
Kriminalroman
E.T.A. Hoffmanns letzte Erzählung
Roman
Die Insel der sprechenden Tiere
Eine Ferienabenteuergeschichte. Mit sprechenden Bildern von Nikolaus Heidelbach
Löwe in Aspik
Ein lustvoller Roman
Rotkäppchen und der Schwan
Drei erotische Humoresken
Die violetten Briefe
Drei kriminelle Novellen

KLAUS MODICK
Moos
Die nachgelassenen Blätter des Botanikers Lukas Ohlburg

WOLF v. NIEBELSCHÜTZ
Auch ich in Arkadien
Respektlose Epistel an die Freunde. Mit einer Nachbemerkung von Ilse v. Niebelschütz und sieben arkadischen Bildern von Irene v. Treskow
Die Kinder der Finsternis
Roman

Gerhard Polt/
Hanns Christian Müller
DER BÜRGERMEISTER
VON MOSKAU
Drehbuch mit Bildern

Gerhard Polt/
Hanns Christian Müller
MAN SPRICHT DEUTSH
Drehbuch mit Bildern

Arno Schmidt
FOUQUE
und einige seiner Zeitgenossen

Karla Schneider
DER KNABENKRAUTGARTEN
Erzählungen

Margit Schreiner
DIE ROSEN DES HEILIGEN
BENEDIKT
Liebesgeschichten

Joseph v. Westphalen
MODERNE ZEITEN -
Blätter zur Pflege
der Urteilskraft
1. Folge

Joseph v. Westphalen
MODERNE ZEITEN -
Blätter zur Pflege der Urteilskraft
2. Folge

Joseph v. Westphalen
WARUM ICH MONARCHIST
GEWORDEN BIN
Zwei Dutzend Entrüstungen

Hans Wollschläger
IN DIESEN
GEISTFERNEN ZEITEN
Konzertante Noten zur Lage
der Dichter und Denker

Hans Wollschläger
»TIERE SEHEN DICH AN« ODER
DAS POTENTIAL MENGELE
Essay

Dieter E. Zimmer
SO KOMMT DER MENSCH ZUR
SPRACHE
Ergebnisse der Sprachforschung

Dieter E. Zimmer
REDENS ARTEN
Neudeutscher Sprachgebrauch

AMBROSE BIERCE
WERKE IN 4 BÄNDEN
Herausgegeben von
Gisbert Haefs

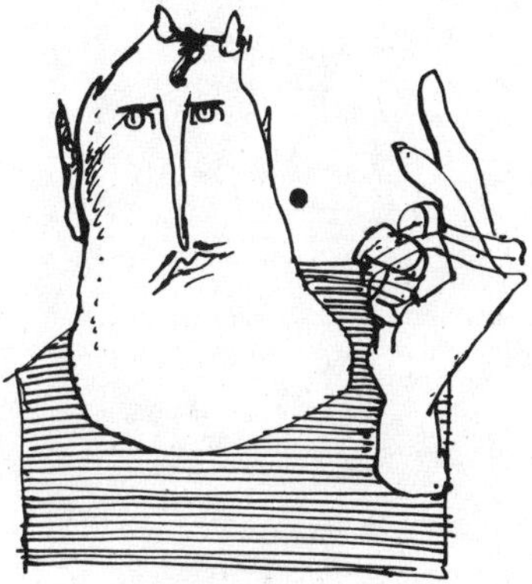

Des Teufels Wörterbuch
Band 1
Deutsch von Gisbert Haefs

Bürgerkriegsgeschichten
Band 2
(In Vorbereitung)

Horrorgeschichten
Band 3
Deutsch von Gisbert Haefs

Lügengeschichten und Fantastische Fabeln
Band 4
Deutsch von Viola Eigenberz
und Trautchen Neetix

SIR ARTHUR CONAN DOYLE
SHERLOCK HOLMES
WERKAUSGABE IN NEUN EINZELBÄNDEN
NACH DEN ERSTAUSGABEN NEU UND GETREU
ÜBERSETZT

Eine Studie in Scharlachrot
Romane Bd. I.
Aus dem Englischen von Gisbert Haefs

Das Zeichen der Vier
Romane Bd. II.
Deutsch von Leslie Giger

Der Hund der Baskervilles
Romane Bd. III.
Deutsch von Gisbert Haefs

Das Tal der Angst
Romane Bd. IV.
Deutsch von Hans Wolf

Die Abenteuer des Sherlock Holmes
Erzählungen Bd. I.
Deutsch von Gisbert Haefs

Die Memoiren des Sherlock Holmes
Erzählungen Bd. II.
Deutsch von Nikolaus Stingl

Die Rückkehr des Sherlock Holmes
Erzählungen Bd. III.
Deutsch von Werner Schmitz

Seine Abschiedsvorstellung
Erzählungen Bd. IV.
Deutsch von Leslie Giger

Sherlock Holmes' Buch der Fälle
Erzählungen Bd. V.
Deutsch von Hans Wolf

sowie

Sherlock-Holmes-Handbuch
Conan-Doyle-Chronik, Die Plots aller Stories,
Who-is-who in Sherlock Holmes, Holmes-Illustrationen,
Holmes-Verfilmungen, Karten, Fotos etc.
Herausgegeben von Zeus Weinstein